荒野归途

——中国野马保护纪实

张赫凡 著

文学编辑 张汉信

中国国际广播出版社

作者张赫凡

　　张赫凡，新疆野马繁殖研究中心正高级工程师，中国科普作家协会会员，中国散文学会会员，中国诗歌学会会员，新疆作家协会会员。著有散文集《野马重返卡拉麦里——戈壁女孩手记》《野马回家》及诗集《野性的呼唤——纪念野马重返故乡三十周年》等。荣获第九届共青团精神文明建设"五个一工程"奖、第七届梁希科普作品一等奖、中国科普作家协会第五届优秀科普作品奖银奖、自治区第五届优秀科普作品金奖、第二届孙犁文学奖、自治区五一巾帼奖、开发建设新疆奖章、斯巴鲁生态保护奖等多种奖项。

序言一

辛丑初秋，细雨绵绵，正是读书好时节。

我一口气读完了朋友推荐的一部纪实性文学作品——《荒野归途——中国野马保护纪实》。

让我没有想到的是，这样一部有关野马的作品，竟然是那样的引人入胜，不仅被书中的从事野马保护事业的人所感动，也被神奇的野马群体所感动。还不由让我想起了几位与野马有关的人士，尽管有的朋友并未见过面。

第一次向我们介绍野马的是《纳税人报》创始人赵小玲女士。她是一名退伍军人，10多年来一直为野马文化的宣传奔跑呼吁，组织活动，竭尽全力。

还有诗人、作家刘君一，他是最早就野马题材写剧本的人。我就是看了他的电影文学剧本《野马》之后才对野马产生兴趣的。我觉得剧本很成功，并为野马回归故里写了一首歌词。从这部剧本的产生背景，我知道了一位执着于野马事业的张赫凡女士和她所著的相关图书，也就是《荒野归途》的作者。她把自己的青春全部奉献给了野马野放事业。这是一位非常值得尊敬的不平凡的女性。

还有一位是在新疆部队服役转业后留在当地的陈志峰先生，他酷爱马的摄影，组建了一个野马摄影学会，他的企业也叫野马集团。

野马不仅是大自然中一个古老的物种，也是生命力极其顽强的物种。在中国贫弱时离开了它的原生家园准噶尔盆地，被强掠者掠夺到欧洲大陆，成为被人们观赏的笼中之物，100多年后，野性尽失，面临种族的灭绝。然而，在回到它们的原生地后，在野马中心工作人员的精心呵护和科学管理下，在中国社会各界爱心人士的支持下，竟然野放成功，野马的野性逐步恢复，族群快速增加，野马终于再现了往昔雄风！

野马是幸运的。野马的故事告诉我们，大自然是万物生命的源泉和摇篮，是人类与其他物种赖以生存和发展的命运共同体。如果人类不能控制自己的贪欲，用愚昧无知和野蛮行为，剥夺其他物种的生存权利，随之而来的是必然破坏大自然的生态平衡，进而损害人类自身的生存环境。

我们从《荒野归途》中可以感受到，我们今天之所以要拯救濒临灭绝的野马，实施野马野放，让野马重回它的原始栖息地，在大自然中恢复它的自然野性，这并不是我们对野马的恩赐，而是对人类曾经的野蛮行径的救赎。既然人类在历史上对野马的生存造成了危害，后来者或者说当代人就必须替前人纠错、负罪。这不仅是哪一个国家的事，而是所有国家的责任。

野马的拯救活动是国际性的事业，是全人类的义务。

《荒野归途——中国野马保护纪实》的引人入胜，不仅在于作者以纪实性手法，全方位地展示了事物发展的过程；还在于在卡拉麦里和野马中心野马繁育、野放过程中那些感人至深的情感故事。我们不仅看到了人的情感，野马的情感，惊奇的是我们还看到了人和野马之间的情感。这三种情感描述的是那样的真挚、细腻、生动，甚而催人泪奔！

中国的马文化源远流长，历来把马作为朋友，军人还把马视为战力，作为无言战友。人是有灵性、有感情的，野马也是有灵性、有感情的。只要我们用人的真诚对待野马，那就必然会唤醒野马的灵性，完成野马野放成功的历史性创举，让人与野马在大自然中各安其好，和谐共生。

卡拉麦里的故事表明，中国人民不仅是站起来的民族，还要逐步成为富起来、强起来的民族！

卡拉麦里的故事还表明，中华民族不仅是历史文化古老的民族，也是具有现代文明的民族！

卡拉麦里的故事还会不断延续下去，中华大地将会成为青山绿水、万物共生的美好家园！

程宝山

序言二

　　我国是野马的故乡，但由于环境变迁等原因，野马在原生地准噶尔盆地消失。1985年起，我国先后从国外引回24匹野马，并于1986年在新疆吉木萨尔县建立野马繁殖研究中心，开启野马保护拯救行动。2001年首次野外放归野马。2020年底，我国野马总数突破700匹，约占全球野马总数的近三分之一。在党和政府的高度重视和关怀指导下，经过我国几代野马保护工作者的不懈努力，曾一度在野外消失的野马，人工繁育种群不断壮大，并重建了野外种群，结束了野马故乡无野马的历史。普氏野马保护是我国野生动物保护史上的一座丰碑，也是世界拯救濒危物种的成功典范，为构建地球生命共同体贡献了中国力量和中国智慧，提升了我国濒危物种保护的国际影响力，向国际社会传递了我国生物多样性保护的信心，让世界见证了中国野生动物保护的奇迹。野马的"重生"，如同中国生态文明建设的一个缩影，见证了中国为野生动物保护付出的努力，也诠释着野生动物之于中国和世界的意义。

　　在野马保护成功的背后，无数人付出了巨大的努力。这其中，新疆野马繁殖研究中心、新疆卡拉麦里自然保护区等单位一线工作人员更付出了辛勤的汗水。作为我国野生动物保护基层一线员工的代表，张赫凡女士大学毕业后从城市来到荒漠戈壁，从最初的迷茫、困惑到后来的坚毅、坚守，一路走来很不容易，有成功的喜悦，有沮丧的脸庞，但更有不信邪的劲头。正是他们忘我的工作和辛勤的付出，我们今天才能看到野马能够自由地生活在准噶尔卡拉麦里保护区内，重新展示它们的野性之美，这一切都能在张赫凡女士的系列著作《野马：重返卡拉麦里》《野马回家》《新疆野马回归手记》《野马家园》《野性的呼唤——纪念野马重返故乡三十周年》中找到答案。

今年是新疆野马繁殖研究中心成立35周年暨野马野放20周年，张赫凡女士的又一部力作《荒野归途——中国野马保护纪实》即将出版，我有幸阅读了该书书稿。《荒野归途——中国野马保护纪实》用镜头化的语言展现了我国新疆的荒野风貌和人与野马关系的传奇，记录了一个英雄的群体在艰难环境中不断磨炼成长，小团队做出大业绩的故事。我相信该书的出版，使公众能进一步了解野马保护的艰辛和走过的不平凡之路，激发公众保护野生动物的热情，走进山川和田野，真正认识我国多样性的野生动植物物种。因为只有认识才能了解，只有了解才能关心，只有关心才能行动。

习近平总书记在《生物多样性公约》第十五次缔约方大会领导人峰会上的主旨讲话中指出"人不负青山，青山定不负人"。野生动物保护需要国家行动和个人行为相结合共同努力，我们今天的努力，必定会得到明天的回报，这已经在野马保护上得到验证。

总之，《荒野归途——中国野马保护纪实》给读者的内涵是十分丰厚的，有待广大读者自己去体验，进而产生丰盛的情感共鸣！

是为序！

中国野生动物保护协会秘书长

目　录

引　子

从狐狸般大小的始祖马，到生物进化的典型代表，野马至少已生存了6000万年。

100多年前的5月，茫茫准噶尔盆地进入了短暂的春季。在这无边无际罕见人烟的大地上，一群群野驴和鹅喉羚像黄色的巨浪席卷大地，蹄声似闷雷击打着远方的地平线。

德国人格林上尉勒住马，眯缝着眼，视线向荒野的远处扫描。云朵低垂，朦朦胧胧的地平线上有一群野驴在奔跑，扬起了高高的尘烟。这位没有清朝入境文牒的非法入境者，正在干着偷猎野马的勾当。

欧洲从1517年开始早早地进入了现代文明。有谁会想到，在世界其他地区灭绝了许久的野马，居然在东方泱泱大国辽远的西部还生存着。

格林不禁想起普热瓦尔斯基[1]，那个一年前捷足先登，来

---

[1]　尼科莱·米哈伊洛维奇·普热瓦尔斯基（1839—1888），俄国探险家，1879年在中国新疆准噶尔盆地发现野马，1881年由沙俄学者波利亚科夫正式定名为"普氏野马"。——编者注

到这里的俄国人。他只不过将一些野马的标本带回了莫斯科，就将整个欧洲震动了，并给野马打上了普氏的烙印。格林冒险入境，就是想要超过普热瓦尔斯基，带走真正的活野马，他相信这片沉睡的荒原不会让他失望。

格林上尉的愿望没有落空，一群野马终于出现在他的眼前。格林抑制住内心狂喜，站在一处背风的山顶，远远地观察着即将到手的野马。而那群野马浑然不知自己正面临的灾难，只有头马不时机警地昂起头，并来回奔跑着将离群不懂事的小马赶回群里。懵懵懂懂的小马驹在马群里撒着欢追逐着、奔跑着。

格林上尉从山顶退下来，将牧民布置在不同的位置，通过翻译将任务布置给那些用钱雇来的当地牧民。牧民们接受任务后翻身上马，从马鞍上解下盘成一团的绳套。他们双腿一夹，从山顶箭一般地向马群冲了过去。

野马群一下子炸了窝，头马很快将四散而去的马拢在一起。马群中的皇后、头马的第一夫人引导着马群向没有人冲来的地方撤退。然后皇后一马当先跑在最前头，其他的马紧随其后，小驹子也紧跟着自己的母亲奔跑在队伍中间，头马殿后，队形丝毫不乱。荒原上的马群经历过无数次群狼和虎豹的偷袭，早已练就了逃生本领。

军人出身的格林上尉不禁暗暗称奇，惊叹这些野生动物的高度组织性。他甚至对那匹头马心生敬意。当然，他的目的不是来与野马惺惺相惜的，他要让野马成为他的猎物，并将它们运回德国。

追赶的牧民大声吆喝着，紧紧地跟在野马群的后面。奔跑的野马像出膛的炮弹，急骤的蹄声雨点般敲击着大地，将牧民的坐骑远远地甩在后面。这些与狂风嬉戏的野马，怎么会将追赶他的敌人放在眼里？那速度简直就是掠过荒原的响箭，又有哪个匹夫能够追上？

然而，野马群渐渐地慢了下来。因为初生的小驹跟不上整个马群的速度，而焦急的母马们不愿意让自己的宝贝掉队，所以拖累了整个马群的速度。皇后在前面飞跑，暴怒的头马在群后撕咬着慢下来的母马，它必须得为整个群体负责。母马们无奈地悲鸣着，跟着皇后向戈壁深处跑去。小野马终于掉队了，它们惊慌失措地望着远去的马群，发出阵阵悲鸣，呼唤着自己的母亲。但它们毕竟体力不够，只能看着自己的妈妈随着马群越行越远。

这正是格林上尉需要的时刻。

牧民的马也累了，但立刻会有提前埋伏好的接替人马接着追赶。刚刚出生不久的小野马失去父母的引导，完全陷入了格林上尉布下的重围。它们毫无目标拼命奔跑着，跑着跑着，一头栽倒在地，口里眼里喷出一股血沫——它们把肺给跑炸了。

没跑炸肺的小野马也软了四肢，倒在准噶尔早春冰凉的大地上，再也无法奔跑，任由绳索套在自己的脖子上。

在将近一个月的时间里，格林上尉用这种残忍的办法，一共捕捉到了五十多匹小野马。一年后，这些小野马绕道俄罗斯，远渡重洋来到了欧洲。五十多匹活蹦乱跳的野马，仅存活28匹，并成为欧洲动物园内供人观赏戏弄的玩偶。

这是一个多么令人痛心的故事！

从此以后，野马的厄运接踵而来。人为的狷獗捕猎，使新疆野马在20世纪中期，从它的故乡卡拉麦里彻底地消失了。这不仅仅是一个物种的消失，而是人与自然自古以来融合共生的和谐关系被彻底地打破了，如同一只完好无损的青花瓷出现了裂痕。

百年之后，自1985年起，通过国际间的合作，我国相继引回了24匹野马，于是，一场拯救野马的行动在野马的故乡卡拉麦里徐徐拉开了帷幕。而我，一个刚走出校门、懵懵懂懂的女孩，无意之中被推送到了这场伟大的野马救赎行动之中，并最终成为野马从栏养到回归大自然成为真正野马全过程的守望者和见证人。

第一章

无形的缰绳

我怕什么？自己吗？旁边根本就没人。

——（英）莎士比亚

01 初识野马

大学毕业前一天夜里，我做了一个奇异的梦：

蔚蓝的天空中，一匹黑色天马从遥远的云端直飞而来。它长鬃飞舞，浑身乌黑油亮，身披金色阳光，矫健的四肢间白云翻滚。我惊奇地仰望着它英武挺拔的身姿，这时天马俯下身来，用那漆黑深沉的大眼直视着我，仿佛许多话语从中流出。我一句也听不懂，但我感受到一种从未有过的宁静和欣喜。就这样，我和它久久地对视着。不知过了多久，仿佛一瞬间又仿佛千万年，突然天马降落地面，它离我那么近，几乎能感受到它的鼻息，我一下子惊醒过来。

这梦突如其来，神秘莫测，不知预示着什么。大学毕业后不久，我被分配到了新疆野马繁殖研究中心。我崭新的工作与梦中的黑色天马究竟有着怎样千丝万缕的关系？我带着满腹的疑虑和欣喜，踏上了去野马中心的路程。

没想到，上班的第一天，我就哭了。

野马中心坐落在古尔班通古特沙漠南缘的戈壁滩上，离省城乌鲁木齐140多公里，距吉木萨尔县60公里。

那是1995年8月28日上午，夏日的暑气还未退去，我坐上了野马中心来接我的吉普车。

雄伟的天山横亘在柏油路南边，四季积雪的博格达峰高昂着威严冷峻的头颅。公路紧挨着天山向前延伸。野草铺向天边隐没在远处的雾霭里，巨大的云朵堆积在地平线上，像童话里的城堡变幻不定。天山之北是准噶尔盆地，盆地北部是卡拉麦里有蹄类自然保护区。这是一片神奇的盆地，有迷人的将军戈壁，阴森恐怖的魔鬼城，恐龙化石和硅化木，当然还有普氏野马的桀骜风骨。渐渐地，我的脑子也变得和这无边的戈壁一样空旷起来……

20世纪70年代那个严冬，大雪照常降下。一个女婴随着雪花一起飘落在新疆塔城的博孜达克农场，响亮的啼哭声穿破了寒夜。

我从小家境贫穷，当时农村还在吃"大锅饭"，主要靠父母种地每月发的几十元工资维持一家人的生活。我有一个姐姐，后来有了两个弟弟。

我小时候特别喜欢小动物，晚上爱搂着小猫咪睡觉，走到哪里都带着自己心爱的小狗。在记忆中当时吃的主要是苞谷面，衣服主要穿姐姐的衣服，从来是姐姐穿过了再给我，母亲总是缝了又缝补了又补，只有过年的时候，才可以穿件新衣。

当时塔城人的日子都差不多，家里再穷，感觉也并没有影响到自己童年的快乐。

吉普车拐弯时的一阵颠簸，打断了我的思绪。

大约离乌鲁木齐110公里处，立着一个约有10米高的棱状石碑，像是一个巨人，上面醒目地写着"幸福路"三个大字。路两边还有一些用作旅舍和餐馆的低矮土房。

"还有十几公里就到野马中心了。"开车的王师傅说。

"是吗？我怎么还望不到呢？"

"再往前走些，你往右前方看就可以看到了。"走了不远，我便远远地看到了两三个小白点。"是那里吗？"我指着小白点方向说。

"是的。"

小白点一点点地大起来，从小米粒大小到鸡蛋大，再到绵羊大，再到冰箱大，我的目光几乎没有移开过。毕竟我要在这里生活好长时间，也可能一辈子。

四周是无垠的荒原，路的尽头就是野马中心了。几排斑驳低矮的白色房屋被巨大空旷的天空压迫着，几棵孤树在茫茫大地上显得那么无助和孤独。往西北方望去，有很多围墙和砖房，那就是马舍了，野马就被圈养在里面。

这时，吉普车在土路上跳起了摇滚舞，还非要让我一起跳，这份热情真让我有些消受不了。

望着窗外无边的苍凉景色，我又想起了高考那年出现的巨大转变，我人生的"至暗时刻"过早地来到。

高考那年，我心里充满了对未来的憧憬。考前两天，紧张而激动，难以入睡，最终导致我发挥失常，考分仅仅过了一本重点院校分数线几分。成绩一出来，我感觉挨了当头一棒！在哭泣和焦虑中，第一批录取通知书里：重点院校没我的份！在美好的青春岁月里，我首次尝到了失败的滋味。

在痛苦的煎熬中等了多日，第二批一般院校还是没有我的份！我快急疯了！这让我深深体验到了度日如年的感觉。而比我分数低的同学个个都接到了录取通知书，正兴高采烈地庆贺着，有的还被重点院校录取了。

在茶饭不思中，我又经历了几天更为痛苦的等待，整天以泪洗面。而最后等来的居然是：新疆八一农学院的兽医大专通知书。

我简直不敢相信这是真的，不由得发了疯般失声痛哭起来："完了，完了，我的十年寒窗白上了，这一辈子全完了！"最后，我大哭着从老师办公室跑了出去。

无忧无虑的童年，在父母的呵护下快乐成长；小学里就开始领奖状，一个接着一个；初高中就更不用说了，争强好胜的我总是用分数来说话。

如今，有些同学正拿着沿海发达地区著名大学的录取通知书兴高采烈，举家准备欢送。想起父母辛苦的付出和等待，想起老师寒窗下的殷勤教诲，自己却让这些亲人和老师们丢脸了！这样活着还有什么意义？

我跑到药店，买了一瓶药片，大口大口吞了下去。

不知道被谁救起，也许是哪只替罪羊把我从死亡线赎回，总之阎王爷没有收留我。等我醒来时，发现自己躺在医院洁白的房间里，父母坐在床边正在掉泪。

"女儿，你醒了，怎么就这么傻呢？"母亲流着泪说。

父亲也红肿着眼睛说："考上了就好，考上了就好。你要是不满意还可以再读一年重新考啊！我供得起你。以后可不能再做傻事了！"我的眼睛模模糊糊看到父亲还穿着那件带着补丁的黑色裤子，和那双有了破洞可以看到两个大脚指头的黑布鞋。他太节俭了。平时上城里来学校看我时，连顿饭都舍不得吃。他30岁时就得了腰腿病，走起路来像灌了铅似的沉重。

父母都是农场职工，自实行承包责任制后，每个职工分100亩地，主要种小麦、玉米、葵花、油菜这些农作物。因父亲病重，母亲成了家里主要劳动力。每到农忙时节，她就像老黄牛似的，扛着铁锹或锄头，没日没夜地在农田里忙着，沉重的负担压得她喘不过气来。皱纹过早地侵占了母亲黧黑的面颊。

这些事情装满了我的大脑。我下了决心：不，不能复读，还是去上学吧！上专科可以早点毕业早点上班，不能再给家里增加负担了。再说，回去复读，我也无颜面对那些老师和同学。

当我从死神那里被拽回，头脑清晰后做的第一件事，就是把所有的书都集中在宿舍门口，嚓嚓嚓，火柴点燃了一团熊熊火焰，那些初高中课本燃烧的速度太快了。当时学校已经放假，校园里冷冷清清，火在燃烧，它吞噬，它蔓延，它的火舌轻盈晃眼，下一秒又变了颜色；它渐渐熄灭隐藏在灰烬下，突然又扇动它尖细的翅膀重新威猛起来，噌一下蹿成凶猛的烈焰。

痛苦是如此巨大，火焰缓慢的炙烤令人痛苦不已，青春的梦想就在这火光里化为灰烬，那个勤奋上进受人瞩目的我死了。火光将我流泪的脸照得通红……

"丫头，欢迎你啊！"

吉普车在住宅区东边那栋白房子门前停下来，一个50多岁的哈萨克族男子笑眯眯地站在门口，他就是野马中心的沙副主任。我一下车，沙副主任主动上来握手，我向沙副主任问好后，被他领进了房间。

屋子约有十个平方米，屋顶和四周墙壁上斑斑块块的，有多处都脱了皮，灰色的水泥地上有很多裂缝和小坑。右前方挨墙摆放着一张空荡荡的铁床，铁皮生满了锈，床面有些凹陷。左侧一个蓝色的写字柜，漆皮老旧，柜上摆放着文件。一张破旧的办公桌玻璃板下，压着一张几匹高大骏马的正面站立图，我的目光在这张图上停留良久。对！正是那匹黑天马。怎么会跑这里来呢？不同颜色的五匹马，黑骏马站在中间，在用和我梦中一样的目光与我对视。

墙上贴着一副红纸黑字对联："宝剑锋从磨砺出，梅花香自苦寒来。"靠门处积满尘土的铁皮炉子呆头呆脑，仰着长鼻子似的烟囱，拐过一个弯，在屋顶上随便捅开一个洞，钻出房去。

看到这种场景，我鼻子一酸，泪水不听使唤地滑落下来。有两个小伙子帮我把行李抱进屋时，我立即擦干泪水，答谢了人家，便开始打扫房间、收拾被褥。

过了一会儿，沙副主任来到房间，说要带我去马舍看看野马。沿着戈壁上一条弯曲的小路，我们来到了马舍。听到野马的名字，我一直以为它长鬃飘飘、身材高大、气势昂扬，心中满是好奇。

初见野马竟让我有些失望。这些被圈在围栏里的土黄色的家伙们，身材粗短，体格没有家马高大，看起来跟野驴差不多。有的个头很大，下巴骨方方的，四个蹄子结实有力，胸部宽大。野马没有家马飘逸的长鬃，鬃毛短短的一根根直立着排在脖子上，像板寸一样精神。它们的腿上从膝盖往下颜色很深，活像打了四副利索的绑腿。背上从头至尾，沿着脊椎有条深深的线。

走近围栏，野马警惕地竖起耳朵，抬起头凝视着我。这时候，可以看到它们眼神里透出一种精神，一种野性张扬的东西。我注意到大围栏较下层的钢管上有许多像蛇一样的扭曲痕迹，沙副主任说那是野马打架时踢的。可以想象，碗口粗的钢管，让野马一蹄子踹去，就像条死蛇一样扭曲了。

人不可貌相，海水不可斗量。野马也许正是这样一群难以捉摸的野蛮家伙。

第一顿饭只有一个菜，又老又硬嚼不动的有点发苦的炒芹菜。夜晚来临，第一次一个人独住一间空荡荡的房间，前所未有的寂静和孤独顿时将我吞没。

我禁不住想起热闹快乐的大学校园。

想着想着，才亮了一个多小时的电灯突然"哗"地熄灭了，这才意识到这里没有长明电。只靠一台柴油发电机发电，在天黑时提供一两个小时的照明。我赶紧点亮了蜡烛，昏暗的烛光中我猛然发现，那双熟悉的黑眼睛又在盯着我，目光柔和而亲切，眸子里有一种亮晶晶的东西在闪动，心里不禁为之一震，原来是那匹压在办公桌玻璃板下的黑天马。

心里多少有了些安慰，觉得不那么痛了。极静的黑夜里隐约听到了嘶鸣声，以为是自己产生了幻觉，是画中的黑天马在叫？仔细一听，原来是从马圈方向传过来的。马蹄敲击铁栏杆发出当当的清脆响声，野马们不知何故不肯安睡。

我更无法安睡，悄悄抹着泪，将自己的伤痛反复回味咀嚼。真想不通，命运为何对我如此不公？

如果高考不是发挥失常，我现在应该会在哪里？

不知不觉进入了梦乡。梦中总是在做着各种试卷，也梦见考入了理想学府，那个骄傲的公主又回来了。

夜间冻醒之后发现，泪水已经打湿了枕巾。人生已经转折，瞬间竟然到了荒无人烟的地方。高考失利，不得已读了一个不愿意读的专科，毕业分配又到了这样寒酸窘迫的单位，我被突如其来的双重重击打倒了。

想起父亲送我上大学那个秋天的早晨，太阳刚刚升起，乡村的土路白白的，平平直直的伸向远方。路两旁的麦田收割得干干净净，白杨树和榆树金灿灿的叶子在风中摇曳，这一切仿佛都在和我挥手道别。父亲推着那辆破旧的自行车，迈着蹒跚的步子，执意将我送到了车站。望一眼远处青黑的山峰，望一眼金黄色的田野，目光停留在穿着补丁衣裤的父亲身上。他久久站在那里，如一尊雕塑。一股热流涌上我的心头，在胸间猛烈地扩散，扩至全身的每一个毛孔，到了眼里时，化为湿漉漉的泪水大滴大滴打落在了脚上。

从此，我不想见任何人，仿佛所有的目光都是嘲笑，都是一支支毒镖，随时会把我杀死。既然如此，那就离开家乡，离开校园，离远些，再离远些，到谁都不知道的地方躲起来。于是，我索性改掉了自己的名字。

那个叫"张艳霞"的我已经"死"了，我给自己改名为"张赫凡"，这样谁也不知道我的存在了。

02 和寂寥共处

野马中心远离都市，没有商店，没有长明电，没有电话，饲养员们每天除了喂马就是喂马，单调而重复。而野马中心平时主要在一线的工作人员也只有几个养马小伙子，沙副主任，还有一位司机。小伙子们文化程度都不高，小学或初中毕业。他们脸庞红得发黑，结着一层鱼鳞似的斑。这是戈壁上毒辣的太阳长年累月"馈赠"的礼物。

这让我心里发毛，自己也许很快就会变得像他们一样。多么希望自己能早日离开这里，也不知道到底能坚持几天。听说在我之前，几个大学生无一例外地离开了野马中心。

这个秋天，每天起床后先到马舍去熟悉野马，查看每一匹野马的吃喝、精神状况是否正常。马舍的饲养员每天天不亮就已经忙碌起来了。他们开着那辆得了哮喘般摇摇晃晃的小四轮车，拉着草给野马送早餐，送完早餐观察野马的进食情况，然后再开着这辆老爷车在场子里拾粪，将粪拉到围栏外面。四轮车经常坏，很多时候，他们只好拉着铁皮小车完成这些工作。

之后，将饮水槽里放满水，供野马饮用。

查看完野马，我就回到食堂吃饭。饭菜总是老一套：白菜、土豆、萝卜。菜和生活用品是从几公里外的地方买来的，好多天才购买一回。每天吃的都是拉面。我爱吃米饭，但在这里很少能吃到，因为这里以面食为主，几乎没人喜欢吃米。按他们的话，如果没有吃面就不叫吃饭。

没办法，只能试着习惯这种生活，那时我对伙食的要求就是：填饱肚子！

白天，望着眼前突兀而起的天山，顶尖的雪线闪闪发光，望着大围栏里那一株孤独的梧桐树，期待着一只永远不会飞来的凤凰。

有时候大风吹过，荒草倒伏在地，远远的几只黄羊出没在野草中，野兔一蹦一跳的。这里多寂寞啊，没有一个可以说心里话的人。城里的人在干什么呢？街道那么喧哗，人群永远熙熙攘攘，那里的霓虹灯光芒灿烂，那里的女孩子永远喜笑颜开，而自己身边没有一个英俊的王子，碗里没有一点儿喷香的饭食。我才21岁，为什么生活将我抛弃在这亘古不变无人理会的荒原？

只有野马，只有黄羊，只有野兔，只有那些文化程度不高的饲养员。

晚饭后，独自一人向戈壁深处走去，夕阳像着了火。戈壁上开着一种小花，白天无精打采，到了这个时候却娇嫩得让人心疼，仿佛所有的美丽就是为着夕阳前的绽放。夕阳下我拖着长长的身影，显得无比落寞和凄凉。我的心灰蒙蒙的，走到一条向北流去的泥水满满的小溪流边，伫立良久，静静倾听河水的呜咽。

天山的影子越拉越长，蓝色的天幕变得深沉起来。四周很快黑了下来，远处的杨树像小小的火柴棍儿若隐若现。再远一点的公路，有一辆车亮着灯从黑暗中驶来，又驶入黑暗中。

又想起在学校里，绿荫笼罩着教室宽大的窗口，老师每次发完考卷后，自己总是第一个交卷，骄傲地走向讲台，迎接同学们羡慕的眼光。那些青春的理想，仿佛伸手就可捉到，又像永远在远处，如戈壁上那些海市蜃楼，走不到尽头。

过去了，永远过去了，那些年少单纯的日子。想着想着，自己的嘴唇咬疼了。如果一切可以重来，如果可以重新选择那该多好。

从今往后，我将待在这个与世隔绝的地方，奉献自己如花的青春。没有人会看到，没有人会理解，没有人会心疼。多么希望有个王子前来拯救自己，把自己从这里救出去。于是我在日记中写道：

> 去祈求空中的明月
>
> 去追寻天上的牛郎
>
> 去询问朝夕相处的野马
>
> 去打探匆匆的过客
>
> 请告诉我，我的王子在何方

雪花轻柔地飘落

风儿静静地吹过

仿佛在说

我怎么知道王子的下落

王子啊王子

你可曾知道

你的爱人正在经受苦难

她在把你声声呼唤！

为了排遣寂寞，东翻西翻找出来一部不知哪个朝代出土的录音机，又惊喜地邂逅一只高音喇叭，于是每晚发电的那两三个小时就有事做了。

将自己带来的几盘音乐磁带放进录音机，折腾几番，野马中心的上空突然响起一阵悠扬的音乐。把正在吃饭的饲养员们吓一跳，以为天上飞来了什么神仙。有时候一阵激烈的迪斯科摇滚，似乎要把野马中心的老房子震得抖抖索索往下掉土渣子。哪天情绪好了，我就翻出自己喜欢的泰戈尔诗集，配上轻音乐，朗诵一段："飞鸟早已飞过，而天空没有痕迹。"

这些举动，的确给野马中心带来了别样的气氛。有时候我给大伙读一段新闻，让这些仿佛来自天外的声音，飞进每个人的心里，也飞进每一匹野马的耳朵里。

野马中心有一部电台，通过电台跟野马中心驻吉木萨尔县办公室联系业务。张俊主任看到我有了一点工作热情，就把这活儿交给了我。

我把那个黑箱子翻天覆地倒腾了几遍，每个按钮都按上几回，居然让我找到工频以外的频道。于是我每天通过电台与全国各地的朋友们聊天，大家从我门口经过时，常会听到："大灰狼，大灰狼，小白兔呼叫，听到请回答！"或者"蓝天，蓝天，白云呼叫！"我玩得不亦乐乎！

就像一个漫步在荒原的小孩子，在电磁波的无限空间里偶遇那些游荡的人，给这些只闻其声不见其面的人说说心里话，讲讲自己的过去，听他们诉说自己的故事。

每天晚上点起蜡烛写下自己的喜怒哀乐。野马中心居然可以跟外界联系，这倒是从未有过的新奇事儿。也许正因为这些因素，对野马的喜爱，对环境的好奇，对电台的迷恋，使我暂时忘记了最初那几天撕心裂肺的痛苦。在很长一段时间里，我过得津津有味，充实快乐。但我毫无节制，有时连饭都顾不得吃。后来被张主任发现了，批评了我，还把电台收走了，让我伤心了好一阵子。

没电台玩了，没人陪我聊天了，每天听不到那熟悉的声音，没有人可以诉说心里话，突然感觉失落了许多。我钻进很久没人拜访的库房，翻箱倒柜找到一些彩纸，然后用一个下午坐在床上剪纸。剪完了拉成一长条，把它们盘在食堂里常年被油烟熏黑的屋顶和灯泡上，晚上一来电，居然有了一些朦胧的美感。然后我打开录音机，放上喜欢的音乐，开始忘情地跳舞，仿佛周围没有一个人，又仿佛有许许多多的观众在台下。

另一个打发寂寞的方式是打牌和喝酒。

下班后几个人聚在一起，边打牌边喝酒。入乡随俗，来野马中心不久，我也学会了喝酒，而且酒量越来越大，后来小伙子们都不是我的对手了。其他不会喝酒的人到野马中心来，要不了多久，都会酒量大增。按大家的说法："没啥事时，你看看我，我看看你，大眼瞪小眼，不喝酒干啥呢？"那就喝呗！

野马中心的人按酒量大小划分了级别，"酒仙"是谁，"酒圣"是谁，稍差一点的称为"酒缸""酒盆"，最差的莫过于"酒盅"了。

这里的人非常热情，看一个人实在不实在，就看他在酒桌上的表现怎样。如果你能爽快地喝上几杯，他们就很高兴；要是推三阻四，他们就会有意见。说："感情深，一口闷，感情浅，舔一舔。"所以酒最好是一口喝干，不要分几次抿，那样他们会觉得你不够朋友，因为他们喜欢"一口闷"的爽快人。

因为酒量大，有人上升为"酒井"。据传野马中心有"三口井"，让无数英雄豪杰折戟沉沙遗恨当场，我也被列入其中之一。有一回外面来了一位年轻气盛的挑战者，趁着酒兴扬言要让野马中心的"三口井"全报废。那场酒喝下来，此君喷酒喷得如天女散花，差点把肝肠胃肚一并喷出，这传为笑谈。

下了班，小伙子们喜欢去野马中心的鱼池钓鱼。野马中心的鱼池在发电机房后面，有三个大坑，里面放些水，撒些马粪就养起鱼来。主要有鲤鱼、鲫鱼、鲢鱼。鱼池四周长满了高高的芦苇，倒映在水里，绿意融融。据说，这些鱼池就是最初建立野马中心时人们住的地窝子。

10多年前，人们住在地窝子很多年，却先给野马盖起了马舍。

所谓地窝子，是在地上挖个约1.5米深的坑，上面垒上约70厘米高的砖，顶部搭上木头、草、泥土等，地窝子就算修建成功了。室内约5米长，4米宽，冬暖夏凉。先挖了一间住进去后，后来又陆续挖了3间，共4间地窝子。

野马中心的十几个人，在地窝子里住了两年半。

饲养员们回忆："地窝子需要挖很深的坑，工程量较大，主要是为了省钱，又能解决冬天取暖的问题。但就是门口矮，怕被洪水堵门淹泡。我们平时做饭都在室外做，用泥巴和土块砌了炉灶，在戈壁滩上捡些柴火，在晴天时烧火做饭，下雨天就做不成饭了，只能凑合着简单吃点。"

他们不怕烈日和狂风，一动不动地坐在池边垂钓，像一尊尊塑像似的。在阳光不太强、风平浪静的时候，我也会来到池边学学钓鱼，可我没有钓上过一条鱼，倒是吃了不少鱼。这些鱼比起街上卖的鱼要瘦得多，却是这餐桌上一道很好的美味。有时候，我们把鱼拿到野外，点着一堆红柳、梭梭或骆驼刺，用树枝穿上烤着吃。大家围成堆，你说我笑地品尝美味，这也给单调的生活增添了不少快乐。

另外有一个池塘鱼较少，水很清澈，这成了小伙子们的游泳池。炎热时，他们就赤身跳进池子里游一阵儿。

有时候天空突然变得昏暗，刮起一阵大风，而且一刮就无休无止，让人心烦。有时乌云布满天空，下起一场大雨，雨水让盐碱地变得又湿又黏，走一步脚上粘起许多泥土。这时候我就一个人坐在屋子里，写日记，就像每晚在烛光下一样，把自己心中的不快都宣泄出来。

我知道，野马是因为人类的错误而被关在围栏里。而自己一颗渴望自由的心灵也被扔到了这样一个荒无人烟的地方。为什么命运一而再，再而三地戏弄自己，让我跟野马一样的可怜无助？

早期的野马中心条件艰苦，工作人员们正用拉拉车拉草料准备饲喂野马

03 与野马交朋友

来到野马中心后，我的主要工作就是野马的饲养管理、疾病防治和建立野马谱系档案。

一天早晨，我起得很早，一轮红日刚刚从东方升起，门前空旷的场地和周围的树木都披上一层朦胧的金纱，鸟儿们在林间欢快地唱着歌儿，戈壁的清晨空气格外清新。阳光把蓝色的天空照亮了，天山横亘在南边，几只鹰扑打着翅膀，赶路似的远飞。红柳丛里的小鸟唱完了歌，"扑哧"一声分开枝条，贴着骆驼刺的顶梢飞了出去。灰色的野兔从草窝子里探出两只耳朵，又探出一只头，蹦跳着跑过一小段路，又迅速地躲起来。沙蜥啊，小虫啊，都醒了，在地上到处乱爬。早晨这一段时光是很美好的，不像中午热得盐碱土都撑不住要融化。我的心情一下子舒畅许多，踏着轻快的步子向马舍走去。

早晨，野马披着霞光在低头吃着苜蓿草，又硬又短的鬃毛弯曲成优美的弧线，在金色的朝阳中熠熠生辉，一双眼睛时常警惕地向四周瞅着，长长的马尾不时甩来甩去。它们吃草的沙沙声响成一片，野马们还会为争一把好草你咬它一口、我踢你一脚。

值班的两名饲养员正推着一个铁皮拉拉车，在清理地上的马粪，空气里弥漫着苜蓿草和让人不适应的马粪味。

我的到来一点也没有影响到正在享用早餐的野马，它们只顾低头吃草，于是我翻过栏杆，蹑手蹑脚地向它们走得更近些，蹲下来仔细看它们进食。一匹叫"绿花"的野马漂亮的外形和气质吸引了我，正看得入迷的时候，它突然发起火来，耳朵向后抿着，目露凶光，头伸得长长的，龇牙咧嘴向我扑来。当时我没明白怎么回事，撒腿就跑，来时钻着很费劲的围栏，咻溜一下就钻过去了。钻过去后还心惊肉跳，出了一身冷汗，仿佛整个旷野都有我"嗵嗵"的心跳声音。

饲养员警告我说："绿花可是匹最难靠近的母马，你离它太近了，打扰了它的早餐，以后可要小心啊。"

下午，到了野马中心的资料室，门一打开，里面堆积的物品把我吓了一跳。卷宗堆积得七零八落，蜘蛛在里面布下了天罗地网，桌子上的灰尘积了厚厚一层，打个喷嚏都云遮雾罩的。好像这里刚刚开了一场小动物的舞会，满地狼藉还没来得及收拾。

我立刻卷起袖子打扫资料室。先用笤帚把蛛网粘下来，再往地面洒上水，轻轻地扫一遍，然后拿抹布细心地擦拭所有够得着的地方。书本，野马档案卷宗，资料柜，桌子，椅子，窗户，玻璃，每一处都擦了两遍。两小时后我累出满头大汗。但整个资料室窗明几净、整洁敞亮了。

接着去兽医室整理堆放杂乱的药品。从兽医室往外走的时候，遇到了一份意外惊喜。好像为了来夸奖我的工作，突然从远远的马群里跑出一匹小野马，"嗒嗒"地向我这边冲过来，然后猛地停在我面前。我吃了一惊，站住不动，小野马睁着好奇的大眼睛，肚子因为奔跑而一起一伏，嘴唇上面模样可笑地长着几根软塌塌的胡须。

我小心地往旁边挪了几步，想从它身边绕过去。没想到小野马也往旁边一跳，又拦住我的路，晃着脑袋，还伸直鼻子往我身上嗅过来。它用蹄子轻轻地刨着地面，头一点一点的，大眼睛欢快地闪啊闪。我被这匹小马逗得扑哧一声笑出声来：多么可爱的小家伙，是不是想和我一起玩耍啊？

盛情难却，我蹲下身子，慢慢伸出手，轻轻地摸了摸小马的脸庞。小马也伸出鼻子嗅我的手，热气喷到手心上痒痒的，然后它又往我怀里凑两步，用嘴啃咬我的衣襟。

这是一匹小公驹，长得四肢修长，清秀健康。我摸着它的脸庞说："你好，小朋友。你就叫野马'王子'吧！我还有事，不跟你玩了。"但小野马根本不放我走，缠着我，我走到哪里它就跟到哪里，拦住路往我身上凑，亲昵地啃咬我的衣服和鞋子。

认识王子不久，我又结识了一个温顺可爱的野马小朋友，那是一匹小母驹。

那天，我站在围栏前观察野马。小母驹朝我走过来，隔着围栏，它歪着头用黑亮的眼睛盯着我看。小马驹的眼睛清澈得没有一点儿杂质，眼皮双双的，长长的睫毛一眨一眨的。好漂亮的小驹呀，我一下子喜欢上了，给它起名野马"公主"，并郑重地向它通告了这个消息。看起来它并不反对，很庄重地用嘴啃了啃我的鞋。

野马公主的祖父是功勋卓著的"飞熊"，父亲是威名赫赫的野马帝王"大帅"，出身于帝王之家，又长得美丽可爱，非常讨人喜欢。小时候的公主特别乖巧，有时候看着憨憨的，一两个月大的时候就表现出温顺的一面，而且它也不像王子那样顽皮好动，有一份沉静娴雅的气质。它每次看到我来，立刻就跑到我身边，乖乖地跟着，我走到哪儿它就跟到哪儿，像我的乖女儿似的。我每回路过都找公主和王子玩，给听话的公主梳梳毛，挠挠痒，然后跟它说话聊天。

好多时候，生活中遇到了不顺心的事，实在没有一个可以说话的人，就去找公主诉苦。它的大眼睛深沉地望着我，虽然听不懂我在说什么，但它好像能够理解我，把头亲昵地靠上来，让我的心情一下子变得透明舒畅了许多。

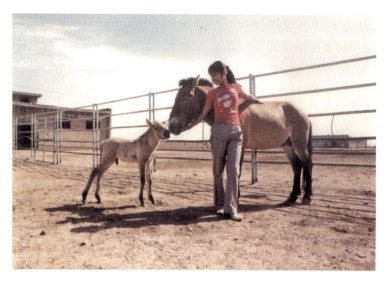

与野马"王子"（图右）嬉戏

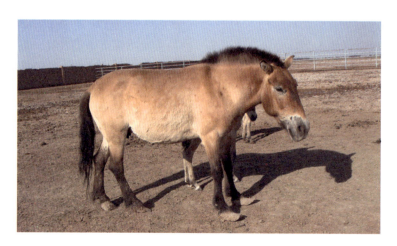

野马"公主"

04 令我怦然心动的"大帅"

野马的识记，也是一项重要的工作。

来到野马中心没几天，我就跟着饲养班班长孙立程认野马。他在野马中心成立不久就来了，他认马认得最清楚。

每一匹野马出生后，人们都给它编号、取名。在新疆出生的野马，"准噶尔"加上它的出生顺序号就是它的编号了。然后给它们建立谱系档案，另外还报到国际野马组织，获取国际编号。

我来到野马中心时，野马已编到准噶尔55号了。但是野马的号都没有在身上做标记，工作人员只得靠观察来区别每一匹马。只有把每一匹马都记住，才能给它做各种诸如发情、交配、产驹、发病、家谱等各种记录。

像我这样的初来乍到者，看野马长得都一个模样，很难区分谁是谁。怎么才能把它认下来呢？20来岁的饲养员孙立程从16岁就来到这里喂马，所有的马他都认得，就像是他的老朋友一样。每匹马的爸爸是谁、妈妈是谁，什么时候出生的，他都掌握得一清二楚。

"我真想知道你到底是怎么认马的，我觉得自己很难把它们区别清楚。"我对孙立程说。

"其实没什么难的，初看野马都是一个模样，仔细看每一匹马都是不一样的。"孙立程用一口浓重的吉木萨尔方言说，野马有公的，母的，这是一个明显的区别特征；毛色有深的浅的，比如西德马，毛色都很白。说着他指了指站在身边的西德3号母马，接着又指着一匹黑褐色的马说："这匹马的毛色就黑得多，它是准噶尔5号叫绿花，就是咬过你的那匹马。野马的体格大小也可区别，还有身上的一些标志和细微的特征，如燕尾标志。你看英国2号、英国4号，这些马肩膀上那个颜色较深像燕子尾巴一样的标记，英国引进马及它们的后代都带有这种标记。"

"再看你的野马王子和野马公主，肩上是不是都有小燕尾巴。有的马耳朵或鼻子少一块，比如英国4号一个耳朵上就缺了一块。有的马脸上或身上有打斗后留下的疤痕，都可以用来辨别野马。野马长大后，外表样子基本就没啥变化了，但个性都非常独特。至于小马驹，就通过认识它妈妈来辨认。你要是对野马谱系清楚了，小野马一般都和它父母长得很像。先从好认的马开始，天天多观察每匹马的特征，总会认下来的。"

就这样，我每天去马舍观察野马。一个多月后，就把几十匹野马全都认了下来，并且开始有了更多的野马朋友，其中最令我心动的便是大名鼎鼎的"大帅"了。它出身于高贵的英国贵族家族，肩部两侧带着"V"字形深褐色燕尾族徽。它父亲是野马中心建立以来最为功勋赫赫的英国马"飞熊"，母亲叫"玛丽亚"，也是一匹英国马，漂亮而健壮。继承了父母优秀基因的大帅，有着超强的繁殖能力，是继父亲后最优秀的一匹种马。它原来是在7号场内，后来，野马中心专门在7号栏北面开辟了3000亩的大围栏，营造了一个类似于卡拉麦里荒原的环境。

这时大帅正站在围栏里向戈壁深处眺望，它背倚天山的挺拔身姿，肃穆庄重的神情，坚毅深沉的眼神，无一不透露出那份浸透了准噶尔意韵的王者气派。

看到我走近围栏，大帅警惕地竖起耳朵，转过头凝视着我。这个时候，我看到它的眼神里、骨子里迸射出一种精神抖擞、野性张扬的神采。多么熟悉的眼神，似曾相识，在我的梦里早就领略了这种眼神。我读过这种让人心动的东西。这是真正的野马，肌肉强劲，神情狂野，浑身上下散发着征服一切的自信和勇气。

秋天的夕阳映红了高耸的天山，阳光在大帅那板刷一样的鬃毛间闪闪跳动。大帅每天带着它的家族去大围栏采食各种天然饲草，围栏内没有水源，吃完草后，大帅将群体赶回7号场内，让马群去喝水槽内的水，并把那些贪玩掉队的马匹都圈进队伍。喝完水后，马群就在场地内集中休息。天气炎热时，它们在圈舍内乘凉，气温降下来后，大帅又带它们出去采食。

大帅群体非同一般的待遇受到了众野马的瞩目，尤其是公马群的野马，它们争相跑到与大围栏相邻的大铁门边遥望栏内的母马，眼睛里充满了羡慕。它们心里很不平衡："凭什么你拥有那么多妻室？占有那么宽的地盘？有本事就过来比试比试。"

这样，种马们经常用蹄子使劲地敲击着大门，主动向大帅宣战。对于有意挑衅滋事者，大帅当然不甘示弱，它会毫不犹豫地冲过去与它们战斗，它要给它们点颜色看看。有时大帅跑得过猛，到了大门前收刹不住，伸长的脖子常会"哐"的一声撞到栏杆上。这样它们经常隔着栏杆或大铁门争斗，用蹄子狠狠地踢打大铁门，将头伸过栏杆追咬对方。

最惊心动魄的时刻，就是两匹公马同时立起，用两个前蹄像拳击一样对打的场景，持续几秒钟后，它们"忽"地将两只悬空的前蹄放落到地上，继续奔跑，相互追逐扑咬对方。

打斗期间，头马们常会在大门前或围栏边扬尾排粪，或再撒泡尿，这就算是跑马圈地了。群体内的其他母马撒尿或者排粪后，头马都会跑到跟前嗅闻一通，然后再在上面撒泡尿或排点粪，头马想通过这种方式表示对自己妻儿们的识别和占有。

我经常看到大帅抬头北望。它在想什么呢？北方是水草丰美的卡拉麦里，是准噶尔最甜美的土地，是100多年前野马们失去的最后故乡。

每次望着大帅凝神眺望的身影，从它身上仿佛找到了自己的影子，一颗高傲的心与大帅一起跳动起来。

我是多么地无奈，在自己给自己设置的围栏里昏睡，看不到未来，找不到自己。若是能和大帅一起冲出去，活着的尊严也就有了凭借。我的心开始向围栏剧烈地冲撞起来，这苍茫的准噶尔，我和大帅内心深处的梦想是一致的吗？会实现吗？

　　野马命运多舛，但天敌不只是狼群，还有失去理智贪婪成性的人类。是他们给这群自由的精灵，套上了一条无形的缰绳。

准噶尔 11 号雄性野马"大帅"

05 给野马体检

我来野马中心工作半个月后，按照上级部门指示，野马中心要给上海野生动物园调送15匹野马。运马之前，首先要给这些野马进行体检。

9月中旬，野马课题组和畜牧科学院的专家从乌鲁木齐来到野马中心，其中包括把我推荐到野马中心的几位老师。

一见到大学校园里的这些老师，心里的伤感反而有增无减。自从被高考打倒后，我一直没能与自己和解。两年多的大学时光，只不过结了一层痂，稍微受到一点磕碰，仍然会鲜血淋漓。进入大学好长时间，我的学习态度一直是班主任和老师们最头疼的事情。

那时，读书上课只是为了应付考试。只要在考试前两天来个临阵磨枪，就能过关，考试成绩依然保持前几名。

班主任高书年老师一开始就非常关心我，每到班里第一句话就是："张艳霞今天来上课没有？"班主任最了解我的心，有时他会把我叫到自己家里，师母做一桌好菜，先让我吃得饱饱的，然后两人苦口婆心地开导起来："有些事情我们无法选择，但我们应该面对。一个人的才智不应该被浪费，尤其是这样的黄金年代，浪费一天就等于浪费一年。""你其实可以不来上这所学校的，但这是你的选择，选择了你就得为它负责。要好好读书，还可上本科，可以考研啊。你这么聪明，稍一用功一定会考上的，这样下去以后会后悔的，你应该在失败中站起来才对。"

这些道理一听都明白，我总是点头答应，但之后还是破罐子破摔，坚决不改。寒窗苦读十几年，换来了这样的结局，实在无法接受这样的现实。反正读书是无用的，命中注定做一个兽医。既然不喜欢干这一行，难道还要每天让自己开开心心地伺候那些牛马猪羊吗？夜深人静时，一想到自己将跟这些畜生打交道，那些熏人的臭味，飞舞的碎毛，就难过得要哭。

实习的时候，大多数同学去了养鸡场，而我不想去，就选择了在校动物医院实习，跟着许义轩老师学习给牛、猪等家畜和狗等宠物治病。当时读了他好几篇关于野马的论文。许老师经常会提起普氏野马比大熊猫还珍贵，野马在世界上仅700余匹，野马每匹价值25万美元，他给野马治过什么病，等等。听到野马这个名字，那时我想象的翅膀就展开了，总以为它高大威武，野性十足，跟自己梦中的天马一样。我还以为野马中心一定坐落在一片广阔的大草原上，野马们自由自在地奔跑觅食，乘着晨光奔上天山，踩着夕阳在溪边饮水。

为了给这些即将远行的野马检查身体，野马中心从周边找了几个哈萨克牧民，用绳索套马的方式来捕捉野马。

这时候，野马紧密地团结在一起，在围栏里像失控了的火车头奔腾嘶鸣着，似乎要将围墙撞出一个洞来逃出去。牧民们手里拿着盘成一团的长绳，另一只手里的活扣令野马胆战心惊。十几个人围堵着野马，瞅准一匹陷入包围圈的野马，手里的绳套准确地飞出，套住野马的脖颈，欢呼声只喊了一半，十几个棒小伙便冲上前去，拉住套马绳子。几个饲养员飞身冲上，用力按住野马的头，不让它抬起脖子，头下面铺上一个垫子，其他人有的按住马后腿，有的按住马屁股，死死地把马压在地上动弹不得。

也有个别的马匹会幸运地冲出重围，又引来牧民再次追捕。当时人喊马嘶，沙尘飞扬，仿佛又回到了几千年前的古战场。

马放倒后，专家们走上来，给野马抽血、点眼、剪毛。

我头一回见到这么激动人心的场面，看到野马东冲西撞的样子吓得我心怦怦直跳。专家们抽血、点眼的时候，我就在身边做记录。因为饲养班班长孙立程对野马比较熟，由他选择应该先套哪一匹马，然后冲杀在最前面，跟野马展开贴身肉搏战。

我站在曹洪明老师身边，老人家拄着拐杖纹丝不动地站在那里，眯着眼观察着这群惊慌失措的奔腾野马。

从野马刚引进时，曹老师就来到了野马中心。

大学毕业时，是班主任高老师通过曹洪明教授推荐我去的野马中心。

听说当时野马中心的张俊主任根本就没打算要女孩子，因为他知道以前分来的男大学生都受不了苦，有的甚至只是来看了一眼就立马走人了。当张主任去八一农学院招聘大学毕业生时，居然没有一个人愿意去。野马专家曹洪明老师苦口婆心地向他推荐，说张艳霞这孩子如何如何能吃苦，学习成绩如何突出，专业水平如何优秀，等等，终于说动张主任接受了我这个女大学生。在我去野马中心之前，班里的男同学都提醒："你一个女孩子，千万不要去野马中心，那里一定会让你发疯的！"

上班之前，我先回了趟家，去跟父母告别。父母倒挺支持我，觉得能有个正式单位上班就挺不错的，让我好好工作。在家里没待多久，班主任高老师就来了一封信，说野马中心让我早点过去上班，于是我便踏上了去野马中心的路途。

除了15匹调运上海的必检野马之外，按照专家意见，其余场地都要抽检两匹。轮到大帅这匹最强壮的野马首领时，套马颇费了点儿周折。

大帅宁死不屈，在偌大的场地里四蹄生风，谁也拦不住。套索到了跟前，它猛一个转身，让满天飞舞的套索落了空。当十几号人将它围在中间，它向左跑，会被左边的人拦住；向右冲，右边又有人咋呼着吓它。最后惹恼了这位大侠，竟然直冲着人扑过去，大有跟"敌人"同归于尽的架势。拦截的人只好慌忙让开，让它冲出包围圈。再逼得紧了，它就远远地起步加速，忽然立起来，俩前蹄搭在两米半高的围栏上，俩后腿支撑在地上，企图要从围栏跨过去。结果围栏太高，扒着的前蹄不得不落在了地上。醒醒神，它接着再逃。其他的野马也跟着慌里慌张地跟在它身后跑。蹄声隆隆，嘶鸣阵阵，这匹野马引起的轰动越发令人心惊。

大家看看没有办法，休息一阵后，决定采取缓慢接近的战术。无奈这个时候大帅依然保持着高度的警惕性，人根本接近不了。

折腾了好久，大伙都有点累了。野马也大汗淋漓像蒸了桑拿，浑身热气蒸腾。终于有个胆大心细、眼疾手快的套马手，发挥出在草原马群里百发百中的套马绝技，将绳套准确无误地套在了大帅的脖颈上。十几个人一起冲上去拉住绳套。大帅奔跑了几步，被绳套扣得喘不过气，无奈地被人放倒。但当专家们走到大帅跟前的时候，大帅不知怎么回事突然从十几个人手里冲出来，拖着长长的绳套径直向我们冲了过来。眼看着大帅向自己冲来，我转身想逃，身子转了一半，看到曹老师还拄着拐杖。我来不及多想，一手护住曹老师往后退，一手向大帅乱摆，也不知是想吓住大帅还是劝住大帅。

孙立程被冲起的大帅甩到一边，右腿被大帅踢了一脚，疼得走路有点瘸。看到大帅向专家们冲去的时候，他慌得声音都变了形："快，拉住绳子！"说着话他把绳子死死拉到手里，被大帅拖出去老远。其他人一见，立刻也拉住拖在地上的绳子，几个人都被大帅狂野的奔跑拖倒在地，但大帅最终还是被拉住了。

大家七手八脚麻利地把大帅捆得结结实实，牢牢按压在地，防止它再逃窜。小伙子们一个个都灰头土脸，喘着粗气，汗水湿透了后背。

给大帅的检疫工作做完后，大伙儿拍了拍身上的尘土站起来，然后把大帅给放了，让它回去继续当它的野马王。

许义轩老师（左三）正在对患病野马进行给药治疗

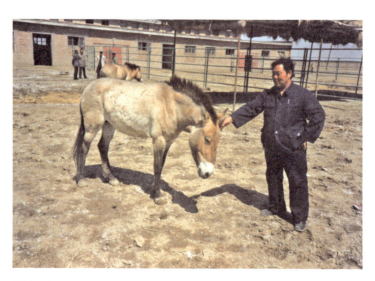

曹洪明老师与野马亲密接触

06 替我去上海见世面

有专家老师在一起，这些日子过得既紧张又快乐。

专家们态度和蔼，学问精深，对野马的了解比对自己家的孩子还清楚。我非常敬重专家们的治学精神。除了套马，老专家们对其他活儿都是亲自动手。

德高望重的曹洪明老师已经66岁高龄。老人家拄着拐杖，头发花白，脸庞黧黑，十分慈祥，始终身着一身很旧的蓝色中山装。虽然步伐有些缓慢，但仍精神矍铄。他患有坐骨神经痛、腰椎骨质增生等腰腿痛病，走起路来步履蹒跚，微弓着腰，走路稍长些就会停下来捶捶腰，还患有心脏病。

1985年野马中心建立，他和第一批专家就来到了这里。专家们和职工一起住在地窝子里，深入马舍，进行野马繁殖和疾病防治研究。曹老师是高级兽医师，他还负责野马饲养技术和防病治病的基本常识培训。专家组在我来之前一年就已经结束了研究课题，大部分成员都不来野马中心了。曹老师却不一样，只要听说野马中心哪匹马病了，他总会随叫随到，无论家里有再大的事他都跟接到军令一样，第一时间赶赴现场。到了马舍，他经常趴在地上，撸起袖子，将胳膊伸进野马的肛门给野马检查身体。

曹老师从不计较得失，把野马中心的事看得比自己家的事还重。职工们见了他老人家就像是见了自己亲人一样。野马中心于1988年3月8日诞生了第一匹野马"红花"，曹老师的孙子和这匹马一起出生，他就给自己的孙子取名"小驹儿"。他当时就守在野马身边，为野马接生，却没有顾及自己在乌鲁木齐的孙子出生。老人家来时，带的包里总装着大大小小各种药瓶，有时候爱人甘老师对他的身体不放心，也会陪他一起来野马中心照顾他。这次甘老师没有陪着来，看来曹老师的身体状况还挺不错的。

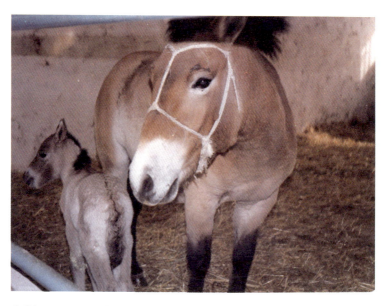

准噶尔1号野马"红花"的诞生

检疫结束后那天晚上，野马中心宰了一只羊，炖了一锅香喷喷的手抓肉。电工李鑫科负责机房发电，早早地就跑去将柴油机发动了，开始送电。累了几天的专家和领导、职工们围坐在一起，按哈萨克族的风俗习惯欢宴。

曹老师专门把我叫到自己身边坐下。肉端上来了，满满一大盘肉堆成了一座小山。大家洗了手，入座。沙副主任把羊头拿起来，先削了一块羊面颊上的肉，双手递给在座年岁最大的曹老师，再把羊头上的肉按年龄大小一块一块儿分了。大家用双手把肉接住，送进嘴里。吃完羊头肉后，开始吃大盘里的手抓羊肉。

羊是野马中心自己养的，专门雇了一家牧民在戈壁滩上放牧。今天专门挑了一只又肥又大的羊，念完经后宰掉，皮剥了，把头和蹄用喷灯燎干净，跟肉一起扔到锅里白水煮。白沫一阵阵泛起，香味四散，肉熟的时候端上桌子。把洋葱切碎拌一碗盐水，大伙用手拿起一块小刀削下来的肉片儿，蘸着盐水洋葱吃，其香无比。

这样吃饭的场合少不了喝酒，因为平时难得有客人来，酒是离野马中心25公里三台镇上出的"三台酒"。三台酒味道浓香甘醇，是野马中心的人最爱喝的酒。戈壁上空旷无际周围没有一处娱乐的地方，累了一天喝口酒解解乏，就是一种莫大的享受了。

曹老师问我："习惯不习惯这里的生活？这里环境苦了一

点，年轻人要接受锻炼。"

我点点头，"最近感觉还可以，很喜欢这些可爱的小马驹。"在这样开心的场合，面对专家们，暂时忘记了内心深处的伤痛。

曹老师喝了一杯白酒，吃了几口菜。对我说："想家吧？你到乌鲁木齐时可以去看看甘阿姨，她挺想你的。"我点点头。眼前立刻出现甘阿姨笑眯眯的面容，白白胖胖、和蔼可亲的样子。记得来野马中心上班时，甘阿姨还鼓励我要好好工作。现在曹老师这么一说，心里还有点儿难受，一下子想起老师和同学，还有远在塔城的父母。酒桌上我忍住不让自己掉眼泪，等回到宿舍后还是痛痛快快地哭了一场。

专家组走了好几天后，我才从那种想家的情绪里解脱出来。

很快，检疫结果出来了，野马们个个都很健康。饲养员和后勤人员都忙开了，开始焊运输野马的箱子，为野马的调运工作做各种准备。天气越来越凉，秋草已经变黄，大雁开始南飞，我每天到马舍去好几次，观察野马的变化情况。

野马这个时候反而显得越发精神，一个秋季的补养，让野马膘情大长。十几匹新生的马驹都长大了许多，一个个精力充沛，在围栏里蹦跳着嬉戏打闹，玩累了就伸开四肢晒太阳睡大觉。公马群里的野马经常也是你推我搡，发生点小摩擦。野马王子和公主现在越来越可爱，每当我一出现，它俩就成了我的义务保镖，走哪跟哪，像两个小跟屁虫。

运马箱子焊好了一部分，就给野马进行适应性装箱。饲养员们把苜蓿草放到箱子里，将两头出口处的两扇插板式的门去掉，吸引野马进到里面去吃草。刚开始，野马对场地里突然出现的这些怪模怪样的家伙很警惕，远远观望，不肯靠近。后来箱子放了一两天，几匹胆大的野马试着慢慢靠近，看到没什么危险，小心翼翼地走了进去。过一段时间，野马对这些箱子熟视无睹，就大摇大摆地走进箱子里吃草，吃完后才出来。

10月6日，野马要装箱启运了。

职工们把箱子首尾相接连成一排，像是一条长龙，然后往箱里放上草。几个饲养员站在箱子顶上，每人手里拿一扇活动的门，等野马走进去时，迅速地将野马所在箱子的两扇门从上插下去。这时就会听见野马在箱子里一阵不安的跳动声、嘶叫声，引起了还没有进箱的其他野马的高度警惕。它们会伫立张望，等明白过来，就赶紧逃跑，不再靠近箱子。这时工作人员只好硬着头皮，把它们往箱子里赶。

等箱子装完后，我就拿支排笔蘸着红油漆，在箱子两侧写上"新疆野马""乌鲁木齐—上海"等字。十五个箱子写完，我的胳膊累得酸疼酸疼。

而后，吊车轰轰隆隆地开过来，在夜色里伸出巨大的吊臂，把箱子吊起来，装进大卡车车斗里。

野马似乎感到了别离，在箱子里悲凉地嘶鸣，踢咬着箱壁，凄凉的声音在戈壁周围扩散开来。

围墙渐渐模糊不清，红柳也变成黑乎乎一团，天山成了虚无缥缈的影子，像是要蒸发在夜幕里。周围的野马听到箱子里的鸣叫声，不安地跑动，抬头望着被吊起的箱子，大眼睛惊恐地睁着，高声鸣叫，回应着箱子里同胞们的哀鸣。

工作人员此时的心情也是难以言表，他们舍不得这些自己喂养多年的宝贝们突然离去。沙副主任抓起一把把苜蓿草从箱子的空隙里喂给它们，像是给它们饯行。马儿们都没胃口，吃很少一点或根本不吃。

离别的时刻到了！

野马在箱子里显得越发不安分，悲悲切切地鸣叫着，引得场地里的野马也更加地骚动不安。月亮升起来了，半个月亮把清冷昏黄的光洒向戈壁，周围的景物如被一层薄幕盖着看不分明。野马用蹄子敲击箱子，有的野马则用头用力撞击箱壁。而这个时候，其他野马也停止了采食，不安地围着箱子奔跑。箱里箱外，哀伤的嘶鸣声相互呼应。它们围在箱子周边迟迟不愿离去，胆大的马走近箱子，从缝隙向里面望着。也许它们知道，就此一别，便是永别。

晚上11点钟，装载马箱的汽车发动了。出发，向着乌鲁木齐火车站进军。

孙立程和其他两位饲养员及张俊主任，随野马一起去上海，饲养员主要负责一路上野马的饲喂。

我被离别情绪深深地感染，无限伤感地在月光下转了半天，心里默默地替远离故乡的野马祈祷，为这些将要日夜兼程的宝贝们牵肠挂肚。

伙计们，去吧！外面的世界很精彩，替我去上海见见世面。

上　野马中心的工作人员
　　将装着野马的箱子运
　　上车
下　运送野马的卡车即将
　　开向远方

第二章 人与马的博弈

每个人都将不符合自己习惯的事称为野蛮。

——（法）蒙田

07 荒野之春

转眼冬季来临，这是我来野马中心的第一个冬天。没有夏日的蛙叫虫鸣，没有白天的喳喳雀叫，一切生灵似乎都已经沉睡了。

野马中心的冬季人无踪影，树木萧条，百草枯萎。到了夜晚，更是死一般的寂静。工作人员每天除了值班，其他时间就躲进屋子里避寒。

冬天的野马，毛色由夏天的土黄色变成了深褐色，被毛[①]变厚，像裹着一层厚厚的毛皮大衣，用来抵御冬天的寒冷。

野马课题组的专家们根据不同的季节给野马制定饲料配方，夏季高温期间要给野马投喂西瓜以防暑，在春季发情期要给参加配种的公马饲喂鸡蛋、大麦、麸皮等营养物质。而到了冬季防寒期，就要给野马补充胡萝卜和玉米粉等精饲料，尽量做到饲草料的多样化，四季食谱不重样，以确保野马的体质需要。

而人的伙食还是一如既往的单调重复，除了拉条子还是拉条子。

---

① 被毛是马体表面的短毛，一年换两次，春夏短而稀，秋冬长而密。

天刚蒙蒙亮的时候，饲养员开着小四轮车到草库拉草喂马。小四轮车"突突突"的声音撞破了冬天荒原无边无际的寂静。马儿们听到草车的声音，便兴致勃勃地奔跑着冲到草车跟前。一名饲养员开着车沿着围栏走，另一名饲养员站在草堆上把一捆捆草叉进围栏里。一大群野马像嗷嗷待哺的孩子，昂着头排成一溜追逐着草车，一大团哈气围绕着它们。一捆草扔下去后，马儿们立刻抢上去，一点不顾风度地抢着吃，吵成一片，有时候还互相厮打。

　　头马和皇后要确立自己的优先权，其他的马则想尽一切办法先偷几嘴。当草一捆一捆地扔下后，争吵嘶闹声才渐渐小了，每匹马各取所食，咀嚼声立刻响成一片。

　　吃完了草，马场四处都布满了一堆堆冒着热气的粪坨。热气还没升腾多久，粪坨就成了一块冰疙瘩，在寒气中咄咄矗立。饲养员又赶紧开着那辆"突突突"的老爷车去拾粪。粪坨顽固地赖在地上，拿铁锹铲好几下才能铲下来。

　　清理完场地内的马粪，饲养员又从值班室里用拉水车接水，然后拉到每个马场的水槽中去。野马纷纷围拢到水槽边，水喝完后嘴里还冒着热气，胡子上已经结满了冰珠，肚子里咕噜噜响几声，它们满意地甩甩头，龇着牙，一步三摇地向开阔处走去，寻找阳光温暖的地方活动。

　　水槽周围没几天就会结上一层冰，有的马小心翼翼地走，偶尔表演几个滑步，性子急的干脆就会摔倒。这时候值班人员拿着镐，一镐一镐将冰铲掉，露出地面，或在冰面上撒上土灰，防止这些活宝们摔倒。

等给马喂完了水，饲养员又抓紧从菜窖里用小拉车将冰冻的胡萝卜拉回值班室，用水将胡萝卜洗净，用萝卜机将胡萝卜切成一片片，然后拌上精料给野马送过去。这是野马冬天最精美的大餐。

俗话说"马无夜草不肥"。一天喂四次草。最后一顿是夜里零点左右。饲养员打着手电，冒着严寒，把饲草投给野马，

野马中心的冬天，给野马饲喂胡萝卜

一天的任务就算完成了。临走时，饲养员还得打着手电筒巡视一圈，看到野马们那么安静、健康，好像看到自己的孩子安然无恙，他们才放心地回到住处，疲惫不堪地躺到床上。

冬天的寒流说来就来，它们无声无息地流过天山，流过茫茫大地。野马中心那辆鞠躬尽瘁的老爷车常常被冻得趴窝，打不着火。而地下两米深的水管，更是被冻得如铁钎一般。这个时候，值班人员就比较惨了，用一个人力铁皮车代替老爷车去拉草，清粪，除冰。而地下被冻的水管，只能用铁镐去挖冻土。冻土坚硬似铁，一镐下去，只听"当"的一声，地面只有一个白点儿，震得人虎口发麻。可怕的是切萝卜的机器损坏了，饲养员们不得不每天用菜刀把上百公斤的胡萝卜切成薄片。

养马人日常的伙食比野马要简单得多。肚里没有油水，干活没有力气。饲养员们只好自己想办法，他们常常会在雪地里下几个套野兔的铁丝扣，捕几只野兔来改善单调少肉的伙食。

我的屋子里总是那么的寂静。我把炉子烧得很旺，听到轰轰的炉火声，对我来说也是一种莫大的安慰。可是到了夜晚，当所有的响声静下来，只能听到自己的呼吸声时，一种无可名状的恐惧感就会从四面八方包围过来。我几乎每天都蒙着头睡觉，有时会从噩梦中惊醒。在无数个漫漫长夜里，我只能在烛光下写日记，来打发这难熬的时光。

我青春的生命，如一匹被圈养在围栏中的野马，身不由己。这样的日子，何时才是尽头？

第二年的春天到了。但野马中心的春天并没有草木葱茏，她需要一个漫长的等候。

"一年一场风，从冬刮到春"，而野马中心的风更是大得吓人。那风卷着沙尘从戈壁深处吹来，又沿着天山一路飞奔，在一望无际的戈壁上毫无阻碍地行军，把整个世界搞得天昏地暗。有时狂风会盘旋在野马中心的上空，呼啸着拼命晃动野马中心的树木，恨不得将树连根拔起。野马中心的电线杆被狂风刮倒过好几回，电线也被狂风扯断。有一次来了一场大黑风，也就是沙尘暴，将野马中心马舍的砖石围墙推倒了十几米，然后带着漫天灰尘扬长而去。

狂风，尤其是春天的狂风，最让我感到恐惧。因为无论我捂得多么严实，都逃不过狂风毁容的毒手。

整天对着镜子照啊照，我实在不愿意承认镜子中的那个皮肤又粗又黑的人竟是自己。再仔细瞧瞧，脸上有很多难看的小痘痘，一片片起了白色鱼鳞似的皮，还有几个小黑斑呢。我开始陷入一种深深的自卑之中。这副模样，还有什么资格指望英俊的王子呢？就算有一天白马王子真的出现在我的面前，也一定会被吓跑的。

上大学，是为了拥有美好的前程，拥有幸福的人生，结果却来到一个连农村都不如的地方。几栋破旧的房屋和一大群马，闭塞落后，没有一点现代化的气息，就像是被现代文明遗忘的角落。这样的处境，更让我感到无脸见人，尤其是我的亲朋好友。有一次去乌鲁木齐，在街上见到一个同班同学，我赶紧背过身去，生怕被他认出来。回到野马中心后我始终处在一种悲伤情绪之中，变得整天沉默不语，甚至有时连饭也不吃。有时干脆喝点酒来麻醉一下自己，然后痛痛快快哭上一鼻子，心里才感觉好受一些。

但是无论内心怎样痛苦，工作还是得硬着头皮干下去。

雪渐渐融化，地面上泥泞不堪，原来坚实的路，只要沾上点水，就变得又黏又滑。泥土沾到鞋子上有两公斤重，野马的脚上也沾满了泥，跑起来泥巴满空乱甩。

春风渐暖，阳光变得越来越有力度。雪化尽后，野马中心的一件大事就是植树。由于野马中心的土碱大，前几年植的树十种九死，或者全军覆没。后来领导想了个办法，将树坑挖好，从其他的地方运来沙土，拌上羊粪，然后挑健康高大的榆树苗，深深地植下去。这样，野马中心才渐渐有了点绿荫。

天山上的雪水被太阳撵着沿山坡冲下来，有时候就把道路冲毁、围墙冲倒、菜窖淹垮、防洪坝泡塌，它们肆虐过后留下一片狼藉，野马中心的人就要抓紧时间没日没夜地对受害设施进行抢修。

起初没有防洪坝，洪水来时在马舍砖墙基部挖洞泄洪。后来背沙袋抗洪。从早干到晚，晚上回去累得趴下。人跟机器一样，不停地干，连续干五六天。防洪坝4米高，但春天的老鼠会打洞，防洪坝还得被冲毁。

春天里，马舍最主要的事情，仍然是野马的繁殖和防疫。妊娠母马产驹前后，每天都有人悉心照顾，像大帅这样的种公马，每天加两个鸡蛋增加营养，提高体能，好让它的妻子们都怀上孕，并且生出健壮的马驹来。这些都好办，困难的是每年春季给野马防疫打疫苗。

为了预防野马传染病的发生，保证野马的健康，野马中心建立了"预防为主、防治结合"的疫病防疫制度。每年都要给野马驱虫，预防接种注射疫苗，并定期进行体检。野马中心有两支吹管枪，我跟着饲养班班长孙立程学会了吹管枪的使用，跟着他一起给野马打疫苗。

野马中心的工作人员在用吹管枪给野马接种疫苗

孙立程打疫苗的水平最高，几乎是百发百中。打疫苗之前，先给野马饿上一两顿。然后我们躲在门后或马舍的窗户后，或在砖墙上打个洞，并在门、窗、墙前撒上一些草，等马前来吃草时，用吹管枪将针管吹出，只听"呼"的一声，尾部带着红缨的针管就会像飞镖一样扎在马屁股上。野马被突然飞来的针头击中，立刻就炸了群，一边奔跳、一边回头看自己屁股上晃动的针，并拼命回头去咬针头或尥蹶子，直到将针完全甩下来才算完。

野马身体内外都有寄生虫，我经常看到野马屁股靠着栏杆或墙头蹭痒，或将脖子伸到栏杆空隙里来回蹭，或者两匹马用嘴互相为对方啃痒。

有一种体外寄生虫叫草鳖子，在天气暖和时，不论是马舍还是戈壁滩上，都可以见到这种黑色的吸血鬼。它有苍蝇般大小，身子下面长满了小爪子，芝麻粒样的头扎进马或人的皮肤里就拼命狂饮起来。我们背着喷雾器，在马圈的墙根栏杆等边边角角处喷洒杀虫剂或消毒液。其实主要危害马体健康的是体内肠道寄生虫，舍饲野马群寄生虫病的发生以线虫病、马副蛔虫病为最重。马副蛔虫对马驹的危害最大，会使马驹被毛粗糙、发育缓慢，严重的还会阻塞肠道，造成肠穿孔或肠破裂死亡。

为了确保野马健康，每年春秋两季要做两次驱虫。

将驱虫药拌进玉米粉、麸皮等饲料里给马饲喂。野马的嗅觉特别灵敏，当把拌了药的饲料投喂给它们时，它们先是小心地将鼻子凑过去闻闻，发现有异味扭头就走，再饿也不会吃的。最初，专家们做驱虫实验时换了好几种药才达到目的。野马吃了药后，第二天可以看到马排出的粪便里一堆堆缠绕在一起的白色长蛔虫，最多时一堆粪便里可达200条之多。

驱虫后的野马一下子就显得精神焕发了，毛色光亮了许多。

但由于虫卵不易被杀死，还会在粪便、土里继续存活，野马吃了被污染的草或喝了被污染的水，就会造成重复感染，所以虫年年驱，年年有，几乎没法根除。

每当野马发病的时候，我总会匆忙赶到马舍去看望，往返于一条弯弯曲曲的小路上。春夏秋冬，寒来暑往，不论泥泞不堪，还是冰封雪冻，或是尘土飞扬，每天都要沿着这条小路去马舍看马。

风平浪静时，可以感受到春光的美妙。

可是我的心啊，好像还没有走出寒冬，在一个难以预料的季节里随时变动、不断收缩，隐忍蛰伏。我不知道自己这匹最难驯服的野马，要到何年何月才能融入这个集体。

从野马中心望出去的冬日景色

08 荒漠变江南

　　来单位第二年夏天，野马中心调整了领导班子，老主任因病提前退休，调来了一位三十五六岁的新领导，姓曹。

　　曹主任来自一个林场，他习惯于绿树成荫的优美环境，野马中心的荒凉破败景象着实让他有些失望。他下决心要绿化、美化、硬化环境，把野马中心变成荒漠中的江南。

　　但在当时，野马中心已陷入经费紧张的困境，因为野马数量已经超过了核定经费的一倍，野马口粮只能靠救济款维持。而野马中心工作人员的收入也是少得可怜。当时临时工工资只有200元，正式职工平均工资300多元，还没有一分钱的野外补助。这样的待遇导致饲养人员频繁流动，给野马饲养工作造成很大影响。

　　野马需要24小时的守护、喂养，马舍值班每8小时一班。早中晚三班倒，每个班两人，正常值班需要饲养员6个人，但能稳定下来的也就那么两三个人。因工资过低，临时工一时半会又招不来，饲养员不得不加班加点工作。技术人员短缺，技术条件落后，盐碱地，地下水不足，没有长明电，交通不便，通讯不畅等无数困难，对新来的曹主任来说，确实是一道难以破解的难题。

不知是年轻气盛，还是胸有成竹，曹主任竟然没有被困难吓倒。新官上任三把火，在全体职工大会上，他斗志昂扬地号召全体职工发扬自力更生、艰苦奋斗的精神，用自己的实际行动来改变现状。

这个曹主任，还说干就干。

他制定了干部无休假制度，领导干部要带头牺牲奉献。领导每月到马舍喂马4天，一般干部也就是新分来的大学生每月喂马8天。大力开展植树造林，不仅要种榆树、杨树、沙枣树，还要种苹果树、葡萄树及一些风景树，也种花、种菜。

养马已经很累了，又多出这些副业。曹主任竟然还计划改良40亩地种粮食。羊的养殖规模由原几十只扩大到200只，再养些鸡，这样职工的肉、奶、蛋、菜都可自给。

雷厉风行地干了大半年，环境是有所改善了，但每个人都累得够呛，所以大家都有了一些抵触情绪。曹主任不愿半途而废，便让老员工讲讲野马中心刚成立时的故事，以此来激励大家的斗志。

老员工李鑫科回忆道：1987年单位开了一块地，碱大，没收成，就不再种了。共打了两口井，一口在羊圈，一口在机房。刚开始马舍没有通上自来水，我们用扁担挑着水桶给野马饮水。后来想了个办法，买了柴油桶，里面装上水，用小拉车拉着水桶去马舍。

那时，野马住的是有屋顶、有栅栏的大马厩，吃的是从上百公里以外运来的苜蓿草、麸皮、鸡蛋。而饲养、呵护它们的科研人员只能吞咽夹生的窝头、冰冷的咸菜。没有电，电灯、电话、电视更无从谈起。

养马人住在阴暗、潮湿的地窝子里。水电工李鑫科、司机王师傅，他们不堪回首野马中心初创时的艰辛。说起那段岁月，眼睛都是红红的。一辆解放车和212吉普车，成天在戈壁滩奔跑，拖马料，送柴油，送生活物资。白天，车把身子骨都快震散架了，晚上倒在地窝子里一动也不想动。有什么就吃什么，酸呀咸呀涩呀管不了那么多，填饱肚子就行。

他们说，住地窝子最怕的是春夏之交。天山开始融雪，雪水裹着春雨一齐向野马中心涌来，洪水漫进马厩，威胁着地窝子。

一天夜里，大家刚刚入眠，值班人员忽然惊叫："洪水来了，洪水进院了！"大家冲出地窝子，拿起工具就拦洪。砖石不管用了，就用泥沙，泥沙拦不住了，只好把面粉袋搬来堵漏。洪水退去，工作人员却没有了口粮。饿得实在不行，只好把面粉再从泥沙中挖出来充饥。

回忆起这段经历，大家指着自己的鼻子笑："你们以为野马在马厩？不，眼前的人就是野马。"

老员工的忆苦思甜还真起了作用。大家突然觉得眼前这工作比十年前的条件好多了，晚上休息时我也觉得心里舒坦了好多。

此后的工作，是让办公区到马舍的土路全铺上沙石，房屋进行了修缮，还安装了暖气，不使用土炉子，把破旧的铁皮床全换成了木床……

所有的这些活都是我们自己干，因为单位没钱雇人。而且曹主任还把加班费给取消了。

与曹主任同来的，是一位野生动物饲养专业毕业的大学生，他已有女友并很快就要结婚。初来时他成了曹主任的得力助手，跟前跟后全力支持领导工作。但是曹主任的一系列"新政"还没实施完，他就辞职走了。因为刚结婚夫妻两地分居，每天像个民工一样埋头苦干还可以咬牙坚持，但干部没有休假制度真是让人忍无可忍。每次回去看望新婚的妻子时，还得请事假扣工资。为此他跟曹主任吵得脸红脖子粗也无济于事，便索性辞了工作。

对此，大家都有怨言。饲养员意见最大的是取消加班费，因为当时他们的月工资只有200元钱，加上加班费一个月有个300元就算是高收入了。另外，吃食堂还要交伙食费。

当然，意见最大的要数我了。本来就觉得委屈得要命，新领导的新措施无异于雪上加霜。干几天可以，长期下去谁能忍受？

09 遏制不住的冲突

自从曹主任一上任，我就再没有过上一天舒心日子，成天除了干活就是干活。

作为一个女同志，还得去马舍喂马，还有杂七杂八一大堆的体力活，一样都逃不脱。

为了保证树的成活率，曹主任要求大家挖1米深、80厘米直径的树坑，分任务到个人，女同志是男同志一半的任务。种葡萄的坑挖得有2米深、1.5米宽、200米长。坑挖好后从几十公里之外的地方拉来砂土填进去，最上面加厚厚一层马粪。地面十分坚硬，挖树坑时大家把铁锹、铁镐、钢钎都用上了，饲养员从马舍喂马回来也不休息就去挖树坑。我和大家一起挖，可是等领导和年轻小伙子们都完成时，我的任务连一半都不到，手上满是水疱，真疼。最后在一位饲养员的帮助下才完成了任务。

这次拉来的树苗有碗口粗的圆冠榆，根基处带着和树冠一样大的泥团。还有苹果树、葡萄、榆叶梅，全都栽上了。"我在林场种了十几年树，我就不信这回还活不成。"树栽下去后曹主任自信地说。

紧接着就是给树浇水。

野马中心靠一口离生活区有两公里远的机井抽水浇树，这一浇就得没日没夜地发电，一刻也不停。一连好几天种树，还要不停地喂马，大家可都累惨了。曹主任穿上一双大胶鞋亲自上阵，连续三天三夜没休息把树给浇完了。大家劝他休息，他说后面还有好多活呢。他说机井水量小，离得又远，一停下来会误事。20多岁的年轻人都佩服他："曹主任，你真是太厉害了，比我们还能干。"

之后，搭了一些葡萄架，在种葡萄的地里种上了南瓜、吊葫芦，还在房前屋后开辟田地，种上了西红柿、辣椒、豆角、茄子，还播撒了一些花的种子。

住宅区西北方有一块以前开垦出来的40亩土地，野马中心以前种过两年向日葵，都没有什么收成，后来就放弃了耕种，变成了荒地。但新领导想变废为宝，要重新改良。他请来一台耕地的拖拉机将地耕了，种上了小麦。浇灌是件最困难的事，因为水量小，还得不停地发电。春天正是大风肆虐的时候，狂风卷起尘土直往人的七窍里灌，让你睁不开眼，走不动路，嘴里满是沙尘。

夜里我们打着手电接着浇灌，在泥里深一脚浅一脚地艰难行走，一不小心滑倒在泥里，半天起不来。第二天回来时，人人都变成了一个泥疙瘩，让人都认不出来了。

下一项劳动就是铺路了。

野马中心对外传出这样一个说法："野马中心少三'头'——

木头、石头和丫头。"

新领导正在积极努力改变这现状，树已种上了，石头和沙子从几十公里以外地方去拉，当然我也不能例外。

有一天，我感到浑身酸痛，头重脚轻，实在想打退堂鼓了。当领导来叫我时，我刚想说"不去！"但又咽了回去。强忍着泪，跟着领导上了去拉石头的车。一路上我沉默不语，脸色阴沉着。到了一个干涸大水渠，别人都下去捡石头，我一动不动地坐在车里。

曹主任过来把手套递给我，我这才满腹怨气地下了车。我捡起一块大石头朝车斗狠狠地掷去，"哐"的一声。所有人都停下来将目光集中到我身上。"你不能轻点吗？这样会把车斗板给砸坏的。"曹主任面带愠色地说。

"我又不是故意的。"我的话也是硬邦邦的。

接下来越干越生气。晚上回来，饭也不吃，独自坐在房子里流泪。

突然，听到"唧唧"的一个微小声音，我的目光转向办公桌下，只见一只黑色的蟋蟀正在望着我呢。摆动着两个长长的触角，见了我一点也不躲避，又"唧唧"地叫了两声，好像在对我说什么，大概是在劝我别伤心吧。

"你是怎么进来的？"我不禁好奇起来。

不一会儿，这只蟋蟀引来了夜幕深处许多伙伴的共鸣，听着它们的合唱，心里一下好受多了。它们的歌声清脆悦耳，欢快奔放，这些黑色的精灵也许是黑天马派来的，给我孤独受伤的心灵带来了莫大安慰。

铺完路，曹主任又安排我写了一些野马的宣传标牌，用白油漆写在刷了蓝色油性漆的铁皮上，如"野马中心简介""普氏野马简介""繁殖国宝，振兴国威""让野马首先在我国回归大自然""保护野生动物就是保护我们自己"等标语，写好后把标牌栽在路两边。

转眼夏天来了。

野马中心的夏天很热，地面温度有时达到摄氏五十度左右，无边的戈壁上因为酷热会在远处地表形成海市蜃楼。知了在沙枣树的深处拼命地叫，暑气蒸腾着上来，太阳又从高处四面八方射过来。如果站在太阳底下一会儿，仿佛人呀马呀都会跟蜡烛似的融化掉。

每次去马舍前，我都要喝满满两大碗绿豆汤。中心食堂里那一口硕大的锅内，绿豆汤总是碧波荡漾。这时候马舍被饲养员们打扫得干干净净，洒上水，然后每天还会给野马吃汁水四溅的西瓜，并给它们喂防暑药避暑。特别注意妊娠母马和新生幼驹的管护，这是野马中心的重中之重。

但野马总是不领会人们给它们打扫出来的阴凉房间，它们自个儿寻找外面阴凉的地方。只有到蚊虫最多的时候，才会钻到圈舍里来。它们的饮水量也突然大增，水槽里总是得不断加水。最让人操心的是那些刚出生的小马驹，玩累了倒头就睡，一点不顾及酷热的太阳，这种情况下最容易中暑。于是饲养员们每隔半小时就到每个场子巡视一遍，把那些贪睡的小马驹驱赶起来。

夏天另一件大事，就是给野马备草。

这里的土质差，盐碱很大，饲草没办法生长，草料是从距野马中心几十公里外的乡镇拉回来的。大部分调草任务在炎热的六七月份完成。随着野马数量的增加，需要的饲草料一年比一年多，购草的任务一年比一年重。为了顺利完成任务，工作人员不得不放弃休假，起早贪黑地进行购草、卸草、垛草。

因为这些事情季节性很强，过了时间就调不来好草。我每天顶着太阳数草，做好草的验收和入库工作。卸草人员主要是马舍的几名饲养员，每天来十几车草，他们天刚亮就去卸草，中午吃完饭顶着狂风烈日接着干，一直到天黑才收工。回来吃过饭，倒头就睡了。

小伙子们刚开始两天干得挺起劲，往后就累得有些支撑不住，特别是中午时候，骄阳似火，草垛越高越难往上垛。他们汗流浃背，草叶和灰尘扬得他们满脸都是，随着汗水沾了一头一身，那个难受劲特别煎熬人。

为防止中暑，他们头上裹着一块湿毛巾。草垛越堆越高，方方正正，有的野马会伸头朝草垛张望，但不知道它们是否理解工作人员的辛苦。

我去马舍喂马，正是从那年冬天开始的。

雪已经下了好几场，天气越来越冷，空气仿佛都冻住了。每次出门脸像被刀割一样，浑身衣服一下子就冻透了。阳光有气无力散漫地在荒原上飘浮，蒿草的尖在冷风中无力地抖着。几乎看不到活物，当风吹起来的时候，就像老天操了一把冰冷的刀，把一切温度都割掉。

一年下来，路面、室内环境的确改善许多。但是，除了几株葡萄树外，其余的树一棵也没活。小麦撒了四袋种子，秋天只收回两袋。羊呢，除野马中心留的几十只自己吃，大部分让牧民代牧的全是老弱病残的羊。养的鸡死了大半，种的菜被虫子吃光了。

就这样熬到了1997年冬天，生活区五栋房子都安装上了暖气，每栋房子有一个小锅炉，领导让我搬到一个有锅炉的房间负责烧锅炉。我认为这是领导在故意整我。

我平时干活不积极，还经常顶撞他，看来领导打击报复的时候到了。

夜深人静的时候，我毅然写了一份辞职报告。

就在我写好辞职报告的那个晚上，凌晨零时刚过，我正准备就寝。突然听见有人在敲窗户："一个马娃子病了，快去马舍。"这是沙副主任的声音。我赶紧穿上棉大衣和他一起去了马舍。

在手电筒照射下，看到"小黑炭"侧躺在3号场地水槽边，绿莹莹的眼睛里充满了痛苦，它的鼻梁骨外皮烂了一小块正流着血。我过去将它赶起来，发现小黑炭的右前肢向后拖拉着疼得不愿走动。

沙副主任立即召集大家来抓马，把小黑炭隔离到西马舍值班室。经检查，诊断为肘关节严重脱臼，兼有皮下组织损伤。我没有接骨治疗的经验，于是立即联系了远方的曹洪明老师。

曹老师第二天一大早就赶到了野马中心，给小黑炭把脱臼的关节接上了，用竹板固定住，然后给它输了液并打了封闭针。曹老师开好了处方，让我以后按此方治疗，说伤筋动骨一百天，一定要精心医治和护理。

小黑炭出生的情景不由得在我脑海里又浮现出来。

小黑炭是我来野马中心后第一次看着出生的小马驹。听饲养员说，野马多在夜间产驹，晴天多见，阴雨天少见。小黑炭出生前两天，它的母亲"道奈斯卡"出现了明显的临产征兆。小黑炭出生前一天，绵绵阴雨下了一天一夜，第二天早晨天气放晴，天蒙蒙亮我就踏着泥泞来到马舍看道奈斯卡是否已分娩。

道奈斯卡显得烦躁不安，正从吃早餐的马群中离开，不时回头望望自己隆起的腹部，尾巴高高地翘起来，哗哗地排了很多尿液。它走到小草库门口低凹的一摊积水旁，顺势向左侧卧倒，随后略带红色的羊水从阴门流出。道奈斯卡喘着粗气呻吟起来，约过了两分钟，只见一只黑黑的前蹄露了出来，接着又是一只前蹄，然后是一个黑乎乎的小脑袋伸了出来，最后是两后肢被一层薄膜样的胎衣裹着出来了。这时道奈斯卡轻松地舒了口气，站了起来，与马驹连着的脐带自然断了。

母马开始在这个黑黑的小家伙身上亲昵地舔起来，水池边映着它们的倒影。

道奈斯卡生孩子时，野马王子这家伙不知啥时候也跑过来看热闹，睁着两只大眼睛，一动不动地好奇地看着躺在地上的母马生产。它耐心地看着弟弟小黑炭一点点生出来，不知道害怕，也不想回避。我说："小孩子走远点！"把它往圈外边推，它四条腿倔强地支着，不屈不挠地只顾伸着头看，那股认真好奇的劲头让人看了好笑。看到母马转过头来舔小驹，它也凑上前去，热情地帮母马舔小驹身上湿淋淋的羊水。后来，它和新出生的小黑炭成了好朋友，每天都跑去找它玩，带着它一块吃草、喝水，帮它挠痒痒，这一大一小两个家伙好得亲密无间。

为了给小黑炭疗伤，我将写好的辞职报告悄悄地烧了。

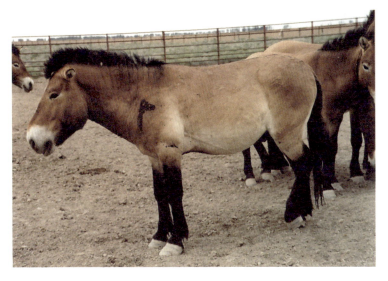

野马"小黑炭"

10 与野马共荣辱

与小黑炭同时生病的还有羊圈里一只瘦骨嶙峋的大黑白花奶牛，患上了肠胃炎，不吃不喝整天拉稀。每天我得给它挂两次吊瓶。正值三九天，常常是寒风呼啸、大雪纷飞的天气，每天迎着风雪往返于马舍和羊圈之间给马和牛治病。我感到累极了，锅炉也没有顾上好好烧，整个房间冻得跟冰窖似的。

一天早晨，我实在懒得生锅炉，穿着厚棉衣窝在沙发里掉起了眼泪。

这时，曹主任敲门进来了，我还在继续哭。"你的房子真冷，锅炉没有烧吗？"说着他向过道里那个小小锅炉房走去。不一会儿，他回到我跟前说："不把炉子生起来，这么冷的天，你自己受冻不说，还会把锅炉冻坏的。""架（烧）不着。"我用双手掩面嘤嘤地哭着，透过手指缝见曹主任出去了。过了一会儿，他拿了一大把树枝走进锅炉房，接着又提了几桶煤进来，不久就听见炉火的轰轰声了。我心里一下暖和起来，脸上有了笑容，突然觉得曹主任不那么面目可憎了。"以后你忙的时候可以给别人说一声帮着架一下，千万不能把锅炉冻掉啊。"曹主任临走时说。

回想曹主任每天像个苦工一样忙碌的身影，喂马、喂羊、放羊、修羊圈、种地、种树、浇地、打地平、开车、发电、食堂做饭、拉石头铺路，所有的活儿他都在带头干。哪个岗位上缺人他就临时顶替。这哪像个领导啊？

转眼春节来了，大年三十这天，曹主任把她的爱人和孩子都接到野马中心，因为他要在野马中心值班。小黑炭正病着，我当然也不能回家过年了。炊事员回家过年了，年夜饭是曹主任和他爱人做的，我和不值班的饲养员帮忙打下手。

清炖羊肉、红烧鲤鱼、大盘鸡等十几个菜摆了满满一桌。窗户和室内的用具都被擦拭得干干净净，食堂的暖气烧得很热，只听见锅炉的水箱在咕噜噜响着，像是在庆祝新春呢。

围坐在圆桌上的只有七个人，我、孙立程、放羊老汉、另外一个饲养员及曹主任一家三口，大部分人都回家过年了。还有一个饲养员正在马舍值班。

曹主任亲自把三台酒给大家倒上，说："今天是大年三十，但野马饲养工作一天也离不开人，我们几个春节留在这里值班，辛苦大家了！为表示对你们的感谢，我先敬各位一杯，祝大家新春快乐！"他一一碰杯，说："都要干了啊！干了。"

三杯酒下肚，一直心事重重的我再也坐不住了，趁着泪水还没有流出来，赶紧出去了。回到房间里往床上一趴，就呜呜地哭了起来。

"每逢佳节倍思亲"，这是我在外面过的第一个春节。

此时此刻我多么想和亲人在一起啊！在这荒郊野外，没有一个人陪在身边。过年了，也不能给家里打个电话，听听亲人的声音，因为打电话要到20多公里外的镇上去。我多想把自己一肚子委屈说给他们听啊！

半夜从噩梦中醒来，发现自己没脱衣服蜷缩在床上正冻得发抖呢。我赶紧起来去看锅炉，发现火还没有灭，便赶紧往炉膛里填了些煤。

第二天早晨醒得较晚，孙立程过来喊我吃饺子："你昨晚怎么哭得那么伤心？哭声那么大，整个野马中心能听到，我过来敲门，想劝劝你，但你把门扣上了，是想家了吧？快点去吃饺子，曹主任让我过来叫你。"

我一照镜子，发现眼睛肿肿的，真难看。我对孙立程说："你先去吧！等会儿我过去。"等孙立程走后，我捧着凉水一个劲地往眼睛上拍，想让眼睛的肿胀尽快消下去。

给小黑炭打完针后，听说马舍的水管冻了，我和孙立程一起过去看。孙立程把东马舍值班室的水龙头拧开，见出不了水，就从炉子里取出一块红红的炭，放在1米高水龙头管子根部烤，还是不见出水，他说一定是地下管道冻了。他跑到机房取来了喷灯，走到东马舍前大门一处地下井，揭开铁皮井盖，跳了下去，我把喷灯递给他。孙立程打开喷灯，一股火焰呼地从灯口吐出，他对着下面一处管道喷了起来，不久他让我去拧水龙头。

"出水了！"我喊道。

"那你把值班室挨着那间库房里的一块破毡子，还有铁丝帮我拿过来。"孙立程在井底对我说。我找到后递了下去，他用毡子把管道裹住，并用铁丝缠紧，完后没好气地对管道说："我就不信你还会冻住。"

大年初三马舍的早班是曹主任和我，这可是我跟曹主任第一次一起值班。

之前我和饲养员一起值班，大家都很照顾我。"这下可惨了。"我心中暗暗叫苦。

到了马舍，曹主任对我说："那三个饲养员已连续上好几天班了，今天我和你一起上班，让他们缓一缓。"

早晨那顿草，上夜班的人在下班前就喂上了。我来到马舍时，野马们正在吃早餐呢。我拉了水车到西马舍值班室门口，将一截黑胶皮管接上水龙头，另一头放入水箱口，拧开水龙头放水。等水箱水满，我瞅瞅曹主任，想让他拉着去给马饮水。可他还坐在值班室床上无动于衷地吞云吐雾，我只好自己行动了。

正当我抓起水车的手柄要走时，曹主任说："等等，等我把这根烟抽完我来拉。"我心里一喜，赶紧放下。

拉完了水，接着就是拾粪。

小四轮拖拉机冻住了，我们只好用一个铁皮手拉车拾粪。手拉车约有1米宽，2米长，1尺高，前面有两个1米长的手柄。曹主任拉着车，在马粪多的地方停下来，我和他都拿着一把方头铁锹将地面上冻得跟铁疙瘩似的马粪蛋一锹锹往车上扔，我尽量干得卖力一些。一车粪装满后，曹主任拉着从3号场南大门出去，倒在门前二十几米远的马粪堆处。

拾完粪后，我和曹主任又去大草库内的菜窖去拉胡萝卜。

胡萝卜窖在草库北面地下，约有80米长、10米宽、3米深，地面和墙都是红砖砌的，窖顶有个烟囱状的通气口。沿着窖南一个约与地面成30度的10米长的斜坡下去，有合页状的铁皮大门。冬天为了防止胡萝卜冻坏，在大门外挂了层厚厚的毡子。夏天窖里存放给野马防暑用的西瓜，窖内特别阴凉。夏季卸草热得受不了时，饲养员就会跑进去乘凉。

当我和曹主任走进窖里时，里面漆黑一片。我将手电打亮，模糊地看到地面上山丘样堆满了胡萝卜，上面结了一层白霜，用脚一踢硬邦邦的。我打着手电，曹主任用铁锹装起了胡萝卜。车装满后，曹主任在前面拉，我在后面使劲推着上坡。把胡萝卜卸到值班室里时，快到中午1点，该是野马午餐的时间了。曹主任又赶紧拉着车子，拿上两把铁叉去草库装苜蓿草。一捆捆的苜蓿草往车上摞时，苜蓿叶夹杂着灰尘扬了我满身都是，有时溅到脸上，甚至进到眼睛里，我尽力装出毫不在意的样子。

等喂完草已经两点多了，下面就轮流吃饭。曹主任表现得很大度，让我先回去吃，等半小时后我回来，他才回去吃。

曹主任吃完饭回来，已经下午3点钟，切洗胡萝卜就交给下午4点来接班的人来干。这一个小时的休息时间，曹主任问起我大年三十晚上吃了一半跑回房间的事。我觉得曹主任突然没有了领导架子，并让我感到了一种兄长般的亲近感，于是我将自己高考失利等所有的不幸一股脑儿地倒了出来。

"你应该坚强些，学会面对现实，不要老是沉浸在过去的痛苦中，更不能把你个人的情绪带到工作中去。"曹主任听完我的伤心往事后劝说："你既然选择了这里，就安下心来好好干。要是实在受不了苦找机会再离开。没有上大学的人很多，别人最后不是一样走向成功？在哪里跌倒就在哪里爬起来。你才22岁，还可以接着上大学或考研啊！在这里有那么多业余时间，你应该振作起来边干好工作边抓紧学习，争取再考学深造。"

累成这样，哪有心思学习？亏你说得出口。但曹主任没理会我的情绪变化，还是继续说："我也是上班好几年后才上的大学。在我原来的单位，一个办公室五个人就我一个是平民子弟，其他都是当官的子女。每次单位有进修名额，按工作资历、工作表现、考试成绩都应该先派我去学习，可是等别人一个个进修完了才轮到我，我能怨谁去？不照样得把工作干好。"

"你不要死钻牛角尖，不要为过去的那点事整天自我折磨。有句名言'当你为错过昨夜的星辰流泪时，你很可能会错过今天的太阳'。古今中外，多少有志之士都是在逆境中奋起，你不一样可以吗？你要给自己确定目标，有了目标就有了动力，就不怕孤独和寂寞。"

"对于我们，养好野马，让野马早日重返大自然是我们的奋斗目标，如果成功将会为祖国赢得荣耀和尊严。现在我们单位穷，野马都面临着断粮的危险，哪有钱给职工发奖金、开加班费？不苦干、不牺牲能行吗？看着你们天天这样累死累活地干，又拿不上多少钱，我心里也不好受，特别像你这样一个女孩子。人心都是肉长的，可大家都干你不干行吗？你一个女孩子可以少干些，但不能什么都依赖别人。"

不当家不知柴米油盐贵。曹主任这些合情合理的话说动了我的心。原来他心中什么都有，这个戈壁硬汉就是平时不善表达。

"还有，在这里工作不是丢人的事，谁也不会认为你在这里工作是丢人的事。那是你自己的错误想法而已，你应该反过来想才对。以后不要太封闭自己，有什么想不通的可以跟我说。"

曹主任推心置腹一番话，让我一年来对他的怨恨一下子化为乌有。我想起托尔斯泰那句话："使人疲惫的不是远方的青山，而是鞋里的一粒沙子。"这粒沙子虽然小，却足以破坏你的情绪，影响你的进程，甚至左右你的命运。

下班回去后，我精气神十足地一口气提了好几桶煤，把锅炉烧得旺旺的。

当我看到胶皮管里冒出腾腾的热气，锅炉水汩汩地向外直流时，心里暖洋洋的。房间里的暖气管道，也发出了阵阵呼噜噜的声音，震荡得管道哐当当地响，此时都变成了奔放的音乐。在寒冷孤寂的冬季，就像是亲人的话语在耳边响起，让我听起来那么亲切和熟悉。

走到办公桌前，发现桌下的那匹黑骏马正在望着我笑呢。我拿出日记本，飞快地写下了"黑天马"的小诗：

梦中早就与你相识

我黑色的天马

高大矫健的天马

奋蹄嘶鸣的天马

循着你的身影我来到这里

带着你的灵气我来到这里

巍巍天山

茫茫戈壁

一个荒凉小站

你是我的挚爱

你是我的精神

让阳光，将我晒成你的颜色

直到灵魂也变成你的颜色

我想，梦里的那匹黑天马便是身心自由的野马化身吧，从此，我将与野马共荣辱，共同追寻生命的最高境界。

　　我又大声地读起了泰戈尔的散文诗："香篆不燃烧，就不会发出芬芳；灯火不点亮，也不会放射光芒。我的沉睡着的麻木的心，必须以你的爱的霹雳才能使它警觉；而那紧箍着我的黑暗，被你的爱的雷霆击中，才会像火炬般熊熊燃烧。"

11 野马放归的曙光

来野马中心第二年的秋天，野马野化研讨会召开。

参会的有来自中科院、林科院、新疆大学、八一农学院及林业厅有关部门的二十几位专家、领导，在野马中心的餐厅里举行了三天的会议。

会上，专家们针对野马种群数量达到多大规模野放合适、怎样野放等展开激烈讨论，终于形成了野马野化的技术路线和方案。我在会上做了详细记录，并在会后写了会议纪要。

这次专家会议，给我上了一堂生动的野马讲座课，让我对野马的历史、现状、未来发展有了进一步认识。原来自己从事的工作，竟然关系到环境和生物多样性保护，意义还这么重大。

会上，那些60多岁的老专家对野马事业仍然满怀热忱，提出了"与野马白头偕老"的口号。林业厅领导当场表态，他们会向国家林业部汇报这次野马野化研讨会的情况。等两年过后野马达到上百匹时，争取启动二期工程，实施野马放归计划。

这么说来，大帅、绿花、公主和小黑炭们，你们真的有希望奔向自由。不过你们可要好好锻炼身体，准备迎接大自然的挑战哦!

自从我对曹主任的态度有所转变后,工作格外出活儿。专家们所教授的知识和学问,也都往心里去了。

在没有人类的情况下,生物链持续进化了大约35亿年。所以,每一个古老的生物都是"人类的祖先",值得人类倍加珍惜,尤其是野马!

古生物学界常把马的进化过程看成生物进化史上最系统、最确切、最典型的例证。新疆奇台、吉木萨尔两县的地名普查,至今还保留有各民族语言命名的野马山、野马川、野马坡、野马沟、野马泉等名称,证明这些地区是野马生存时间最长的地区。

野马是有着6000万年进化史的动物。透过6000万年的风尘我们可以看到,野马的进化经历了始祖马、中马、原马、上新马和真马五个主要发展阶段。马的最古老的祖先叫始祖马,是一种小走兽,大小接近狐狸。它的四肢有五个趾,但基本上用其中的三个趾支撑体重,不过中趾最为发达。

5800万年前,海水刚刚从大陆上退去,地面的海拔高度都很低,气候温热多雨,相当于现代亚热带的情形,地面被覆着茂密的灌木林,草类还不是十分繁盛,分布的面积也不广。现代马类的祖先始祖马与稍晚的中马都隐蔽地生存在树林中,安全噬食鲜嫩多汁的树叶和林地里的软草。大自然变化无穷,风移山石,沧海桑田,地表山脉形成,地面隆起,原来湿润温热的地方变成了开旷的内陆平原，气候变得干燥，硬草地的面积不断扩张，占据许多林区。马的祖先们进化出了适宜于奔驰的硬单蹄和长的四肢，有结构复杂完善的高冠齿，硕大而具流线形的身躯，发达的大脑，因而能更好适合新的生态条件。

马进化到中马的时候，还只有羊的大小，仍然用三趾支撑体重，但中趾已经负担大部分体重，其他两个趾也负担着小部分体重。当进化到原马的时候，就有小驴那么大了，基本上属于现代马的类型，体格构造上也逐渐趋于适应开阔的草原生活，具有快跑的能力以寻找食物、逃避敌害。它们这个时候在干燥坚硬的土地上奔跑，趾部支撑体重，所以锻炼了它的中趾，每足仍然有三个趾，但这时行走仅有中趾触地，两旁第二及第四趾已不再着地了。中趾机能增强、加长加宽，第二、四趾便失去了作用，渐渐退化。到这个时候，马的一指禅的功夫才算真正练成，这完全是优胜劣汰的结果。

真马出现于距今100万年的上新世末期和第四纪更新世，通常称为第四纪洪积期。洪积期初出现冰川期，地面长期为冰川覆盖或者袭击，气候严寒，原来广泛分布在北美洲和欧洲北部的真马一属的野马，有的全部绝灭，能够继续存在的，开始适应于变化了的气候环境而分化为独立的各支系并迅速进化。

马的祖先是生活在5000多万年前第三纪始新世的始祖马，它的后继者已广泛散布于欧洲、亚洲、非洲，大体相同的生活条件下，世界不同地区的马平行发展着。更新世以前，白令海峡和北美的阿拉斯加大陆相接，马的祖先即以此地为通路，从北美向旧大陆移殖。此时马已进化到真马阶段，又因冰川袭击，在美洲全部灭绝。至哥伦布发现新大陆以后，又由欧洲重新移殖，于是马在美洲再度繁衍。只有在欧亚的真马，自上新世以后，直到今天，都有真马属的动物存在，并继续向更高阶段发展，成为现代的马属动物。

1878年，在中国新疆和蒙古国广袤的大地上，野马还是一个开放性资源，沙俄探险家普热瓦尔斯基在这片土地上发现野马并猎取标本带回俄国。西方探险家纷至沓来，大肆捕猎。此后，过度捕杀和经济活动的干扰，野马栖息地丧失，迫使野马分布区和种群数量锐减，最终于20世纪中叶宣告灭绝。

人的想法改变着环境，环境也影响着人们的想法。1986年，从英国和前东德引进的11匹野马正式进驻新疆野马中心。那些从准噶尔掳走的野马后裔，再一次回到了生养它们的故土。人和野马的关系掀开了新的一页。

1998年，我来野马中心的第三年，春节刚过，单位购买了一台电脑，要派我去乌鲁木齐学习电脑操作。听到这个消息，我激动得不知说什么好，终于可以在日夜向往的繁华都市待一段时间了。我为自己两年多来的咬牙坚持，感到庆幸。

领导正在积极争取野马保护二期工程的实施，这不仅意味着野马回归大自然的梦想要实现了，也意味着野马中心的环境、设施条件也会得到很大改善，这让我看到了一线曙光。

我依依不舍地告别了野马，踏上了去乌鲁木齐的班车。

好久没来了，我一下子觉得乌鲁木齐是如此的亲切，她的勃勃生机和无拘无束的城市风格，让我那么喜欢。先去看了曹老师和甘阿姨，少不了一顿美味吃喝。这次两位老师的谆谆教导听得十分入耳，我确实走心了。

第二天，我开开心心地去报到，开始了为期45天的计算机课程。可我很快发现，自己与这个日新月异的社会有些格格不入了。

野马中心与世隔绝的孤独和让人发疯的寂寞，虽然把我打磨得坚强了许多，但从另一方面却使我与这个社会完全脱节了，与朋友之间有了距离，仿佛有一道无形的围栏将我与他们隔开。对外面的世界也有了一种陌生感，与外界的沟通和交流有了说不清的障碍。

在野马中心时，我的房间也像是隔离间。一个人待久了，一旦有外人来，就像野马见了游客那样紧张。一年又一年，我的心灵就这样被捶打着，人变得像野马一样沉默，思想也变得像野马一样简单。除了野马，好像什么都不知道了。

在电脑学习班上，看到别的学员在一起有说有笑，我竟然跟不上这样的节奏，感到特别孤单。我不知道如何才能融入他们中间？

突然之间，已消失了好些日子的自卑感又回来了。别人的穿着打扮多么亮丽，别人的皮肤多么白净，别人的笑容多么灿烂，别人多么能言善辩⋯⋯

　　而我，能变成"别人"吗？

第三章 围栏里的悲喜剧

远方照耀近处，近处也能照亮远方。

——（法）克洛德·列维-斯特劳斯

12 野马"光棍营"

　　转眼冬季来临，野马中心除了几位工作人员外，几乎见不到任何外来人。荒野之地，到了夜晚死一般寂静。我一个人待在屋内，备感孤独寂寞，把炉火烧得轰轰作响，火星从烟囱盘旋着散落消失。这个时候，最不愿听到的声音，恐怕就是自己的心跳。

　　雪后的一天，世界一片银装素裹，分外迷人。雪花密密麻麻地堆积于树木的枝枝丫丫，使树木显得枝繁叶茂。放眼远眺，戈壁滩上的枯草一半身子躲藏于雪中，只将厚厚的雪制棉帽头露出来，团团簇簇连成一片，好一派莽莽苍苍的大漠景观。

　　我不顾天气寒冷，禁不住要去外面走走。于是，我像往常一样向马舍走去。不知道哪一个细微的情节，让我感受到了野马王的孤独。

　　野马在一望无际的白雪映衬下，鲜明夺目，显得精神焕发。这些稀奇的野生动物，和大自然真是贴心，冬天它们的毛色变深，有的呆呆地站在雪地里，眼睛半睁半闭，懒洋洋地晒太阳；有的玩耍嬉戏，互相追逐打闹；有的躺在雪里打滚，沾一身雪站起来，再抖擞抖擞身子。

阳光更强烈了，野马身上的雪都融化了，浑身热气腾腾；有的还在交头接耳，说一阵悄悄话，互相细心地给对方用嘴梳理皮毛；有的低头品尝白雪的味道……

"霸王"是公马群的最高王者，它每天都站在铁门前守望，风雨无阻。任何试图靠近的野马，都会被它毫不留情地赶走。它无可救药地爱上了一栏之隔的一匹淘汰母马"丑小鸭"——这是一匹在任何群体中都备受冷落的母马。

儿女情长，英雄气短。霸王每天都会在大门口与丑小鸭约会，谈情说爱。铁栏的外面，应该是一匹野马的最高理想，妻妾成群，纵横荒原，这才是它们的真正生活。看它那抬头扬颈，长久默默守望戈壁的姿态，那种孤寂或孤傲深深打动了我。

有一天，霸王显得激动万分，它正急切地用前蹄使劲敲击大门，并发出哼哼声，呼唤丑小鸭过来约会。丑小鸭不知怎么回事，竟然定定地站在与2号场相邻的栏杆边，对霸王根本不理不睬。过了一会儿，丑小鸭竟低头采食起地上的剩草来。霸王有些恼怒地再次敲门，丑小鸭装作没听见只顾吃草。霸王着急地在大门前跑来跑去……

后来我发现，原来丑小鸭已移情别恋，爱上了2号场的头马"小帅虎"。尽管小帅虎经常厌恶地追咬丑小鸭，丑小鸭仍然痴心不悔，整天呆呆地在栏杆边守望，时常将自己的臀部对向栏杆，丝毫不在乎自己的尾巴被小帅虎咬掉半截。

这可把每天在大铁门边守望的霸王气疯了，它急切地哼哼着，使劲地敲跺大门，在围墙边跑来跑去。欲火难平只好拿公马群中的其他公马出气，时常不让它们喝水。当其他野马向离霸王把守的大门有十几米远的水槽走近时，霸王会奋力冲过去咬它们，将它们赶走。有时霸王会在吃草时不时踢打、追咬其他野马，以发泄心中的闷气。

霸王经常一动不动地站在铁门边眺望着丑小鸭，骁勇剽悍的身形无比落寞。我的心被触动了，突然觉得作为王者的野马比人更孤独。公马群里，其他公马都三五成群地在一起玩耍、聊天或者采食饲草，只有霸王在大门口茕茕孑立。我想，它一定很郁闷吧？一定对铁栏杆恨之入骨吧？

繁殖群的小公马到了生育年龄，就会被工作人员隔离到一个围栏里作为后备种马，加上不适合当种马的公马和被淘汰的种马一起组成了一个"光棍营"。

光棍营就是一个野马江湖。这一帮光棍拉帮结派，圈地为王，打打杀杀，战争不断。野马社会性强，只要组成群体，就一定要争出一个王来。即使争不到一个最高头领，也要做一个小头目。

这里最高头领所占据的宝座，就是一个能看到其他繁殖群母马的大铁门。在这个可以自由观赏美女的黄金地段上，经常会爆发恶战。战胜的马就光荣地站在这个象征王位、体现权威的位置上，随心所欲地欣赏一栏之隔的百媚千娇。

在大铁门边，只有头马可以在这里撒尿排粪，显示自己的王位。这个位子，有时连人也不能侵入。霸王做马群的最高头领时，曾经对不小心入侵它领地的领导和记者们大发脾气，表示非常的不满：两耳后背，眼神凶恶，竖颈伸头，欲对人们发起攻击，吓得大家赶紧躲开。

最早的王者被霸王推翻了统治，霸王后来又被王子撵下了王位。王子走后，霸王复辟。过了几年，大帅的儿子，野马新秀"雄鹰"又揭竿而起，推翻了霸王的统治，成功地登上王位。雄鹰虽然没有霸王那么执着，不经常在门边守着，但它有个习惯：它不站在那个门前，谁也不能站在那里。一旦有其他马靠近大铁门，它都会冲过去咬。特别是以前站惯了大门的霸王，最爱往门前跑，雄鹰恐吓一声或做出欲攻击的架势，霸王就赶紧躲开了。

各帮派之间和帮派内部的争斗始终不可避免，这使公马群显得更有活力了。雄鹰的群体最大，有11匹公马。只要雄鹰乐意，它群体内的其他公马就可以分享它的特权——可以到大门边观看母马，同时有些小公马还可以从大门处望到自己恋恋不舍的母亲和原来朝夕相处的伙伴们。这大概是公马们争相投靠雄鹰的主要原因吧。

雄鹰最感兴趣的是向隔着大门的母马们求爱，它对本群内的公马们很少管理，大家来去自由，一旦自己的手下脱离小群，它也不拼命地追咬着将它们逐回。雄鹰与以前所有的最高头领不同的是，它并不唯我独尊，常常形单影只，由于它的这种无为而治，反而使它拥有更多的追随者。

每一匹野马都有自己独特的个性，就像人一样。

这些公马群的光棍汉，在围栏里向往着自由，向往着王位，饱食终日却无力改变自己的现状。英雄无用武之处，它们在生活中消磨野性，等待着机遇的降临。

为争夺食物而打架是常事，野马有定时定量的饮食，食物马均一份。有些马吃得快或贪得无厌，吃完自己的又吃别的马的，吃着碗里的看着锅里的，总觉得别的马的食物又多又鲜美，忍不住凑过去抢着吃。有些马心胸宽大并不计较，有些马却锱铢必较毫不相让，于是战争爆发……

像"星星"那样的野马，似乎生来就有强烈的明星愿望。公马群的马是被参观的对象，无论人多人少，大多数马会警觉地离人远去，保持着它们的天性。然而星星是最热情好客的马，因为小时候就经常与人接触，所以长大了对人仍是亲密无间。一见到有人来，它就会走到人堆里，将人从头到脚闻一遍，末了还要吻吻你的面颊，仿佛跟你认识了很久似的。当有人拿出相机对准马群的时候，星星总是第一个冲着镜头走过来，直到将整张脸塞满镜头。人们经常搂着它合影，它一副明星样子摆着pose。这是野马场里最不像野马的野马。

霸王是一个渴望自由的典型。也许它被围栏关得太久，十分向往一栏之隔的戈壁。它最讨厌那些温顺的绵羊，一见到有绵羊走近，长相凶狠的霸王就悄悄地向吃草的绵羊走过去。当它不声不响地走到羊跟前的时候，绵羊们丝毫没有察觉。这时候霸王就会猛地把自己又黑又粗大的头伸出去，龇着牙咬小绵羊，结果是头和蹄都撞到栏杆上，发出"哐"一声巨响。小绵羊们吓得魂飞魄散，撒腿就跑。霸王铜铃样的眼睛恶狠狠地盯着绵羊，也许心里正在愤怒：你们这帮小不点都可以有自由，可叹我一世英雄就挣脱不了这铜墙铁壁。

　　光棍营里，每天都上演着不同的悲喜剧。只要是在围栏里，它们的生活，就会被人为地扭曲。它们不能自由地去爱，去奋斗，去争取自己应得的权利，它们有的连尝试一次的机会都没有，就被宣判了终身监禁。

野马"霸王"在和伙伴打架

13 旷野之恋

　　恩特马克是一位让我十分敬佩的小伙子，他是我的校友，也是新疆农业大学兽医专业毕业。

　　1998年秋天，他来野马中心工作时已有25岁了。他黑黑的脸庞，看上去十分憨厚朴实。他家就在吉木萨尔县的一个乡村，距离野马中心不远。他是牧民的儿子，家里养了不少马和羊，从小就和马打交道。他对马有着天然的感情，毕业后自愿来野马中心工作。应该说他很乐意从事这样一份工作，一方面是他爱马，另一方面也可以发挥专业特长。

　　马克来野马中心的时候，野马中心15个编制已满，单位没法接收他，除非他愿意先当临时工，等有了编制再说。马克一点也没有犹豫，爽快地去了马舍和其他饲养员一起喂马。可他一个大学本科生，工资居然比临时工还要低，只有200元。

　　由于来野马中心的大学生都不稳定，马克来的这年，野马中心从上级争取了4个委培名额，让孙立程、王臣、张彦豹、王振彪四名饲养员去西南林学院进修学习了。他们走后，单位又招了四名临时饲养员，工资是每月300元。

　　为啥给马克这个大学本科生开200元的工资？也许领导的想法是"干不了几天他就走了"。领导对正式分配来的大学毕业生真是寒心了。来是来了，待不了多久一个个都跑掉了，留下来的也不安心。比如我，成天就梦想着早日离开这里，脱离苦海。所以，领导还是把希望寄托在自己单位培养的这批饲养员身上。

谁也没想到那么低的工资，马克居然坚持下来了，而且一干就干了三年临时工。三年中，工资没有给他涨一分钱。野马发病时，他和我一起诊治。后来有老职工退休时，他才转了正，不再去马舍喂马了，成了一名正式兽医。

马克在大学时就谈了一位漂亮的女朋友，是他的同班同学，班里的学习委员，学习成绩一直名列前茅。他们的爱情从一入校时就开始了，一直到毕业，马拉松爱情谈了整整五年。毕业后，女朋友因成绩优异被分配到了乌鲁木齐市畜牧科学院，而马克却选择了远离都市的野马中心。一对恋人，中间隔了140公里长的距离！

刚来野马中心时，马克经常给女朋友写信，倾诉对女友的爱恋和相思之情。有时他会跑到4公里外的西地村，给女朋友打长途电话。他们相见的日子很少。作为一名临时工，当时两个月才能休息4天，人手不够或野马中心工作忙碌时，连4天休息也不能保证。

作为马背上的民族，哈萨克人的爱马情结是与生俱来的。马克的爱情是纯真的，对野马事业的热爱更不掺假。野马中心开展了多种经营，开始饲养细毛羊，也开始养鱼，但小伙子们就是不擅于经营自己的爱情。

马克对女朋友的思念一天天地增长。一个大男人，有时会一个人在被窝里偷偷哭鼻子。被我们发现了，还有些不好意思。可是，我们发现，他女朋友给他的回信却渐渐少了起来。他在电话里也发现，女朋友对他的态度一天比一天冷淡了。

马克感觉不对，赶紧跑回乌鲁木齐去看女朋友，结果一见面女朋友只向他提出了两个字：分手！

他一下子蒙了，任他怎样苦求，女朋友都不能心回意转。

他们毕业后分开已两年了，这两年马克和女朋友在一起的日子没有几天，多数日子是彼此在思念和孤单中度过的。她天天都盼望着马克能在身边关心照顾她，盼望着他俩还像以前那样朝夕相处，盼望着早点有个温暖幸福的家。可是这一切，马克都不能给她。

马克那200元的工资，除掉伙食费最多也就剩下100元，再给女朋友打打电话，也就所剩无几了。一年中，他也没有给女朋友买过什么东西，这一切不能不让女朋友感到伤心和失望，让她觉得未来的幸福多么渺茫。

回到野马中心后，马克独自在宿舍里哭得吃不下饭。我去宿舍劝他，他不去，只是一个劲儿地哭。我把饭给他端到了宿舍："快吃些吧，不要饿坏了，既然无法挽回，就不要想那么多了。坚强些，一切都会过去的，不要哭了。"

"我吃不下去，我们在一起五年了，怎么能说分手就分手，我那么爱她。"

"不是说她不爱你才离开你的，主要是你在这里上班的缘故，说不准这是她一时想不通才这么做的。"

在以后的日子里，好长一段时间，我见马克变得沉默寡言，有时吃饭时眼里还含着泪。为了发泄，他干活干得特别卖力，有时他还一个人朝三台镇路口跑。他的长途电话还能打通吗？谁也不知道。我也不知道怎样去安慰他，才能减轻他的痛苦。

其实，在这里工作的年轻人都一样，谁的爱情不伤痕累累？

在这荒凉闭塞的地方，一个月回不了几天家，工资又这么低，有谁愿意跟这样的人恋爱成家？这里的小伙子，大都到了三十好几，才好不容易找到对象。

我也一样，如果自己不离开这里，爱情对我来说，永远都是一个黄粱美梦。

但在曹老师一次次"千万不能辞工作，坚持就是胜利"的鼓舞下，我只好苦苦守着，千遍百遍地重复着枯燥单调的工作，千遍百遍地饱尝着艰苦和寂寞。有时会麻木不仁，有时会痛苦淋漓；时而会豪情万丈，时而会跌入谷底。

单位的境况一点没见好转，反而是日子过得越来越艰难。

1999年，野马的饲养经费是靠25万元救灾款解决的。到2000年时，野马的数量达到了近百匹，野马野放的时机已经成熟，但野马野化的二期工程却遥遥无期。野马所需经费已是所拨经费的3倍以上，领导到处跑着找钱、要钱，自治区主席最后特批了50万元才使得野马没有饿肚子。

为了解决野马经费困难问题，单位还向社会发出了认养野马的倡议，结果应者寥寥，没有一匹野马被认养。由于长年的盐碱侵蚀和洪水侵袭，野马中心砖墙都濒临倒塌，设施老化。随着马匹数量的增加，圈舍也明显不够用，给野马的分群和疾病防治带来很大困难。

这些野马都是以前引进18匹野马的后代，近亲繁殖不可避免。近亲的后代一代比一代孱弱，它们怎么能适应野外恶劣的自然环境？如果不解决好这个问题，将会使野马中心所有的努力前功尽弃。

真是置之死地而后生。恰在此时，"准噶尔1号事件"发生了。

14 野马之死

"不好了，不好了，野马难产，直肠脱落了，满地流血……"

2000年5月13日深夜，恩特马克穿着草绿色的军大衣，旋风一样走进野马中心的小矮屋。听见马克带着哭腔的喊叫，大家急忙从温暖的被窝里爬出来。走廊里立刻叮里当啷，皮鞋撞到墙壁扶手的声音响成一片。顾不上系错的领扣、戴歪的帽子，大家飞奔出宿舍。

凌晨1点多，无边的夜幕被马灯的微光撕开一道缝儿，只见野马红花突然多出来一条大尾巴，它拖着那条从腹中伸出的、鲜血淋漓的粗大直肠，不停地奔跑。

"五朵金花"之首的红花出生于1988年的妇女节，这是个十分激动人心的日子，因为它是野马引进以后在故土成功繁殖的第一匹野马，标志着野马在故乡渡过了适应关和繁殖关。人们给它起的名字含有披红挂彩、喜庆成功之意。

红花的父亲是有名的英国种马"飞熊"，母亲是生产能手东德的"布鲁尼"，它是大帅的大姐。小时候的红花活泼可爱，"准噶尔1号"备受大家热情的关注。长大后，红花体格十分硕大健壮，它是野马中心最肥胖的一匹野马。在个性方面，红花并不像母亲那般端庄贤淑，而是继承了父亲的狂放不羁、野性十足，以至于它的两任"丈夫"都怕它三分。

大家对红花寄予了厚望，认为这匹健康多产的野马，一定会踏上卡拉麦里自由的荒原。

5月初，红花表现出明显的临产征兆，它的第六个孩子快要出世了。大家非常高兴，正准备给这位多产的母亲一个特别的庆祝。但5月13日夜间，令人意想不到的事情发生了，红花难产！野马很少出现难产的情况，即使难产，一般都发生在产头胎的母马身上，谁也没有想到已多次产下胎儿的红花会面临这样的情况。

野马中心医疗设施简陋，没有麻醉枪、麻醉药和常用手术器械，唯一的办法就是抓住野马来治疗。但因为是夜间，抓马非常困难。就算硬抓，只会加重病情。向外求救，最近的兽医站离野马中心也有四五十公里。时间一分一秒地过去，红花的生命在一点一滴地流失。

红花一边机警地观察着靠近它的人，一会儿快跑一会儿慢跑，随着活动范围扩大，直肠脱落出来快接近一米，肠头已经拖在地上。脱落的直肠是个如影随形的怪物，吓着了红花，也吓着了其他野马。

突然，红花狂怒地转起圈来，用后蹄猛踩这条多余的尾巴。

曹老师和野马专家阿不力米提教授也赶到了野马中心，

带来了麻醉药，这给大家带来一线希望。

"怎么出现这种情况？"主任眼里冒着焦急的火，"红花可是咱准噶尔1号啊！"

"饲草单一是一个原因。吃不到荒漠植物针茅、驼绒藜、芨芨草或红柳，人工提供的苜蓿草、杂草、鸡蛋还是单一了些。"哈萨克兽医眼含着泪，仿佛在喃喃自语，生怕这个结论过于武断，毕竟人类对野生动物认识有限。

"干着急没有用，还是想办法看能否保住野马腹中的马娃子吧！"一句话提醒了大家。对，马留后代草留根，留住草根盼来春！

马克在针管里吸好麻药，把针管塞到吹管枪里，悄悄靠近红花发射。可能是野马皮太硬、太厚，吹管枪没有射中，红花受了惊拼命奔跑起来，拖在后面血淋淋的肠子甩来甩去，在它跑出几米远时，肠子缠住了它的后腿，它用力一蹬，肠子被踢断了。

野马甩掉尾巴下的这个怪物时，大家"啊"的一声惊叫，心都要碎了。

"顾不得了，套马！"

"争取保住马娃子！"专家和主任一声令下，大家顾不得悲伤，立刻行动起来。

过去，为了给野马体检或治疗身体，单位总是从周边找几个勇猛的哈萨克牧民，用绳套来捕捉野马。每一次，勇敢彪悍的维吾尔族、哈萨克族小伙子，跟野马中心的饲养员们，像一群久经沙场的战士一样与野马展开一场搏斗。

每当这时候，野马们也总是紧密地团结在一起，迅速形成战斗队形：母马单刀在前，弱马紧随其后，幼小的马驹被裹挟中间，公马断后。

野马在围栏里像失控了的火车头奔腾不息，嘶鸣着，要将围墙撞出一个洞逃出去。这时它们根本不怕人，对迎面拦截者直冲而上，迫使拦截者不得不赶紧闪开，不然受伤难免。有的马还会慌不择路地往栏杆上撞，"咣！"的一声将头撞上铁架子，反弹回来一下子坐倒在地。不管是撞破了头还是碰得鼻血直流，它们都会立即站起，接着冲撞，或改变方向狂奔不止。

红花落在地上十几公斤的大段结肠，经过曹老师检查，发现肠系膜已完全坏死。他说这时候救活大马已不可能了，现在需要抓紧时机抢救胎儿。

大家狠下心，开始套马了。

虽然红花已病弱不堪，但它一看到牧民手里拿着盘成团的长绳，马上知道了这些人的意图。红花一旦进入野马群就很难分离出来。大家多次抛出套马索，均不成功。

马克一只手里拿着盘成一团的长绳，另一只手拿着绳的活扣，准备随时抛向红花的头颈部将它套住。当红花看到马克手中的绳子时，立刻飞奔起来，马克在后紧追，其他十来个人拥上去围堵，红花似乎忘记了伤痛，如决堤的洪水一般四处冲撞，有时竟目露凶光向人群冲过来。它像一个英勇无畏的战士，在生命垂危之际更使尽所有力气与敌拼杀。

半小时后，马克手里的绳套准确地飞出，甩出的绳套终于套住了红花的脖子。但这次抓马不像从前，没有一个人发出欢呼。

大家紧张而小心地拉住绳索，放倒红花。红花躺在地上拼命地挣扎，蹄子乱踢，头也使劲摆动，眼角被地上的沙石磨烂了，流出鲜红的血。饲养员往马的头下垫了一块毡布。

一直等到天亮，从乌鲁木齐来的野马专家终于到了，看到红花令人揪心地在痛苦挣扎，大家都一脸凝重。

野马专家拨开马尾的长鬃，把手深进野马的产道，如同在失事飞机的黑匣子里找寻真相一样。渐渐地，他几乎将整个胳膊伸了进去。在野马热乎乎的产道里，他的手翻江倒海地寻找着，终于摸到了马娃子，用力抓住它的腿往外拽，却总也拽不出，换一个方向终于摸到了马娃子的小嘴儿，专家把中指探入小野马的嘴里，搜寻不到任何生命蠕动挣扎的迹象。

在野马身后围着专家的一圈脑袋越凑越近，十多双眼睛，看到专家的眼圈渐渐泛红，他慢慢抽出鲜血淋淋的手，无力地耷拉下来。

曹老师和专家们对红花进行了仔细检查，发现腹中的胎儿已经死亡，红花的瞳孔也已散大，将不久于人世了。

恩特马克给红花松了绑。

令人吃惊的是，红花在麻药散去后居然颤颤巍巍地站了起来，像是将死神彻底打败又恢复了生命的活力。它慢慢地绕着围栏走动，想与那些瞪着大眼默默观望的野马做生命的交托，缓步诀别。

看到这里，饲养员索性将围栏打开，让它与同伴进行最后的团聚和告别。

红花1岁大的小马驹恋恋不舍地跟着它，将嘴伸到它的腹下，吃了妈妈的最后一口奶。

红花双眼已视力模糊，根本看不清同伴，但它依然晃晃悠悠地从一匹马又一匹马身边走过，眼角挂着豆大的泪珠，亲吻它们的脸，与它们一一告别。它的弟弟大帅，也带着自己的整个家庭来到围栏前。英武的大帅完全被悲伤笼罩了，它悲伤地亲吻着姐姐的面颊，眼看着它走向生命的终点。红花与身边最后一匹野马告别后，再也没有力气支撑，轰然倒地。

这时，天空突然下起了大雨，像是在为红花哭泣。干旱的准噶尔盆地，这个季节很少下雨。

5月14日，母亲节这天，凌晨5时，红花永远地闭上了眼睛。

整整一年的盼望，结果是母子双亡。

那晚乌鲁木齐下起了大雨，我正值休假，在家中享受难得的一次家庭晚餐。忽然一种强烈的不祥之感涌上心头，突然间莫名感到来自内心的恐惧，我失声哭了起来。家人吃惊地问我怎么了，我不假思索地脱口而出："马死了，我要回单位！"

回到野马中心，当我在录像中看到红花病亡的惨痛过程，怎么也不相信这会是真的，我心痛欲裂。

强忍悲痛之余，我赶紧为这次野马难产写下详细记录。但在《野马繁殖研究中心志》大事记里，2000年的着墨最少，365天只记了四句话：

3月31日，林业厅种苗总站将原兴林农场移交野马研究中心。

5月14日，准噶尔1号因难产引起直肠破裂死亡。

是日，新疆电视台拍摄纪录片《野马之死》，获国家"金鹰奖"。

是年，野马研究中心栏养野马达98匹。

红花死的时候，新疆电视台的一位记者恰巧在野马中心拍摄关于野马的纪录片。他将红花的死亡经过全部录制了下来，并制作了名为《野马之死》的专题纪录片。

《野马之死》播出后不久，恩特马克的女朋友奇迹般地给他来信了。她恳求马克原谅她一时糊涂，说愿意与他重归于好。因为她从电视里看到《野马之死》里马克那忙碌的身影，才真正理解了他。

女朋友理解了马克所从事工作的艰辛，知道了马克为什么在野马中心那么执着地坚守。还有一个重要原因，那就是与马克分手后不久，女朋友也被下放到了基层锻炼，在南疆一个乡村兽医站工作。环境并不比野马中心强，工作也不比马克舒服。孤独与艰苦的生活，让她反思生命的意义，并认识到寻求爱情的真谛不在乎工作好坏与钱财多寡。一种神圣的力量，战胜了繁华都市对她的种种诱惑。不管再苦再难，她都愿把至高无上、纯洁无瑕的爱情坚持到底。

半年后，马克跟女朋友在乌鲁木齐结婚了。有情人终成眷属，大家都为他们感到高兴，野马中心从领导到职工都纷纷为他们祝福。

红花的死让大家非常意外，也非常震惊。它活着时，没有一天能自由地奔驰在卡拉麦里无垠的原野，甚至连围栏也不曾跨出一步。红花生于龙年，死于龙年，整整度过了12个年头。它驰骋荒野的梦还没有来得及实现，就死在围栏里。或许这也算是提前回归原野吧！

伤感之余，我为它写了一首小诗：

你来自蓝天

常踏云飞驰

即使在人间

你也应永属草原

绝不该与围栏有缘

被囚禁的天使啊

对自由的渴望

　　伴随了你生命的每一天……

　　这件事让我不断回想起大学毕业的前一天，天马造访的那个梦境。野马若要真正回归自然，是否还需要摆脱更多的缰绳？

　　人与野马，到底是什么关系？18世纪，欧洲一首儿歌精选里说：打猎去了！打猎去了！把抓到的狐狸塞进笼子，然后再让它们回归自然！

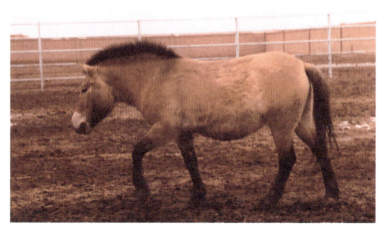

准噶尔1号野马"红花"成年照

15 被围困的爱

准噶尔的春风拂过荒原，扫去了整个残冬颓废破败的景象。

野马们也感受到了春天的生命力，在围栏里更加欢快地跑动，并且把穿了一冬的厚厚皮毛换掉，换上轻便明亮的衣装。

春天是野马发情繁殖的时候，这些性情狂野的家伙们顺应大自然的原始本能，要完成生命中的第一使命：传宗接代。

那年，由于维修地下水管道，单身的公马群被隔离到另一场地。半个月后，单身的母马群也因同样的缘故，被转移到了与公马群一栏之隔的场地内。母马群的到来，犹如在寂寞难耐的光棍群里扔了颗炸弹，战火被迅速点燃，光棍们随即打成一团。虽然胜者并不能真正拥有"美马"，只能与其隔栏相望或者耳鬓厮磨，但就是为了争夺这一权利，公马们即使打得头破血流，也在所不惜。

为了熄灭战火，工作人员很快将母马们转移到远离公马群的场地。谁知，战意正酣的光棍们不肯罢休，非要争出个你胜我负、你死我活来。为了防止受伤的野马伤势加重甚至死亡，工作人员很快将伤马隔离。公马们被分开后，战火才得以平息。

如今，高大的砖围墙阻隔了它们，公马只能从门两侧和底部的狭小缝隙里看到隔壁的"美马"，但是它们仍风雨无阻地在门前守望，无论白天黑夜，甚至常常"茶饭不思"。它们发出低沉而温情的求爱声，呼唤着"美马"们。一旦有母马走过来，它们就显得更加急切，拼命地踢铁门，或者啃咬门闩，有时还会立起来，前蹄跨到2米多高的铁门上，试图爬过去。有时它们又会跪地俯下身子，嘴巴贴向门的底部，似乎想从门缝里钻过去。如果隔壁的母马走开了，它们会沿着墙边来回跑，嘴里发出焦急的嘶鸣声。此时此刻，什么都不能阻挡它们对爱情的向往。

不仅是圈养的野马在繁殖期会为争夺配偶而激战，在野外自然状态下，没有了人的干预，野马的"争妻战"更加激烈和残酷。胜者可以"妻妾成群"，败者只能加入光棍群或独自流浪。待养好伤，时机成熟后伺机再战。如果公马打成平手，就会各自占有部分母马，然后分道扬镳。

在野马中心，由于野马组建家庭必须经过人为的挑选和论证，谁嫁给谁完全由人来包办，所以没有婚姻自由的野马群体常常出现"婚外恋"现象，这真是哪里有压迫哪里就有反抗，这个真理放到野马身上也是那么颠扑不破。

有一对幸运的野马，爱得轰轰烈烈，经过了一年的苦苦相思，它们有情人终成眷属，也成就了一段爱情佳话。

这对野马的爱情是从2001年春天开始的。公马"黑豹"

是大帅同父异母的弟弟，长得十分彪悍，脖子又粗又壮，肤色黑黑的，皱起一棱一棱雄性十足的皱纹。它两只眼睛光芒如炬，前胸宽广，四肢健壮有力，一看便知是位响当当的"男子汉"。母马"秀秀"，是大帅同母异父的妹妹，它看起来要秀丽纤巧得多，毛色金黄，身材苗条而充满风韵，举止文雅，可以称得上是野马家族中的一位容貌出众的"淑女"。当这位淑女到了婚配年龄时，父亲就将它逐出群体，让它去寻找自己的伴侣。秀秀每天独自徘徊于铁栏杆边，一副心事重重的样子。秀秀的心思早就被垂青它美貌的黑豹看出，当秀秀走到它领地的栏杆边时，黑豹主动上前和它打招呼，十分关心地询问这位少女的心事。秀秀也一下喜欢上了黑豹，羞涩地与黑豹交谈起来。就这样，它们相爱了。

它们的爱情愈来愈热烈，黑豹对秀秀的爱情十分专一，不论白天黑夜，不论刮风下雨，常常可以看到它们隔着围栏耳鬓厮磨、窃窃私语。它们沿着栏杆跑来跑去，有时用蹄子狠狠地敲击着碗口粗的钢管，恨不得将这道可恶的障碍踢断，好实现它们心中的渴望。黑豹经常突然立起，欲冲出栏杆。它们望啊望，盼啊盼，那焦渴似火的目光仿佛要把铁栏杆熔化。栏杆两侧踩出了两条深深的平行小路，成为它们爱情的见证，这条爱情之路看起来如此接近，却仿佛两条铁轨永难相交。黑豹全身心地投入到了对秀秀的爱恋中，它似乎从没有像这样爱过其他野马，也全然不顾在一起生活了多年的其他妻子，以至于黑豹的妻子们当年全部未孕，这在野马场可是很严重的渎职行为。

这对野马可怜又感人的爱情惊动了整个野马中心。2002年春季，它们终于被调到了一起。当黑豹与秀秀终于走到一起时，它们的那种兴奋与激动真是无法用言语描述。

野马也会吃醋，这位因与黑豹相恋而出名的新婚妻子秀秀就是一位吃醋高手。黑豹跟这位娇妻度完蜜月后，仿佛又有些清醒，想起了自己的责任，对前妻们又有了些温存，致使新来的秀秀醋意大发，一看到黑豹亲近它的前妻们就怒气冲冲地冲上去吵架、训斥、哭闹、厮打。黑豹无可奈何，只好收敛了好长一段时间。但时间一长，黑豹又故态复萌，不断地在围栏边转悠、摆酷，吸引其他情窦初开的小母马。秀秀没办法了，它大概在想："男马"们都是这么好色吧！

老一代的野马，道德感很强，而且觉悟较高，顾全大局，从来不搞"婚外恋"，也没家庭暴力现象发生。比如美国马"万顿"，不管工作人员给它安排什么样的媳妇，老也好、丑也好，它都不嫌弃。有一次调了一匹西德马，年纪大了，模样一般，连工作人员都担心它会嫌弃。没料到万顿冷落了人家几天后，居然接受了它。

而最近几年选出来的新秀马，大多数是好色的家伙，个人主义比较强。比如那匹"火箭"，新组群的时候给它的全是年轻漂亮的母马，但一年后给它调了一匹比它年纪大许多、长相有点困难的马。它整天怒气冲冲地咬、厮打，将这匹马的前腿咬成重伤，身上也咬得都是伤痕。工作人员不得不将这匹可怜的母马隔离出去。

野马的家族越来越大，各类新鲜事不断涌现。一般情况下，当公马与母马刚调到一起组建成一个新家庭时，或者群体内增加新的爱侣时，它们都要经过一段时间的熟悉和了解才能彼此接受对方，短则几天，长则一两个月，也就是要有一个感情的培养过程。而在去年新建的一个家庭中，一见钟情的现象真让人大开眼界。

"小浪荡"是一匹新选的年轻种马，给它调配的几匹母马都是年轻美丽的处女马。它们一见面，小浪荡就疯了一般地冲上去追逐着三位漂亮的母马。母马们见势不妙，奋力逃跑，但没多大一会儿工夫，小浪荡就俘获了它们的芳心，它们开始亲热地互相追逐、嬉戏、亲吻……

小浪荡是个活力十足的"热血青年"。2003年春天，5号场一匹两岁的小母马"黑妹"不经意地走到小公马所在的4号场栏杆边，小浪荡见了远远地就冲了过去，大概是一眼看上了与众不同的黑妹吧。不知是害怕还是害羞，当小浪荡冲到栏杆边时，黑妹赶紧躲到了离栏杆1米之外的地方。小浪荡将头伸过栏杆，尽力伸长脖子，但还是够不着黑妹。这可急坏了它，有好几次它突地立起，将自己的两前肢伸到了有2.5米高的钢管围栏的最高处，两个腕关节前屈，搭在了横栏上，数秒钟才下来。可任凭它怎样努力都不能跨越栏杆，这可气恼了小浪荡。它张嘴使劲咬起钢管来，然后扬起后蹄狠命地向铁栏杆踢去，发出"哐哐"的响声。它还不时地将自己的臀部撞向栏杆，有时在栏杆边急切地来回跑动。到黑妹跟前时，猛地将头伸过栏杆，眼看自己的头将要够上黑妹的尾巴时，黑妹以为小浪荡对自己心怀歹意，于是扬起两只后蹄向它的嘴巴踢去。挨了嘴巴反而使小浪荡的欲望更加强烈，它更加猛烈地爬栏杆和踢栏杆。不多久，小浪荡身上就出了很多汗，直到它的不轨举动惊动了5号场的头马黑豹。它过来将自己的女儿带走，小浪荡才罢休。

更离谱的是新秀种马"小帅虎"，它的情况与小浪荡相反。

刚与群马调到一起时小帅虎被两匹母马追得满场子跑，才被从"男人王国"里分出来的它还不解风情呢，害得两个少女费了一夜的工夫才教小帅虎懂得了爱情。初尝爱情滋味的小帅虎一发而不可收，不久后就使新婚妻子们全部怀了孕。它和小浪荡一样出色，它俩创造出了新秀种马繁殖成绩的历史新高。

在激情如火的春天里，野马群中还会出现"早恋"现象。一般野马到3—4岁恋爱成家比较合适，可有些小公马1—2岁就谈起了恋爱。

16 野马"妈妈"

1998年6月，天气开始炎热起来，往年这时候就该给野马防暑喂西瓜了。但领导考虑到野马即将放归野外，应该让野马逐渐摆脱对人的依赖。为了提高野马对炎热的适应性，这年夏天开始给它们断了西瓜。

天热时，饲养员们只把圈舍打扫干净，往里面洒水降温。

6月下旬，天气持续高温，气温达四十几度，地面像着了火，滚滚热浪把人围得像在火中炙烤一般。人们忙碌着给野马调草，工作进入了一年中最繁忙的时期。

因野马已发展到70多匹，需要的饲养经费是所拨经费的2倍以上，野马面临着断粮的危机。为了争取使野马保护事业早日走出困境，必须扩大宣传，争取上级有关部门和社会各界的支持。

入夏以来，野马中心来人频繁，参观者、来访者络绎不绝。但野马中心没有钱去雇专职服务员，一切工作都得靠职工们自己干。

每次来人，我和其他职工一起要端茶倒水、端盘子洗碗。有时候一天摆四桌，也就是招待四拨人，真把人累瘫了。来人吃完后，我们还要洗一大堆锅碗瓢盆。宴会开始的时候，我们经常饿着肚子伺候着，等别人吃完才抓紧时间吃一点残羹剩饭，又紧接着要准备下一桌人的饭菜。饭菜食材不够，就开车到四五十公里外的小镇去买，马不停蹄地赶回来，还未准备好，下一拨人又到了。又是马不停蹄地宰羊、剥皮、烤羊头、烧肉、切菜，想尽办法用有限的菜配出不同的花样，煮肉上茶，撤桌洗碗，扫地擦凳……等所有工作都忙完，都快夜里11点了。

为了让人家支持野马事业，给野马中心解决实际困难，不好好招待怎么行？

客人对野马中心这么艰苦的地方，还会有女性来工作，都感到很吃惊。有次一个开豪车的大老板来参观野马，说："你一个女孩子怎么待在这样一个地方？在哪儿不能找份工作？出去打工都比这强，赶快卷起行李回家吧！再待下去人都会变成野人了。"

还有人故作惊讶，说："你都待三年了，是怎么待下来的？让我待三天非疯掉不可。"还有人说："在这样的地方，别说待一个礼拜，就是一天我也待不了。毕业工作这么长时间了，你也该到外面找个对象了！"听了这些话，我心里非常难过，加之经常当服务员侍候人，我的思想又一次发生动摇。

6月21日那天，我陷入一种难以名状的痛苦中。正当我又要打退堂鼓时，野马总是以一种难以预料的挽留方式及时出现。

下午，一个饲养员跑来告诉我：野马"班娜"晕倒了。我心里一沉，赶紧跑到马舍去看。班娜奄奄一息地侧躺在地面，嘴里发出微弱的呻吟，还没来得及抢救，班娜就离开了这个世界。曹洪明老师等专家来到野马中心对班娜进行了剖检，确诊为日射病引起的急性心力衰竭死亡。与班娜同时因暑热得病的还有同一个场地东德2号布鲁尼、英国2号道奈斯卡，它们得了腹下水肿。断了西瓜，这些上了年纪的野马还是有些招架不住。

班娜死亡的时候，它那才出生不久的小马驹还跑到妈妈怀里找奶吃，它根本不知道自己的妈妈死了，它从此成了一匹小孤驹。母马死了，小马怎么办？

野马中心建立十几年来，这样的事情还是第一次发生。这匹小马驹能成活吗？看着小马驹在母马的尸体上找奶吃，大家都很心酸，但能否养活小马驹谁心里都没底。

野马专家曹老师说，"你们给马驹喂奶粉，野马没有那么娇气，估计可以养活。这个马娃子出生多久了？"

"21天。"

"那问题应该不大，赶快把马娃子隔离，开始给它冲奶粉喂。"这匹小马驹就交给我和另一名刚来一年的大学生王镇山管护。

把小马驹隔离到了值班室。刚被隔离到值班室的小马驹显得十分不安，它老爱往门前跑，有时向门上冲，后来我们把它放到小草库内。一进到小草库，它就不安地嘶鸣起来，它一叫，3号场的其他马也跟着叫起来，它就向着声音发出的地方奔跑。跑到铁栏门边，小马驹就向着铁门跳跃、冲撞，将自己的头伸到栏杆空隙里，试图钻过去。它不时发出尖细而稚嫩的嘶叫声，叫声里充满了慌乱和哀伤，就像一个小孩子在大声地哭喊："妈妈，我要妈妈……"

饲养员们抬来一个装马箱，用箱子和一块很大的毛毡将门遮严，小马驹才渐渐平静下来。

初次将奶瓶送到小马驹嘴边的时候，它好奇地张望着，然后用鼻子嗅了嗅，不知道吮吸。我将奶嘴塞进了它的嘴里，它可能感到味道不对，立刻把头甩开了。饥饿的小马驹哼哼着到处找吃的，找不到吃的又大叫起来，像个饿得哭喊的婴儿。我抓住小马驹，耐心地硬往它的嘴里喂，经过几次尝试，小马驹渐渐学会了像吮吸它妈妈的乳头一样吮吸奶嘴了。

从这时起，小马驹逐渐对我和奶瓶有了依恋。远远见到我拿着奶瓶，就会奔跑着冲过来，嘴里发出轻微的哼哼声。吃完奶后，它喜欢跟着我走，我走到哪里它就跟到哪里，我跑它也跟着跑。同事们开玩笑说，这马驹把我当成它妈妈了。它常用鼻子嗅我的衣襟或用嘴啃，我常用手抚摸着它的脸和脖子，有时故意拍打它的屁股，它会立即扬起两后蹄还击。

看到小马驹一天天长大，健康快乐、活蹦乱跳的样子，我心里甭提多高兴了。有时候刚到马舍，饲养员就会对着小马驹叫："小家伙，你妈妈来啦！"

马圈、值班室里苍蝇很多，特别是值班室里被奶粉招来的苍蝇，黑压压地爬在奶瓶、奶粉袋上，在房屋里到处嗡嗡作响地飞着。有时劈头盖脸地向人扑来，让你躲闪不及，叮到人身上就像蚊子叮得一样痒得要命，用手一挠，皮肤上就会隆起一个个小红包。

为了躲避苍蝇的叮咬，三四十度的天气，我在值班室内都不敢把胳膊、腿露出来，总是穿着长袖衣服，热得汗水常把衣服浸透。

到了晚上，蚊子又猖獗起来，嗡嗡叫着追着你咬，或者暗中向你偷袭。等你发现时，皮肤上早已经有一个很大的包肿了起来。室外烈日当头，室内闷热得如蒸笼一般，偶尔会来一阵风，那也是又干又热的风，不能给人带来丝毫的凉意。

野马中心处于古尔班通古特沙漠边缘，干旱少雨。酷热的天气，人们最盼望的就是来场大雨，给火热的戈壁降降温。

7月中旬的一天，气温不断增高，乌云从天边翻滚着铺满天空，一场大风卷着乱七八糟的东西铺天盖地而来，然后噼噼啪啪的雨点落下来。打到地上，溅起一堆灰尘，打到野马身上，野马一个激灵，然后激动地望望天，兴奋地在场子里跑动起来。

当雨点终于哗哗地落下来时，野马们简直跟过节了一样高兴。它们扬蹄甩尾，在马场里快活地奔跑、跳跃，开心地大声嘶叫，有些马兴奋得直直地站着，伸着脖颈，嘴伸向天空，上嘴唇向上翻起，露出一排牙齿，像是在歌颂老天爷似的。还有的马叫两声，跑几步，顺势往地上一卧，四肢向上，翻个身，身上沾了一身的土，然后它们站起来，抖擞抖擞身子，快活得两眼放光。

雨越下越大，一连下了两天两夜。

中午，我穿着一个大胶鞋去巡视其他场地。看完后，就去东马舍值班室的床上休息。不一会儿听到了咚咚的声音，像是谁在用铁锤敲击着墙，声音来自和东马舍挨着的6号场圈舍。我赶紧跑出去看，一看圈舍没有人，只有野马公主在里面，一定是它在用蹄子踢墙呢。这时，7号场的大帅发出了一声长长的嘶鸣，其他各个场地的马都叫了起来，我感到很奇怪。朝西马舍走去，发现大草库的墙倒塌了有3米多，紧挨着墙的是垛得高高如山的草垛。可能雨水作用下与墙挨得过近，草垛的膨胀压力过大，将墙推倒了。

可是，眼前发生的这一切，野马公主根本看不到啊，它是怎么知道的呢？

大雨过后，小马驹感冒了，发起了高烧。无论我怎么逗它，它都耷拉着脑袋不吃不喝。眼看着它瘦了，无精打采的，我的心揪成了一团。

这个可怜的孩子，命运为什么老是跟它过不去呢？

我们给它进行了治疗。我一天要去好几趟马舍，看看它是不是好一点了。使我欣慰的是，小马驹很快康复了，又渐渐恢复了以前活泼可爱的样子。这才让大家松了一口气。我们给小马驹每天饲喂适量的饲草，后来给它添加精料。

第一次吃料时，小马驹看到装了料的盆子感到很好奇，瞅啊瞅，就是愣着不走到跟前去吃。我把盆子端到它面前，它低头用鼻子嗅嗅，也许它在想："这是什么东西啊？怎么没有奶香味呢？"它扭开头，一点儿也不吃。我把料里拌了些水，放到手指上一点，把手指放到它嘴边，它就像吮奶一样将料吃到了嘴里。

将料吮进嘴里后，小马驹开始慢慢咀嚼品尝，"嗯，味道还不错。"等我再给它喂时，它就不再拒食，美滋滋地吃了起来。小马驹学会了吃料，胃口一天比一天好起来。这匹小孤驹长到半岁时，我们给它断了奶，并将它放到了原群体内。谁知它竟远离群体，独自在栏杆边徘徊，一副郁郁寡欢的样子，我们只好又将它隔离到小草库里。

在我们的细心照料下，小马驹长得十分健壮，体格与同龄的吃母乳成长的马驹相差无几。后来，乌鲁木齐10000名小朋友，每人捐了一块钱，认养了这匹孤单的野马萌宝，并且给它起了一个名字"雪莲花"。

给孤驹"雪莲花"喂奶

第四章

野马归野

当我们把目光聚集于宇宙中的自然奇观，事物越清晰，我们破坏自然的冲动就会越少。

——（美）蕾切尔·卡森

17 打开自由之门

2000年5月14日母亲节凌晨"准噶尔1号"红花因难产告别人间。红花的死让大家非常意外，也非常震惊。专家做完尸检后认为，红花难产的主要原因是长期圈养、活动场地狭小、饲草单一导致的过度肥胖。"最好的办法只有一个，将野马放归荒野。"专家们的意见非常明确，如果再不进行野放，不让野马经过自然的选择和锤炼，它们的生命力将一代比一代羸弱，最终难逃灭绝命运。

"准噶尔1号"的死亡，同样也引起了全社会的关注，野马野放被迅速提上了议事日程。红花以它的生命为代价，为野马归野发出了最有力的呐喊。

既然野马野放迫在眉睫，大家不约而同，把目光聚焦在大帅和它的群体上。

短短几年，大帅的群体已由最初的几匹壮大到30多匹。通过多年半散放训练，这个群体的体质大大增强。人们从它家族中选出了27匹野马作为野放的首选群，由大帅这个公马头领和10匹成年母马，10匹1—2岁的亚成体[①]和6匹当年的小马

---

① 亚成体是动物幼体发育后，外形与成年动物完全相似，但性腺尚未成熟的发育阶段。——编者注

驹组成。

可是，野马被圈养了上百年，养尊处优，它的野性还在吗？还能抵御天敌吗？

在2001年野马首次放归前的那个冬天，为了检验野马是否具备抵御天敌的能力，野马中心工作人员把一只名叫"黑子"的德国黑背狼狗，放入大帅所在的野马群。

当黑子进入场地的瞬间，它冲着野马群嚣张地汪汪吠叫。大帅见状，先是一怔，警惕地打了个响鼻，警告家族成员注意敌情。接着开始布阵，准备向"敌人"发起进攻。

大帅在最前方，皇后紧随其后，强壮的马排在前面，老弱幼驹在后，然后毫无畏惧地向头一回见到的"狼"冲杀了过去。到了黑子跟前，勇猛的大帅伸长脖子，两耳向后挃，一口咬住了黑子的肩膀，黑子嗷嗷叫了两声迅速挣脱，转身逃窜。大帅率领队伍在后紧追，野马们紧密团结在一起，向黑子发起进攻。不一会儿，黑子被咬得浑身是伤，若不是大家及时救出，它会当场毙命。

野马的野性还没有消失，大家放心了！

2001年春节刚过，野马中心就开始积极筹备野放的事情。3月刚过，国家林业局和自治区林业局组成了野马野化领导小组，专家们踏上了为野马寻找放归地的艰苦历程。历经3次选点，6月将散放点确定在卡拉麦里有蹄类自然保护区以北、乌伦古河以南40公里的荒漠上。

6月13日，相关领导和专家一行11人来到乌伦古河南岸，实地勘察了拜斯库都克、别勒库都克、散巴斯陶、凯莫尔几个水系较丰富的区域。根据水质和植被的丰富度，最后选定了水草最丰美的别勒库都克为放归地。这个区域可以左右逢源，便于野马家域扩大后能寻找到水源，这个点距离阿勒泰站的恰库尔图镇约41公里，也便于野马救护和监测人员的生活。

　　野放前，必须给放归的野马进行检疫。

　　电工李鑫科开始紧锣密鼓为野马量身打造装运箱。他是野马中心的元老，从1986年野马还没有进驻野马中心时，就来到了一无所有的荒滩戈壁，与第一批来到野马中心的前辈一起，住着地窝子，开始给野马建圈舍。他主要负责发电和各种设备的维修。

　　5月份开始，他去市场购买了木板、角铁、钢筋等各种制作马箱的材料。他先用角铁焊出马箱的框架，接着又开始量尺寸切割木板，把切好的木板嵌入其中，用螺丝固定。箱内底板上钉上一些木条，防止野马进入后滑倒。箱体两侧木板间留有空隙，在木板上钻些孔，便于野马呼吸和工作人员观察野马在里面的动静。

　　箱体的前后，做两扇可以上下抽出的活动门。不论白天夜晚，大家常见他一手持电焊面罩，一手持电焊枪，或蹲或跪在地上专注地焊接着，他的面前火花四射，忙得有时连饭都顾不上吃。辛苦了近一个月，32个大中小不同规格的马箱终于做成了。然后大家把马箱抬到大帅所在的7号场地内。在箱子内投入饲草，让野马们熟悉马箱，自由出入其中。

李鑫科就像戈壁滩上的红柳一样，质朴而顽强，黝黑的脸上总是绽放着笑容。因为野马就要离开他们，真正要回家了，多年的付出终于有了回报！

夏天，野马中心蓄水池沉淀出了厚厚一层泥浆，人和马都无法饮用。李鑫科跳入几米深的沉淀池中，将水和泥沙一桶桶地提出、排净，然后进行清洗、消毒，又对水泵进行检查修理。此时这个"泥人"脸上的汗水和泥水混在一起，大家感到心疼，劝他休息一会儿再干。他却说："天这么热，人和马都在等水喝，我怎能不抓紧干呢？干完就放心了。"

7月初，李鑫科去了距离野马中心200多公里刚选定的野马野化点，和施工队一起进行暂养围栏的施工工作。当时连个帐篷都没有，他把行李铺在地上睡觉。这样的日子和在野马中心最初搞建设时一样，当时没有帐篷他们就露天睡在地上，用了半个月时间挖坑，搭建起了地窝子。

他们在围栏内给野马搭了避暑的凉棚，挖了给野马饮水的水坑。李鑫科在路边距离围栏几百米一个天然泉水水源处安装了水泵，这样可以把水抽到围栏内，供野马饮用。多日的暴晒，让李鑫科脸上脱了一层皮，黑得如炭一样，人瘦了一大圈。

所有的准备工作就绪，8月8日傍晚时分，开始了野马装箱工作。

　　大家把箱体首尾相接，排成一条长龙，把野马赶了进去。6匹新生的小马驹紧跟在妈妈身后，它们神情紧张地跟着妈妈进入一个装大马的箱子。我们把装马驹的箱子抬到大箱子跟前，门挨门放在一起，把大箱子的门提拉到小箱门的高度，同时把小箱子的门打开。小马驹便冲进了小箱子里，大家迅速把两个门板放下去。这时，从未离开过妈妈的小马驹紧张慌乱地嘶鸣着，妈妈们也在焦急地声声回应，不时会踢一阵箱子，发出哐哐的响声。

野马中心的工作人员列队站在运马箱顶，等待野马进箱

其他被装入箱的野马和同伴分开后，也在狭小的空间内不安地冲撞起来。我们把小马驹和妈妈的箱子紧挨在一起，这样它们就安静许多。

为了防止野马中暑及白天路上各种噪声的干扰，两辆装有野马的大卡车趁着暮色赶紧启程赶路。

经过了15年的辛苦努力，大家终于盼来了野马踏上自由之路的日子，这让我们倍感欢欣鼓舞，同时又恋恋不舍，如同送自己养大的孩子离家一样。

因为装有野马，车辆只能按每小时40公里时速缓慢行进，不时还停下车打着手电，查看一下箱内的野马是否正常。到达目的地时已是半夜了。大家不顾疲惫，连夜将马卸了下来，打开箱子将它们放入了过渡性适应的围栏内。除了眼眶、鼻子等处跟箱子碰撞蹭掉了些皮，27匹野马都安然无恙。在这里适应20天后，工作人员将会打开围栏，将它们正式放归大自然。

第二天，去送马的其他人都返回了，只留下张彦豹、王镇山、王振彪三人照看这些野马。去云南林学院进修的4名饲养员孙立程、张彦豹、王臣、王振彪，于2000年7月都回到了野马中心。除了孙立程留在野马中心做后勤工作外，其余三人及王镇山、饲养员兼司机李学峰随后被安排去野放站监测野马。刚去时，监测人员居住的房子还没有建好，于是三个人卷着行李铺，睡在了运马箱的门板上。

野外的风特别大，卷着狂沙，把人的眼睛刮得生疼。当时啥也没有，他们露天睡在荒野里。第一个月没有监测车，他们在路边搭个便车去距离野放站约40公里的恰库尔图镇上吃了顿饭，买些东西。后来他们又去买了塑料篷布，支起一个小帐篷，睡在里面，至少可以防风避雨。

除了给野马投草、饮水，他们还每天拿着铁锹，把从公路上拐进来坑坑洼洼的路一点点填平，整天累得汗流浃背。野马们都热得聚集到凉棚下乘凉，可张彦豹他们却没有地方避暑。中午最热的时候，大太阳下他们也睡不着，就在四处走走。周围都是连绵的丘陵，坡高的地方风稍大些，他们就站在坡顶吹吹风。

王臣和李学峰去接班时，看到张彦豹、王镇山、王振彪三个人傻傻地在呆望，蓬头垢面，看上去简直狼狈不堪。

刚去野外时，恰巧单位发生了经济危机，三个月没有发工资，他们一天只吃一顿饭。

十几天后，单位才送来了锅碗瓢盆等一些炊具。由于吃饭都是自费，几个月没拿到工资，害得他们吃了上顿没下顿。当时恰库尔图镇饭馆老板还真不错，给张彦豹他们赊了账。他们一般就是吃一顿炒面，买几个哈萨克族的油饼，再要些泡菜，带回野放点吃。

8月28日放归仪式前两三天，刚刚建好的小白房子还没干，监测人员就搬了进去。房子只有19平方米，外面是露天厨房，里面摆了两套高低床。大家住在十分拥挤和简陋的小白房子里，仿佛又回到了野马中心初建时的那种艰辛。

人常说：由俭入奢易，由奢返俭难。养马人的心态却平静如水。

野马回归大自然，更大程度上代表着人类自然意识的回归。

野马因其6000万年的演化史，在漫长的基因链条上，有着6000万年对这个星球不间断的连续记录，被称为"活着的基因库"，这对寻求生物进化规律、探索生物奥秘有着不可替代的作用。

2001年8月28日，这是一个值得纪念的日子。以大帅为首的27匹野马将回到大自然的怀抱，这激动人心的时刻将永远载入中国濒危物种保护的史册。专家说，这是野马保护史上的一个重要里程碑，标志着野马拯救工作进入了第二阶段。

这天清晨，卡拉麦里保护区北部的别勒库都克野马放归地，天空飘浮着片片阴云，天气清凉宜人，围栏周围已聚集了几百人，他们都在翘首期盼着野马放归时刻的到来。大帅和其他野马似乎也在久久期待着这个时刻，它们显得有些躁动不安，在场地内来回地跑动。

11点整，被紧锁了100多年的自由大门终于被打开。

全世界一切爱马者的目光都向这里聚焦。此时，太阳冲破乌云，万丈光芒无比热烈地洒向准噶尔大地，使这片荒原顿时像人的心情一样沸腾起来。

可是，大帅领导下的群体，却并没有向打开的大门冲去。

隆重的放归仪式举行完后，所有人的目光都转移到了大帅和它的家族群上。大门不远处，一大群媒体记者早已架好了照相机和摄像机，等待着拍摄野马群从大门奔出时的精彩瞬间。

　　对于养马人来说，野马是"贵族"，自己倒是仆役。现在需要贵族登场了，它们却一点也不配合。焦急等待的人们被野马的慢条斯理搞得心灰意懒，而骚动的人群，同样也给野马群造成了紧张和慌乱。

　　大帅不时地驻足观望，不时地打个响鼻。它在场地里来回跑动，有时试探性地走到大门口，眼看着就要冲出去时，又像是受了惊吓一般，折回身来，继续在场地里奔跑。

　　看着大帅不出围栏，大家有些着急，便决定把它们赶出去。十几个人进到围栏里，举着旗子，把野马朝着大门方向赶。这时大帅显得更加惊慌，它想左右突围，可是都被人群拦住。它只好带着群体，向敞开的大铁门冲了出去，像离弦之箭，卷起阵阵尘土奔向西面的荒漠深处，转眼在人们视线中消失。

　　在人们的欢呼声中，大帅带着自己的子民义无反顾地踏上了一条难以预料的自由之路。

　　当天夜里，它们没有回来。这让大家有些担忧，不知道它们跑哪儿去了，能不能找到水喝，能不能吃惯外面的草。还有6匹当年新生的小马驹，会不会受到恶狼的袭击？欣喜激动过后，大家内心又充满了担忧，几乎一夜没合眼。

第二天一早，张彦豹等人带了些馕饼，背着水壶，开着车去找马。他们跑遍了戈壁滩，用望远镜四处搜寻，却没有找到野马。太阳下山时，他们带着一天的疲惫和无尽的揪心，回到了小白房子。在对马儿的牵肠挂肚中，又度过了一个不眠之夜。

第三天早晨天刚蒙蒙亮，大家准备接着出去找马时，却惊喜地发现，野马们跑回圈里了。张彦豹过去一数，27匹，一匹也没有少，而且全都毫发无损。看到失踪两日、自己亲手养大的"孩子们"全都回来的这一刻，几个大男人都激动得流出了眼泪。

18 搏击旷野

野马归野后，这群野马在小白房子附近活动，一点点地开始适应新的环境，适应新的水源和食物，学着逐步摆脱对人的依赖，让自己的野性慢慢地被大自然唤醒。

所谓的小白房子，就是为野放的野马搭建的简易的临时监测站。由于当时只顾考虑野马，忽略了人在野外生活的因素，房屋空间狭窄矮小不说，冬天防寒措施也考虑不周。野马中心的职工们在这样的情况下，还必须要适应一种新的工作方式：像陪护自己的孩子一样守护野马，与野马一起搏击旷野。

2001年8月野马首次放归以来，几名监测人员就住在这所小白房子里，每班两三人，一个月轮换一次班。

由于野放点仅有的一口井水又咸又涩，人不能喝，水得从最近离野放点约40公里的恰库尔图小镇运来。当时，每月只有300元的加油钱，为了节约经费，工作人员每周去镇上拉一次水，同时购买米面油菜及生活用品。为了节约车的油费，他们经常步行十几公里去监测野马。

随着野马的野性不断恢复，野马越走越远，活动范围也越来越广。野外种群在不断壮大，又分化出了好多家庭，活动点也随之增加。监测人员的工作强度、难度及危险度也随之加大。为了找马，他们有时会在茫茫戈壁迷失方向，常常把腿都快跑断了。

夏天高温酷暑，每天都得在烈日下跟踪监测野马的行踪。出来找马时渴得嗓子直冒烟，带的水总觉得不够喝，进入体内的水像随时可以蒸发似的。野放站监测人员多次都因为中暑而倒在了寻马途中。

首次野马放归，新疆电视台记者孙昆等人跟随监测人员一起住了半年，拍摄了纪录片《回家的路有多长》。后来又来了北京林业大学的几个研究生，其中两个女研究生在厨房里加了行军床住。晚上男同胞们尽量不喝水，怕出去上厕所时打扰两个女生的休息。

野放监测站人员每个月出门带上200元，紧巴巴地不够花。买菜、面就得100多，抽点烟，偶尔去镇上吃顿饭，给家里打个电话，马上就没钱了。他们吃水要去恰库尔图镇的一个饭馆去拉，一桶水一元钱，一次拉5桶250公斤，都得自己掏钱买。一个月的水钱大概30元，平时节省着用。野放点没法洗澡，夏天他们就去镇上的河里去洗，冬天去澡堂洗。后来卡山保护站建立起来后，有了自来水，他们就去那里拉水。

很多时候修车的钱也是自己承担，否则没法开展工作。

第二年春天，雪在消融，形成很多黄泥滩积水。天一亮监测人员就起来了，日出而作，日落而息。7点出发，奔波一天回来后还得做饭，吃完就睡。晚上点蜡烛，一般一根蜡烛能燃两个多小时，最好的蜡烛可燃4个小时。冬天难熬，夜很长。他们白天去找马、观察马，感觉时光过得还挺快，没有那么难熬。可到了晚上，两三个人大眼瞪小眼地你看看我，我看看你，百无聊赖，长夜漫漫，寂寞无边。彼此之间该聊的都聊完了，彼此的故事都讲了七八十遍，都可以背下来了，对方一个小小的表情都知道他想干啥。

每次来旷野，张彦豹都会租十本八本小说，喜欢看的小说都看好几遍了。吉木萨尔县那几家书店的书，他都看完了。那时生活特别单调，每天觉得时间过得特别慢。为了打发寂寞的时光，监测人员没活找活干，有一段时间他们还想在那里种菜呢，由于土地石头太多、太硬，没有种成。王镇山说，那时他经常会去路边拦车，问司机要报纸看。其实就是寂寞得要发疯，想见见人，想找个两条腿的生物说说话。

到了冬季，天黑得早，最难打发的时候是太阳将落未落时，哪也去不了，房子里黑咕隆咚的。把火架着，守在炉子旁。前半夜还可以，后半夜就冻得睡不着了。外面拉的水，三四天就会变质，工作人员喝了这种水经常拉肚子。太阳一落山，西北风就来了，狂风呼啸，刮得雪沫飞扬。晚上拉肚子不得不往外跑几趟，每出去一趟屁股蛋冻得跟个冰疙瘩似的，疼得厉害，一小时都缓不过来。尿一出去，就成了冰。

房子墙角上有很多霜。后来他们找了泡沫板，从外面铲些雪，在炉子上烤化，用雪水和些泥，把泡沫板糊在墙上。因为当初建这个房子时没有打地基。这样寒风会从地面蹿到墙上，室内就冻得要命。地面冰冷，穿着很厚的棉鞋都冻脚。监测站人员说，野放站地址没选好，如果再往南些就好了。许多人来这里看了后都会说，这么大的地方，为啥建这么小的房子？再往下挖深些也好，一半房子在下面，一半在上面，模仿一下地窝子，这样冬天会暖和些。

小白房子冬天跟冰窖似的，假如换个人去住一晚上，可能第二天就会逃跑。有一年冬天，北京林业大学的李凯老师去给野马驱虫，房子里架了火，三四天还不热，晚上冻得睡不着，问是不是哪里进风？手往墙边一放，他感觉到墙边的冷风。说这墙怎么能透进风来？第二年冬天再去给野马驱虫时，李老师再也不住小白房子了。

恰库尔图的水盐碱大，打出的馕有一种咸涩味。肚子不是特别饿时，监测人员会尽量少吃些馕，多吃些西红柿，因为一吃馕就胃疼。方便面别说吃了，一闻到那个味道都反胃。出差补助开始每天8元，后来涨到14元。他们吃饭尽量吃便宜的，不然每天的补助不够一顿饭钱。每天天不亮他们下些挂面吃，然后就去找马。出门时水要带足，起初带矿泉水，后来发现矿泉水喝几天可以，长期喝不行，不但不解渴，喝了胃还特别难受。于是他们就带白开水，出门前把水喝足，夏天茶水不能带，因为容易变臭。

有一回大冬天，卡山站管后勤的哈萨克族副站长哈兹拜开车来了野放站，王臣和李学峰做了拉条子、炒了个包菜招待他。哈兹拜四处瞅瞅，问他们："你们的拉条子可以，酒没有吗？"说完还去床底下看了看，啥也没有。"你们就这样过日子吗？单位给了你们多少钱？"听了王臣给他讲了实际情况，哈兹拜觉得不可思议："没想到野放站工作人员的日子过得这么寒酸。"哈兹拜从自己车上拿了些肉下来，让李学峰做着吃。哈兹拜真是个好心人，以后经常会给野放站送些牛肉、风干肉吃，与监测站人员成了好朋友。

有一次王臣站长对我说："假如你在野放站的小白房子住上十天半个月，你才会真正知道啥叫苦，啥叫累，啥叫寂寞。在那待上几年，你的人性都会发生变化。我们在那个小白房子里，吃没吃的，喝没喝的，水还得自己拉，饭还得自己做。夏天还可以出去跑一跑，冬天风雪那么大，两个人一出去给野马喂草就头疼。"

李学峰第一个月去时，还穿了个凉皮鞋，每天提着一根防狼大棒去找马。不到一个月，鞋底磨破了换成布鞋，穿没多久也磨出了洞。起初野马跑不远，在野放站周围几公里范围内活动，他们大多时候都是步行去找马。刚去的十来天，还有新鲜感，后来就渐渐觉得寂寞难熬。

冬天气温降到零下35度时，李学峰和王臣两人天天吃白菜、馕和清汤挂面，好久没吃过肉了。他俩就下了铁丝扣去套野兔。一共套上了七只野兔，结果全被狐狸抢吃了。七个兔子伤痕累累，被狐狸啃得残缺不全，缺胳膊少腿的，没有一只是完整的。有一天，他们终于从狐狸嘴里抢回了一只兔子。

那天，李学峰和王臣发现一只狐狸正在追一只野兔。他们追了过去，追了四五公里，到了大围栏边，看到狐狸已逮住了兔子，把兔子的头咬掉了，雪地上有很多血迹。见到他俩靠近，狐狸放下兔子撒腿就逃。他俩看兔子的身子还完好无损，就提了回去，美美地吃了一顿。

那一回李学峰感冒发起了高烧，烧得稀里糊涂，两天没吃饭。最后去镇上医院打针，结果因为没有吃饭，晕针。刚打完针李学峰便眼前直冒金星，摇晃着迷迷糊糊想抓个什么东西，结果一头栽倒在医务床上。医生当时急了，又是掐人中，又是倒开水。李学峰半个多小时后才醒过来，醒来后头晕、恶心、呕吐。到了晚上11点多，他还坚持把水拉回到了野放站。当时王臣留守在野放站，见李学峰去了那么久，晚饭都做好了还没回来，担心是不是出啥事了。如果李学峰当天不回来，王臣就会到路边拦个便车去镇上找他。

有一年冬天，李学峰结婚，张彦豹代他值了一个月的班。加上自己的班，张彦豹连续值了3个月的班，3个月没有回家。去的时候是8月8日，他穿的是衬衣，回家的时候是11月8日。都下了那么厚的雪了，张彦豹还穿着衬衣和单裤子。当时回到县城一下车，满大街就他一个人穿夏天单衣，行人们都用惊奇的眼光看着他。

　　由于没有带冬天的厚衣服，天冷后张彦豹去看马时，都把被子披上。看到有人来时就把被子放下，穿件衬衣在大雪中跑。别人问张彦豹冷不冷，他说不冷。当时在野外很难见到人影，见到人就觉得很亲切，盯着人看。所以张彦豹他们也理解了牧民为什么那么热情好客，大概也是孤独寂寞所致。他们也和牧民一样，好久见不到外界的人，太寂寞了。如果可以遇见人，和人说说话，实在是件愉快的事。

野马野放站的小白房子

19 野马失踪

　　野马放归初期，野马对环境不熟悉。加之冬季雪灾、牧民转场、监测手段落后等原因，野马失踪事件时有发生。

　　2001年冬天，一场暴风雪袭击了卡拉麦里自然保护区，27匹野马在监测人员的视野里消失了。

　　王臣和李学峰在找马过程中，饿了啃一口馕饼，渴了吃一把积雪，累了就地休息一会儿。当发现一只小公马因饥饿死亡时，两人不禁潸然泪下。王臣说："十几年了，我们天天和野马在一起，24小时守着它们，它们就是我们的孩子。"

　　他们在荒漠上四处寻找，27匹野马的生死牵扯着他们的心。根据一枚残留在雪地上的狼的脚印，两人把目光聚集在了一个叫作野驴沟的地方，并最终在那里找到了失踪的野马群。狼群的追击，也许是野马失踪的根本原因。

　　然而，如何将野马群带回监测点？难题再一次摆在了两人的面前。眼前又是最冷的天气，平均气温达到零下34度。茫茫荒野，丘陵连绵，有时自己都不知道身处什么位置，应该把马朝哪个方向赶。到了下午6点半钟，天就黑了。这时候就得想办法抓紧往外走，万一走不出野驴沟怎么办？

　　两人一边把车上的草捆撒给野马吃，一边把所处的情况向领导汇报。领导一听情况严重，直接开了三菱汽车赶了过来。

野马群饿得都走不动，连草都吃不下去了。冬天太冷，万一回不去，住在哪里呢？没办法，只好住车里，而且一晚上不能熄火，否则人会冻坏的。

晚上啥也看不见，如果刮一场大风，第二天天一亮野马又会跑得无影无踪。这样的事，监测人员不知经历过多少次了。

第二天开始，领导和王臣、李学峰踏上了艰难的赶马行动。白天赶马，晚上就睡在车里。车里空间太小，只能坐着。领导好像急出了精神问题，一会儿说看一下马在哪儿呢，一会儿说看一下那些马还在不在。第二天一看油箱，只够跑到恰库尔图镇，后备厢里吃的喝的全都没了。

李学峰去恰库尔图镇加油，并采购吃的东西。领导和王臣继续赶马，赶着赶着马又不走了。野马待的地方在沟里，背风，多少还可以找到点草吃。走了二三十公里处，有个平滩没有草，而且风大，野马一到那里就不走了，掉头往回跑，要去找避风有草的地方。背风的地方，马觉得安全。风一刮，野马的蹄印和排出的粪便都被雪盖住。三个人又找不到路了，一个个都傻了眼。

费了许多周折再次找到野马群后，他们开一辆车在前面慢慢压道，车顶上坐一人，往道上撒草，野马顺着车辙跟在后面。因为雪太厚，有些野马走着走着腿上的皮都磨烂了。人不小心会被绊倒，车常常也会陷在雪地里无法前行。

没有去过野放站的人不知道，越是看上去雪平的地方，越要小心。

王臣、李学峰等人历时四天三夜，终于将野马引回到了野放点。盘点下来，发现野马群损失了一匹"绿花"和一匹马驹。

这四天中，他们没有睡过一个囫囵觉，没有吃过一口热饭，没有喝上一口热水。

当野马被赶回围栏时，身体极度虚弱，给草都吃不下去。有一匹瘦骨伶仃的野马首先倒下，再也没有醒过来。经解剖后，发现它的大结肠和胃透明如纸。工作人员给其他野马打针输液时，不需要跟平时治疗一样套马抓马，野马都会主动走过来，把头顶到工作人员身上，似乎在乞求人们来救它。给它打针时站着就可以打，它也不动弹，有时难受时会向前走两步。王臣和李学峰就跟着野马走，并抱住它的头。你把它搂住，它就有了安全感。当你一放开，它就站不稳，四肢僵直，呈醉酒样，一旦绊倒就站不起来了。李学峰在一侧扶着马，王臣在另一侧给野马打针，并把吊瓶揣在怀里，用大衣捂着，生怕药液被冻住。葡萄糖打一瓶两瓶根本不管事，他们一打就是五六瓶。从早上一直打到下午四点多，终于把四匹生命垂危的野马给救活过来。

准噶尔16号母马当时已经走不动了，大家在大车上垫了麦草把它抬了上去，拉回野放站后都以为它不行了。工作人员立即给它打针、喂药，进行抢救，烧温水给它喝，精心护理，没想到它奇迹般地恢复了过来。

野马野放后的第二年、第三年，连续的雪灾，致使野马无法觅食，多次在卡拉麦里暴风雪中走失。那年冬天下了雨，百分之九十的野驴、黄羊都死了，这是新疆野生动物保护史上一次巨大的灾难。工作人员紧急救护，社会各界也伸出援助之手，给受灾的野生动物捐草捐料，大规模地投草补饲。

野马中心周围的黄羊那年也死了不少。冬天下一场雨就不得了，还居然下了两场。下雨后雪上形成冰盖，给野生动物采食带来巨大困难。野驴和黄羊用蹄子破冰刨草吃，结果被坚冰磨烂了蹄子，这是它们死亡的主要原因。每次寒流过后发生雪灾时，就要死很多野生动物。那年的雪厚，又下了雨，等于雪上加霜。每当发生这样的自然灾害，就需要人工干预，对野生动物进行全力救护。

在阿勒泰有两种灾害：一种是白灾，也就是雪灾；还有一种是黑灾，就是没有雪的旱灾。雪是野生动物冬季的主要水源。夏季干旱时，用挖掘机开挖水源地补水，冬季投放饲草料补饲。每一次发生雪灾，保护站工作人员都将承担起在极端天气救护所有受灾野生动物的职责。

有一次，一匹新生的野马驹死了，王臣和李学峰过去查看，准备把它拖回来。但那个地方有点邪门，就那么点路，他俩绕了三四趟，每次到了那个岔道口，就找不见路了。不开车的人不知道，到了那里，翻一个山包或岔一个路口就会迷路，摸不回来。

还有一回一匹野马病了，晚上他俩过去看马。过了一个山梁，在一个大沟里他们给野马投完草准备返回时，发现少了一匹马。找到了那匹马，又转了两圈，查看了所有的野马后，他俩居然找不见回去的路了。你说朝东走，我说朝西走，争论了半天，结果走来走去看不见车辙印了。其实那地方离他们住的小白房子只有3公里，他俩绕得晕头转向，绕了一晚上怎么也绕不回去。快天亮时，当走到东边铁丝网跟前时，才松了口气，折腾了一夜这下总算走对了。第二天他们过去看现场，发现自己走过的路线就是一个"8"字。

最艰难的一次，找了15天才找到野马。

王臣他们在接班后的第二天，野马就失踪了。他们跑到沙漠里去找，越跑越远，连个马蹄印也没找到。最后按王臣的判断杀出一条新路，走了不远，果然见野马就在一个山丘旁站着呢。他们把马赶回围栏，投喂了草。夜里下了场大雪，又刮了大风。早晨醒来发现，围栏西边的门不知怎么开了，马全都跑得不见了。他们赶紧去找。风把马的蹄印都吹没了，他们只好报案求助。

卡山保护站哈兹拜等人一辆车，王臣、艾代和李学峰一辆车，找了两天，从野放站朝西，转着找完了，不见野马的一个蹄印。野马会跑到哪儿去呢？

大家一起商量，判断野马可能的各种走向。有人说可能朝东走了，王臣说那不可能。哈兹拜等人朝东找了两三天，没有找见野马的踪迹。那时天天风雪弥漫，刮得啥也看不见。找到第十四天时，领导着急了，让找马人员晚上不要回来了，住在车里，把皮卡车油箱加满，备上4桶油。如果过两三天油没有了就在路边某个地点集合，他会派人把吃的喝的给他们送过来。

在外面过夜的那晚上，大家真的不好受。几个人窝在车里，睡也睡不着，冻得要死。第二天起来接着去找，分头行动，把所有可能有野马的地方都找遍了。王臣和艾代往南绕过一个大坡，爬到山头用望远镜看，约两公里处有一个骑着黑马的牧民，他俩过去跟他聊了半个多小时。牧民说野马可能在一个被称为死亡谷的大沟里，那个大沟里还有很多两三米深的小沟，冬天牧民丢失的马和骆驼曾去了那里，全都死了。那里没有风，沟里除了红柳，几乎啥草都不长。那个牧民带着大家去了死亡谷。远远地用望远镜发现了野马群，大家激动极了，总算找到失踪多日的"孩子们"了。

但是路不好走，大沟坡较多。怎么办呢？如果从别的地方绕下去，也许一个小时都到不了，大家商量后决定冒险从一个大陡坡下去。车挂了一档，小心翼翼地一点点往下开，感觉车随时都可能翻下去。下了大坡，走了不到半小时，他们就到了马跟前。这些可怜的野马全都头对头地站着，没吃没喝多日，一个个骨瘦如柴，冻得发抖。几十匹野马集结在一起，抱团取暖，看起来都快不行了。如果晚发现几天，有可能会跟那些死在这里的家畜一样，全军覆没。

大家把后备厢中的苜蓿草拿下来，给这些饥寒交迫的野马投喂。可是野马们并没有像平时饥饿时那样大口抢食，一个个没有食欲，无精打采，虚弱无力，连草都嚼不动，甚至有的马连嘴都张不开。只有个别状况稍好些的马能衔上几根草，慢慢地吃上几口。

下午5点多，开始把马往回赶。赶了不到两公里，马不往前走了，掉过头要往回走。

王臣给领导汇报了情况。领导马上在当地雇了二十多个人，四辆大卡车，大卡车上拉了四辆摩托车、帐篷、大锅、食物和水，来到了救护地，就地安营扎寨。他们架起大锅，给野马烧热水喝，让野马休养生息。这个办法还真管用，很多马冻伤了，嘴都张不开，喝了两天热水后，就开始吃草了，慢慢地缓过劲来。

一周后，野马的身体和精神状况好了许多。工作人员就开始赶马，赶了两天两夜，历经千辛万苦，总算把马赶回到了野放站。这一次，损失了极度衰弱的一匹大马和一匹小马。

野马回来后，很多马不愿进围栏。工作人员用绳子套在马脖子上，把筋疲力尽的野马拉进了围栏。

野马野放的代价如此之大，超出了人们的想象。

历经连日风雪找到野放后的野马群

第五章　荒野精神

世上没有不带刺的玫瑰，
也没有少了对手的爱情。

——土耳其谚语

20 争王之战

2001年12月，也就是野马野放后第一个冬天，一场大雪过后，气温降至零下35度。为了躲避成千上万牧民转场家畜的干扰，野放群在头领大帅的带领下，家族整体毅然南下，离野放站越走越远，渐渐从监测者的视野中消失。

经过四天三夜地毯式搜寻，人们终于在野马放归区以南100公里外的地方找到了失踪多日的20多匹野马。当人们用苜蓿草将群体引回围栏时，由于长途跋涉，缺吃少喝，之前与家马群发生了激烈冲突，头马大帅已经筋疲力尽。它那曾经英姿勃勃的身躯，已变得虚弱无力且伤痕累累，最终被无情的雪原吞没，带着无尽的留恋和未酬的壮志，这位征服旷野的先锋永远地闭上了双眼。

这个冬季，先后有多匹野马在大雪中丧生。荒原的狂风在无休止地哀号，大片大片的雪花洒向了开拓者的尸骨。多灾多难的野马呀，在回家的路途上，究竟还要经历多少坎坷险阻？

大帅牺牲后不久，它的弟弟野马王子准噶尔49号和另一匹公马准噶尔77号去野外接班。在来之前，野马王子已战败群雄，当上了光棍群的头领。来野放点后没几天，它就轻而易举地打败了对手77号，当之无愧地坐上了野放群的新头领宝座。

当时群里的母马大部分已怀了大帅的孩子。

2002年春天，大帅的孩子出生时，野马王子，这位继父，残忍地将它们一个个杀死了。其中第一匹5月份出生的准噶尔15号的孩子，一出生，野马王子就像恶狼一样一口咬住小马驹的脖子，小马驹当场就断了气。小马驹妈妈伤心地站在孩子尸体旁，痛苦地嘶鸣着，急切地呼唤着自己的孩子，不时闻闻它，用嘴舔舔它，多么希望孩子能够醒来。它久久地守在孩子身边不愿离去，不吃也不喝，眼里充满了怒火、仇恨和无限的哀伤。王子几次过来赶它回群，它都表示了强烈的反抗，去咬去踢，恨不得把它撕成碎片，为死去的孩子报仇。直到夜色吞没了卡拉麦里荒原，呜咽的夜风中，准噶尔15号还在死去的孩子身边悲痛欲绝地守着。

野马杀婴行为，就是公马头领将不是自己亲生的后代杀死。

野马在圈养时，就有杀婴的现象发生，但我依然不愿相信温顺英俊的王子会做出这种残忍的事来。

2002年5月，野马中心又放归了5匹2—5岁的后备公马。被王子战败的准噶尔77号及被王子赶出家庭的两匹小公马，也加入了这个后备公马群。经过一年的适应，第二年春天，小公马们都长成身强体壮的大公马了。这群光棍汉们，开始摩拳擦掌，跃跃欲试，准备向野马王子发起挑战。

　　以前，在围栏里，一代代光棍汉们没有机会施展自己的功夫，即使打败所有公马当上头领也只能对着母马们干瞅。没有人的允许，它们就没有机会讨老婆。现在真正的机会终于来了，回到大自然可以靠自己的能力找媳妇了。

　　如今，春回大地，公马们的精力、对爱的渴求进入了最旺盛的时期，可是到哪儿去找老婆呢？只有王子占有一大群美女，公马们早已看在眼里、妒在心里。于是，公马们尾随王子的家族，时常在王子的群体附近晃悠溜达，准备瞅准时机把王子打败。

　　一天，公马群的头领，小个子的准噶尔72号首先向王子发起挑衅。它大胆地走近一匹年轻漂亮的母马，把头凑向母马的脸，准备向母马求爱。野马王子发现后赶紧冲过去，瞪着眼睛，两耳向后抿，伸长脖子，一口向准噶尔72号的脖子咬去。准噶尔72号机警地躲开了。它面无惧色地走到王子跟前，与它并排，用肩撞了一下王子的肩。王子回顶了它一下，弓起脖子，前蹄刨刨地，扬起尾巴，排出一堆热气腾腾的粪球，嘴里发出低沉的吼叫，"小子，给我赶快滚开，这是我的地盘。"

　　战斗拉开了序幕。

　　紧接着，两匹马你追我咬地战斗了很多回合，也没分出胜负。当两匹马都打累时，准噶尔72号趁火打劫，向王子发起了进攻，想趁此打败王子，以解一年来失败的屈辱和怒气。

虽然很累，但王子对准噶尔72号似乎有些不屑一顾，无心与它战斗。当准噶尔72号冲过来时，王子只是躲一下，不想跟它浪费时间和精力。但面对准噶尔72号越来越猛的攻势，王子好像突然恢复了体力，"老子总让着你这个手下败将，你小子居然得寸进尺，看我不给你点颜色！"它冲上去对着准噶尔72号的头、脖子、屁股狠狠地撕咬起来。两匹马顿时扭打成一团，在地上打着转，互相扑咬对方的尾部。准噶尔72号尾根处被咬出了血，挣脱后跑开了。王子又紧追上去，像火箭一样势不可当地冲锋。直到准噶尔72号跑到公马群，王子才折了回去。

到了夏季，战火还在不断升级。因为公马们不仅要为争夺母马战斗，还要在水源地为争水喝而发生战斗。

2003年第一次分群后，新形成的两个群体必须共用同一个水源，导致两个群体相遇的机会增加，头马间也就经常发生激烈冲突。在干旱年份，工作人员常看到饥渴的野马焦急地用前蹄从黑泥中刨水喝。还有饥渴的野驴和鹅喉羚不停地在干枯的水源附近用前蹄刨开沙土，排着队等待喝慢慢渗出的地下水。也有部分饥渴难耐无经验的幼体直接喝高矿化度的变质水，使得很多个体还没来得及离开水源就已经毙命。

在一处水源周围和水中，工作人员找到几十具蒙古野驴、鹅喉羚及鸟类动物的尸骨。工作人员用挖掘机对水源进行清淤和深挖处理，使清澈的地下水涌出来，解决野马缺水的问题。

准噶尔11号大帅带群有大将风范，比较大气。而准噶尔49号野马王子有些像居家小男人，每次去水源地喝水时，它总是把自己的妻子们盯得很紧。特别是刚刚当上头领时，它对准噶尔77号防范得最严。路东边的水源后来干了，马群必须到路西边的水源喝水。家庭成员们喝水时，王子看管得很严，等大家喝完立刻将群体赶到路东边，防止它的太太们被其他的公马勾引走。

有一头野驴，可能与群体走散找不到群了，在野放点路东边活动，多次想加入野马王子的队伍，可野马王子不接纳它，把它赶跑了。可这匹犟驴不愿意走，就尾随王子的野马群，在离野马群二三十米的距离活动，跟了约20多天。

野驴是秋季集群迁徙到沙漠过冬，春天再从冬牧场迁到夏牧场。如果你在某个山坡上看到一头放哨的野驴，往往在山坡沟里就有几百头驴。一头哨驴保护着那几百头驴，一旦发现敌情，它一叫唤，几百头野驴都会整体奔逃而去。

冬天野马一般不会争群，比较安静，基本都是和平共处，偶尔打闹两下，较量较量就很快分开了，不会以命相搏。它们都在保存自己的体力，养精蓄锐，使自己安然过冬，为春天繁育做准备。

专家说，野马放归面临六大难关：一是适应自然环境中的食物和水源；二是抵御天敌；三是度过冬季严酷的生存条件；四是成功繁育后代；五是与相似资源需求的其他动物竞争生存资源；六是维持种群遗传多样性水平。每一关口的成败，都关系到野马的野外生存和野放的最终的成功。

回归大自然不久的野马王子，一年多来遭遇了无数艰险和血雨腥风。令人欣喜的是，2003年春天，它的第一个孩子，也是野外第一匹真正的野马"野1号"诞生了。如一个新生的小太阳，在卡拉麦里荒原升了起来，发出稚嫩的嘶鸣。

这一幕，人们已有100多年未见过了。

这是一个多么鼓舞人心的喜讯，标志着野外繁殖取得成功。野马中心的工作人员激动得几夜都合不上眼。王子征服妻子们后，几乎使它们个个都怀了孕。因此紧接着王子的孩子接二连三地出生，共生了7个孩子，3个儿子、4个女儿。在严酷的自然环境中，当年成活了3匹野外新生代。

这已经是非常值得庆贺的喜事了。

第一匹野外繁殖成功的野马"野1号"（图左）

21 家马抢亲

野马王子准噶尔49号接替了大帅的头领位置后，和后来自然分群当上新头领的其他公马，都相继受到了保护区内家马的挑战和威胁，它们的"老婆和孩子"被家马抢走的现象时有发生。

家马是牧民家畜的重要组成部分，在保护区内随家畜南北迁移的家马约上千匹。家马群和其他家畜的存在，使得仅有的水源及优良草场受到侵占，野马得不到足够的食物和水源。尤其是游荡的家马群，世代适应了荒漠草原的自然生活，比野马更"野"，能够比野马更容易占有有利资源。而且家马的体能及打斗、圈群能力较野马强，当家马群与野马群相遇时，有可能野马的成年雌马或幼驹被家马带走。这已经不仅是野马数量受到损失，更重要的是野马同家马的杂交，使野马遗传多样性受到了严重威胁。

张彦豹说，牧民对家马是粗放管理，转场时，有些放出去的家马常常找不到，他们就不去找了，而是赶着成百上千的牛羊往山上走。野放点311处就是牧业四队的羊群产羔点，等产羔结束才上山。每年5月1日是牧民转场的最后期限，牧民就齐刷刷地赶着牛羊队伍，浩浩荡荡地出发了。

牧民驻扎这段时间，乡政府和县上都给牧民修了水槽，免费集中供水，人和牲畜就都有了水喝。走时以大局为重，偶尔走失几匹家马是常有的事，他们也顾不上去找，跟行军打仗的部队一样，赶着在限期内完成转场任务。

这段时间牧业办会每天用车拉水供水，队伍行进比较集中，管理严格，因为一旦过了时间或落队，牧业办不可能单独给某一家送水。一般落下找不着的家马都是孤单的儿马。春季发情期，这些儿马就会勾引野马中的母马，野马与家马之间的战火因此点燃。

野马野放站附近的水源地，野马觉得是它的主场，总是大摇大摆地来喝水，什么也不怕。有家马来喝水时，监测人员会把它们赶跑，往恰库尔图方向赶。

来水源地喝水的这些马就是转场时没跟大部队走的马。牧民除了骑乘的马，其他散放的马隔几天看一回。牧民互相之间都很信任，找不到马时会互相打听询问。有些马到了转场时自动就顺着往年转场的路迁徙，正可谓老马识途。

野马打架时最厉害的一招是什么？两匹马人立姿势，双蹄对搏，看起来惊险，其实对彼此伤害不大，最厉害的是咬住对方脖子上的鬣毛，狠命地牵扯、压制对方，企图把对方摁倒于地，把对手收拾掉。而野马的这个看家本领，对家马就不灵了，因为家马的鬃毛长，不好咬住，野马最有效的一招就失去了用武之地。所以野马与家马打架时，野马往往处于劣势，打架的原因主要是争夺"媳妇"。

2003年5月15日，3匹雄性家马与野马繁殖群的头马准噶尔49号发生打斗。卡拉麦里保护区属于新疆北部阿勒泰富蕴县牧民的冬季牧场。冬季牧民转场时，成群成群的马、牛、羊及骆驼地毯式啃食放归区内的植被，造成野马冬季食物不足。这时野马群和家马群之间的争斗时有发生。

为了争夺食物资源，保护家族，准噶尔49号不可避免地要跟"马多势众"的家马发生搏斗。家马群很多，这一拨战完了，下一拨又来了，这也是野马常常打不过家马的原因。不过一般它们打一打就分开了，也不能恋战，因为要保护群体。可能是家马好奇，没见过野马，像"跟屁虫"似的，野马走哪，它跟到哪。跟野马抢吃抢喝且不说，更可恨的是家公马还会勾引准噶尔49号的美娇妻，这让野马王忍无可忍。

一旦家公马成功掳走雌性野马，并且杂交产生后代，野马野化事业将前功尽弃。

2006年5月，家马"抢亲"现象再次发生。5月初，以准噶尔99号为首的繁殖群被放出冬季补饲的大围栏后突然消失，在随后的一个多月内没有出现。

6月15日，准噶尔99号突然单独回到大围栏，起初监测人员认为它是被其他公野马打败，夺去它的头领宝座。然而经过艰辛寻找，找到失踪多日的野马群后，发现野马繁殖群的头马居然是一匹雄性家马。这匹家马抢走了所有的雌性野马，当上了头领。这种情况下，工作人员只好把繁殖群圈回大围栏内，把"抢亲"的雄性家马赶走。雄性家马与雌性野马一起生活的这两个月，正是野马发情和交配的高峰期，后果多么严重可想而知。

随着野马与家马间熟悉程度的加深，野马不再像野放初期那样，对家马一味回避，反而也开始逐渐亲近家马。在2007年4月，一匹雌性亚成体野马被繁殖群的头马驱赶出群后，在没有其他野马群接纳的情况下，主动进入家马群。一周后，它随家马群一起迁移到距野放点100公里外的福海县，并继续向北迁，如果不是牧民及时报告，工作人员根本不知其去向。

2007年8月，监测人员还发现野马单身汉群中的一匹成年公马竟掠夺了一匹雌性家马当"老婆"。真想不到，雄性野马也学会了"抢亲"，开始反过来掠夺雌性家马了。

2017年5月，乔木西拜野马监测站站长布兰接到富蕴县杜热乡一个牧民电话，说下午发现他的家马群里多了一匹与众不同从没见过的公马，请监测站的人员来看看是不是野马。

布兰接到电话，立即给野马中心打电话说明了情况，野马中心派恩特马克连夜赶到乔木西拜。在牧民的带领下，马克和布兰穿着单薄的衣服，冒着呼啸的狂风和5月突袭的漫天大雪，在起伏不平的戈壁上找了5个多小时，终于在乔木西拜野马监测站以北约320公里处找到了家马群。马克远远地通过望远镜一看，一眼就认出了混在家马群中的野马。野马正跟着家马群一起吃草，相处得十分融洽，看起来它们之间也没有发生过什么冲突。走近仔细查看了这匹野马左大腿上的标记，马克认出了这正是准噶尔248号。它当时走在由5匹家马组成的公马群的最前面，俨然一副群体老大的模样。

5月4日早晨天不亮，马克和布兰召集了几个牧民，用三辆摩托车和两匹马把准噶尔248号包围起来，赶到一个羊圈里面。

马克捕获野马的方法是最新的，他给准噶尔248号用了麻醉枪。趁马处于昏迷状态时，大家用绳索将它五花大绑，抬上了车。接着，马克又给准噶尔248号做了健康检查，发现此马身上有很多"草鳖子"，就给它注射了驱虫药，然后又给它打了解麻药，最后再将其松绑。

当时，野马正进入繁殖期，为了防止野马和家马杂交和因争斗引起的伤害，准噶尔248号被运至距离乔木西拜野放点约120公里处的老野放点，计划在暂养围栏内隔离观察45—90天后，再放归野外。

22 荒野斗狼

野马放归卡拉麦里，天敌狼便虎视眈眈地盯上了它们。

2003年7月的一天中午，工作人员发现在距野马群侧面不到300米处有一只狼坐在地上，正向野马的方向观望。工作人员用望远镜观察起狼的活动，当那只狼发现有人，便向远处的山坡慢慢地跑开了。狼群大概是想侦察一下到底有没有人在野马身边保护。这时在野马前方500米左右，又出现了一只狼，两只狼会合后向远处的沟谷地带慢慢跑开，最后在工作人员视线中消失。这两只显然是侦察狼，背后是否有整个狼群？情况不明，这让工作人员多少有点害怕。

在野马活动区内，工作人员发现了好几个狼窝。

在圈养条件下不存在天敌捕食的威胁，但放归后野马必须面对狼的威胁。缜密观察后，大致知道了在野马活动区域周围，狼的数量估计超过20只。

看来，野马必须学会抵御狼群的袭击了。但它们行吗？我们心中都捏着一把汗。

野马生活于开阔的原野，缺乏明显的隐蔽场所，必须具备防御狼的攻击和捕食能力。放归后的跟踪监测表明，总体上野马群经受住了野外生存的考验，狼不能构成重大威胁，即使狼造成了少数野马个体的损失，也应视为正常。

在野外跟踪研究野马多年的北京林业大学陈金良博士告诉我们，2013年9月30日，他们一行4人，开始寻找被放到野外后失踪多日的公马群。车行驶到五个泉，突然看到远处尘土飞扬，凭借经验判断，那可能是大群的野驴或鹅喉羚在奔跑，也许失踪的野马也在其中。他们向尘土飞起的方向慢慢靠近，翻过高坡停车观望。果真不出所料，高坡下的平滩上几十群野驴和鹅喉羚，数量足有上千头，并且群体越聚越大。

但在这个庞大群体后面，还有一群体形与鹅喉羚相差不多的动物在跑。仔细观察才发现，它们的颜色要比鹅喉羚深，跑的姿势和臀部颜色都与鹅喉羚截然不同。一名工作人员拿出望远镜一看，惊讶地叫道："狼！10只狼！"听到他的惊叫后，顷刻间他们全都紧张起来：在保护区内遇到这么大的狼群还是第一次。

记不清是谁突然喊了一声"追！"汽车立刻发动，向坡下冲去。由于坡下的地势平坦，不到5分钟，车距离狼群只有500米左右。距离接近后，此时车速已超过60公里，并开始剧烈颠簸，离狼越来越近，他们也更加地紧张。

当车距离狼不到50米时，狼群突然箭一样向四周分散，甚至没有两只狼在一起跑的群体。狡猾的狼群在分散人类的注意力。

车稍微停顿一下，陈金良等人选择了一只跑得比较慢的狼追了过去。很快，车距离我们选中的狼已经不到10米，司机两眼盯住正前方，猛踩脚下的油门向狼冲了过去。这时它突然一个急转弯蹿到车的侧面，让车扑了个空。狼又向另一个方向跑，他们急忙掉转车头又追了过去。快撞到狼时，它又重复先前的动作，再次让车扑空。这样反复十几次后，这只狼只要一听到马达加油声响，就马上向车的侧面躲避。

　　最后，狼跑得有些精疲力竭，毛发直立，大张着嘴在喘息，怒视着追它的人。它开始在原地转小圈，再也不跑直线了。他们的车只能后退几米再向前冲，车一旦靠近，它就又转一个圈，并换一个地方。又持续了20分钟，它有点支持不住了，全身开始抖动，但陈金良他们还是不敢下车，只能加大油门，从它身上冲了过去，这次它没有躲闪。

　　本以为可以把狼置于死地，可是等车头掉转过来对着它时，它又在灰尘中安然无恙地站了起来，并且用祈求的目光注视着他们。难道它有缩身术，是从汽车底下滑过去了？此时车内空气凝滞，司机也松开了油门，静静地望着与他们对视的它。这时，他们冷静下来，意识到在车的正前方是条活生生的生命，它的求生欲望和智慧，使他们的内心深处受到震撼。

　　他们仿佛听见它的父母发出凄凉的哀嚎，正在寻找着失散的儿女，也仿佛看到它与伙伴相互追逐打闹的场景。车又向后倒了几米，车前的它静静地伏在地上，眼角有明显的泪痕，它用最后的力气发出一声长吼，似乎等待着死亡的一刻。

此时，车头已经掉转了方向，踏上了继续寻找野马的路途……

第二天，他们选择再一次经过昨天追狼的地方，因为一直惦记着那只狼会不会被累死或吓死。在凌乱的车轮印中，他们反复寻找，最终没有找到它，这表明它已经恢复体力离开了。若能成为狼群的"通信兵"，告诉整个狼群不可轻易惹动他们的野马，他们的目的也就达到了。

陈金良博士说，正是有了狼的存在，才使卡拉麦里山更加地充满野性；正是它们对病弱有蹄类的捕杀，才使这里的野马、野驴和鹅喉羚种群朝着健康方向发展。

一提起狼，在野外跟踪监测野马多年的张彦豹还心有余悸。

他说，有一回，他一个人去巡护野马时，碰见了狼。那时每个月的加油钱就150元，为了节省油钱，他们常常步行去找马。从山梁绕过去站在制高点，看看周围有没有野马，突然与一只狼面对面相遇，离他仅有20米左右……他浑身的汗毛"刷"地立了起来，感觉凉飕飕的。他想立刻逃回车里，但车离他有200多米远，他怕一跑狼就会追上来。他只能站在那里不动，与它对峙，互相望着对方。他向四周看了看，周围没有发现别的狼。他一边看它，一边慢慢朝后挪动脚步。退到半山坡，视线被挡住，他和狼已彼此看不到对方了。他退到谷底后，又转身上了另一高坡，发现自己很幸运，狼并没有追上来。他一下松了口气，加速跑回了车里，算是从狼口里把命捡了回来。

张彦豹说，在野外碰上狼，只要开着车，就有安全感，就算狼撵上来，开着车跑，狼也追不上。车好像是人的一座堡垒，在车里时感觉人比狼强大。一旦在车外，人就胆怵得要命。徒步遇见狼时，一般都会害怕，说不害怕那都是在吹牛。人多时如果碰见一只狼不会害怕，但若碰见一群狼，也会害怕。

有一回狼在追黄羊，速度特别快，跟摩托车一样，老远就看见黄羊在前面拼命跑，狼在后面拼命追。狼全速跑起来时，那敏捷那速度真不愧是草原的杀手。跑到距他们二三十米时，本来朝西北方向跑的黄羊突然朝正北方向急转弯，转弯时特别灵巧。而狼转弯时有些像摩托车，有一个倾斜的角度。起初他们没有认出是狼，从正面看，狼跑时毛完全炸开，体型显得特别大，他们以为发现了一个新物种，从侧面看时才认出是狼群。

正常情况下，一两只狼对野马群威胁不大，但狼群喜欢偷袭。张彦豹在野外上班，见过两回被狼袭击的马驹。一回是咬在马驹的后腿上，一回是把出生两三天的马驹脖子给咬破了。狼被公马赶跑后，小马驹又活了五六天。当时拉到恰库尔图找了最好的兽医给它打针吃药，主要是狼牙上有病毒。买了马奶，每天用奶瓶喂，打针换药，最后伤口化脓，被咬的地方肌肉坏死，发展为败血症，抢救无效死亡。

张彦豹说，可笑的是放野的第一年夏天，他们住的小白房子附近曾来过一只狼。

那是王臣和李学峰值班时，他们在戈壁滩发现了一只死野驴，拖了回来，扔在离他们住的地方三四十米处。一只狼发现了这只死野驴，也许本来就是它的猎物，每天晚上都过来吃驴肉。当时是夏天最热的时候，驴肉都成了风干肉。晚上戈壁滩非常寂静，狼爪抓野驴皮啃骨头的吱吱声他们听得清清楚楚。

后来他们给曹主任说，房子跟前有只狼怎么办？曹主任给了支猎枪，晚上爬到房顶上等狼来。可那只狼特别聪明，可能是闻到了火药味，当天晚上竟然没来。他们在房顶埋伏了两个晚上，都没见狼来。曹主任把枪带走后，当晚狼又来了。你说有多稀奇？

有一天，离这只狼不远处，曹主任问他们"怕狼吗？"他们说当然怕了。李学峰居然说他不怕，说完他就冲上去追狼。他敢去撵狼，肯定是因为有他们几个人在他身后给他壮胆，狐假虎威罢了。他追了20米左右，狼向远处逃去，当时他腿抖得特别厉害。他只是想给大家展示一下不怕狼的勇气，但他不停哆嗦的双腿出卖了他。

野放站站长王臣说："我和艾代、李学峰是一个班，我们在喀木斯特东边水晶矿那里扛着摄像机，曾追过狼。当时狼正要围攻野驴群，我们开车过去，发现一群野驴站在坡上，过一会儿一群狼出来了，共有7只，潜伏着向野驴群靠近，伺机向野驴发起攻击。我们商量了一下，决定追那只个头较大的老狼。追了不到10分钟，狼就开始就地转弯，转着转着转到一个山坡，过了两个沟，就没影了，年轻的几只狼四散跑开。老狼可能是头狼，为了保护群体，故意把我们引开，跑跑停停，不时回头望望我们。你说它有多狡猾？还有一次，我们在针茅滩去找跑到三个泉的野马。车开到一个沙沟里，往后倒车时，车胎被柴棍扎破了。艾代把车胎卸了下来，用个木板撑起来。干累了，坐下来抽根烟休息一会儿。我发现他的眼睛直盯着前方，问他看什么呢，他说前面有狼。我一看，那只狼距离我们仅有30米，站在山包上望我们呢。我们拿望远镜看了看，艾代抓耳挠腮，不知该怎么办。我盯着狼，用手机拍了几张照片。它一直不走，我有些着急了，帮着艾代赶紧把车胎给换了。这些战狼的偷袭速度，比枪膛里的子弹慢不了多少。我们把车开上坡一看，两只狼，正向远处跑呢。真险啊，原来狼还有埋伏，二比二，我们若不及时修好车，夜间也许会出大事。"

这些惊心动魄的故事，让我听得心惊肉跳。若是我也遇到这样的险境，会不会当场吓晕过去？我不得而知。

第六章

旷野寻马

大自然到底是慈爱的母亲，抑或残忍的继母，实在难以定论。

——（古罗马）老普林尼

23 留下遗言去荒野

2002年5月10日，野马中心通上了长明电，结束了靠柴油机发电的历史。这对城里人来说不足为奇，但对地处戈壁荒滩的我们来说，就是一件比天还大的喜事。这一夜电闪雷鸣，下起了瓢泼大雨，仿佛上天也为之高兴落泪。人们欢聚一堂，举杯庆祝。这长明灯不仅照亮了野马中心守护旷野的心，还照亮了野马保护事业的前程。

一年后，一座新的综合楼拔地而起。野马中心职工搬进了宽敞明亮的新楼房。室内装修一新，洗衣间、卫生间、澡堂都有，每个房间里还有电视，三楼会议室兼舞厅内还配有音箱、家庭影院等娱乐设备，就像是城市里的星级宾馆一样。单位还修建了野马科普展厅和职工食堂。楼房周围铺上了红绿相间的地砖，路面打成了水泥地面。

我们在楼房周围种树种草种花，不断美化自己的家园。从几十公里外拉来沙土代替了碱土，没日没夜地挖树坑、挖渠、施肥、浇灌，在楼房周围种了上千亩树。为了防止老鼠啃咬，还在树基部包上了油毛毡，像是给树穿上了黑色长筒靴。

我们还新开辟了一块菜园，种上了西红柿、辣椒、黄瓜、茄子等各种蔬菜，绿色无污染的新鲜蔬菜上了我们的餐桌。还可以吃上自己养的羊、鸡、鱼和兔，喝上自己养的奶牛挤出来的奶，生活条件改善了许多。

春季和夏季，我看到小杨树的叶子油亮耀眼，呼啦啦地与风在嬉戏；榆树们光洁而纤细的身躯支撑起爆炸式繁茂而硕大的脑袋，楼前高大的风景树也存活了下来。站在楼顶远眺，绿树整齐得如士兵队列连成一条条绿色纽带，清新悦目。小鸟比太阳起得要早，在林间展示着清脆悦耳的歌喉。

优美舒适的环境让我感到心情十分愉悦。每当此时，常常让我忘记这里是荒凉戈壁，忘记了自己仍置身于大漠深处。我常在新修的水泥路上散步，俨然一位梦想中的公主。路两边，芦苇、灰灰条长得几乎和小榆树一般高。放眼望去不能不给人错觉，仿佛那一大片蓊蓊郁郁的绿荫尽头就是雄伟的天山，感觉天山与人的距离一下子近了许多。

野马中心是我们工作生活的大本营。但自从野马放归以来，我们的工作战线拉长，野放野马的监测也成了我们工作的重心。几名在野放站轮班守护野马的男同事，如放飞的风筝一样漂流在荒无人烟的卡拉麦里旷野。

虽然我去野马野放点的机会很少，但听到大家在野外的荒野生活却感同身受。在野放站工作时，监测人员遇到的各种困难真是难以想象。每次进入荒野前，这些男同事们首先要做的就是写下一封信，一旦在野外发生意外时，能让救援人员知道去向。

他们会在经过的路口或梭梭树上挂一个瓶子，瓶子里装有他们写下的曾经在此路过的小纸条。多少次被困荒野，但他们始终坚守承诺，找不到野马决不放弃，让野马安全回家的信念成为他们勇往直前的动力。

每一天的野外生活都是冒险的一天。

他们尽量找安全的地方走，到了容易陷车的地方，就绕着走。有一种红土，别说下雨天，就是天晴干燥时土质都特别软，很容易陷车。有路走路，没路时找小蓬植物群落多的地方走。下雨天大多数地方不能走，第二天如果天晴了，下午可以走。有一回车陷泥坑里，看上去是平路，谁知车开过去就陷了进去。他们便开始挖土，一直要挖出干土来，起码挖出有两张单人床那么大、1米多深的坑，才把车开出来。

他们每次出行时都要带上铁锹，每人带一个两公斤的大水罐，带些馕。夏天还买些西红柿、青椒之类的，一出去就是一天。途中还要注意观察地形，宁往半坡走，也不要往坡上走，因为山顶上全是片石，容易将车胎扎破。如果是两座山，宁走两边，不走中间。中间全是沟，颠一会儿车就完了。

在野马野放初期，单位经济困难，连买个望远镜的钱都没有。张彦豹笑着说："我们的眼睛就是望远镜，就是探照灯。我们一般会站在高处，几公里外就能看到野马，两三公里就可以确认是野马还是野驴。"

他们开的监测车车况很差，经常坏，恰库尔图镇上的修理铺卖的配件往往是假的，刹车油是假的，刹车分泵和总泵上的皮碗也是假的。有一回电路钥匙坏了，张彦豹把它拆开，用铁丝做了几个插座。一插，电路通了，再一插，马达就打着了。没有刹车，没有离合器，就这样在戈壁滩上开着车跑。为了省油，行进过程中需要停车时，就开始减挡，遇到上坡时，车自然就停住了。过沟时车刹不住，好几回差点翻车。

当时在野外没有后援，如果发现在哪个山包有家哈萨克牧民，监测人员就牢牢记住，因为在关键时候能救命。如果车坏在几十公里的地方，可以到牧民家吃个饭，睡个觉。牧民给野马保护者煮肉、烧茶喝，住一晚后，第二天还会告诉他们下一家牧民的住所，让他们第二天晚上可以去那里吃住。后来才明白，这是牧民们的一个习惯，远方来的客人是大家的，不是一家的，要轮流到各个家里做客。今天你住我家里，明天住另一家，但一般不连续住。

哈萨克族牧民非常好客。每年牧民转场时，监测人员可以在牧民家里改善一下伙食。每年冬天只要雪落到戈壁滩上不化了，牧民就开始转场，从夏牧场转入冬牧场。路过野马野放站会驻扎些时日，冬天待得少，顶多半个月左右。春季时要待一两个月，羊产完羔后再走。每当这个时候，野放站工作人员就跟过节似的。只要看见哪个毡房的烟囱在冒浓烟，肯定是在煮肉。监测人员就过去做客，给牧民带些茶叶、方块糖等礼物。

在野外车坏或者迷路时，遇到牧民人家，算你幸运。所以在荒郊野外一旦发现有家牧民，记忆就特别深刻，跟发现了救星一样。如果跑几十公里，不见一家牧民，就觉得心里不安：这个地方不好！

有一回，野马跑到离老野放点直线距离约48公里的乌伦古河去喝水。张彦豹和王镇山在去找马时车坏了。当时野马喝水的位置在两山之间的山谷里，河床形成一个三四米高的小悬崖，与地面形成约80度的坡，非常陡。野马居然能沿着这个几乎与地面垂直的坡下去喝水。

张彦豹和王镇山找到野马准备返回时，车发动不起来了。经查是电路上的故障，修了一个多小时也没修好。两人商量了一下，决定去找人救援。从下午5点多一直跑到晚上11点多，在一个河坝边上发现了一个牧民家，是一个临时居住的低矮小屋，约2米高。

那个牧民点着蜡烛，给张彦豹和王镇山做饭吃。清水里下了些面片，面片煮熟后，往里面放了些盐巴和一小块固体动物油脂（化油），搅和一下就好了。如果不是饿到极点，这个面片根本就吃不下去。因为阿勒泰的羊本身膻味就重，化油的味道更大。但张彦豹他们早晨只吃了些干馍，中午没吃上饭，又跑了一天的路，当时确实是饿坏了，饥不择食，一口气每人吃了两大碗。

由于房子太小，家里还有老婆在，牧民不方便留客。吃完面片后，牧民给他俩指了下路，张彦豹和王镇山便走进了漆黑的夜色中。跑了二三十公里路，凌晨1:40左右，他俩终于走到了恰库尔图镇。

到了镇上，张彦豹和王镇山在陈老大饭馆吃了饭，开了房间，这才放松下来好好睡一觉。当时两人身上一共只有100元钱，他们找了电信公司巡线的车，哄着司机把他们的车给拖了回来。第二天张彦豹把仅有的100元钱给了拖车的人，又从油箱里抽了些油给他。拖车的司机特别生气，嫌他给的钱少，发了顿脾气就走了。

在野马野放站，冬天的风把雪一吹会在起伏的丘陵间形成大雪窝，最深处2米多深，不小心掉进去会把人给埋了。在喀木斯特有家饭馆，有时野马监测人员会去那里打电话，吃饭。

一开始，张彦豹心想：谁脑子坏了，会到那里住？后来他才明白了，你必须得住那里，不住不行，因为这是荒野里唯一的避风港。

有一回大雪堵了道路，饭馆里的人住满了，没地方住就坐在板凳上，在炉边烤火，一晚上收80元钱。不论收多少钱你都得待在饭馆里，因为一出去就会被冻死，室外的气温常常低至零下40度。饭馆老板有一辆连牌照都没有的破212车，雪大时牧民走不了，专门用于接送牧民，一个人收80元钱，送到附近三四十公里的地方。平时只能坐5人，而这个车每趟都要装十几个人，这个人的钱就是这样挣出来的。2006年后有了扫雪车，这种情况就少见了。

2003年大年三十，张彦豹和王师傅走到离喀木斯特约有10公里的地方，三菱车的两个轮胎被扎破了，备胎不够用。他们就跑到那个饭馆去打卫星电话，电话起步价就10元，爱打不打。一接通10元，通话一分钟五六元，狮子大开口地要价。

接到电话后，王振彪和李学峰开了2020车过来帮忙。张彦豹把他俩赶回家过年，自己一个人留下来值班。他开着2020车去恰库尔图镇补车胎，车跑了不到10公里就没油了，张彦豹把车内油桶还有六七升油加上。120公里路，起码得十几升油。而他靠着高超的驾车技术，硬是用六七升油把车开到了恰库尔图镇。

戈壁滩上的大沟大渠，表面看上去很平坦，实际是被雪填平的，他们的车经常会误入其中。放马的第一年冬天特别冷，有一天用温度计一测温度，居然零下42度！而监测车的车门形同虚设，冬天车里特别冷，四处走风漏气。工作人员的肩膀都被吹出了病，一到刮风下雨的天气就疼。他们每次出去找马，戴着厚厚的棉手套，用三床被子裹在身上，座位上放一床、背后填一床、腿上盖一床，就这样还是冷。车里暖气摸着有热度，但暖风往上吹，整个车里冻得要命。车窗上是厚厚的霜，他们点上蜡烛烤，或用电话卡片刮一小块地方，便于看清外面。监测人员年年被冻伤，到了春天冻伤的手脚痒得连车都没法开，痒得想把手脚都挠烂，越抓越痒，实在痒得受不了时用冰块敷，会感觉稍好些。

张彦豹补好胎回到野放点快夜里12点了，新年的钟声即将敲响。此刻都市里正是万家团圆、灯火璀璨、爆竹声声，而独自在荒野里守护野马的他，除了听见呜呜呼啸的狂风什么也听不到，什么也看不到。锅里有李学峰和王振彪走时为他煮好的肉，张彦豹想吃一点，但两只手冻得肿起来，把手套撑得脱不下来，最后只得拿了把手术剪刀，把手套剪开才取下来。

尽管疲惫到了极点，张彦豹仍不忘去看看那些野马，看它们是否安好。他打着手电去围栏里查看了一下野马，喂了些夜草，锁好围栏门，这才放下心来。放归第一年冬天，由于牧民转场家畜的干扰，野马多次走失。入冬时，为了防止此现象的发生，张彦豹值班时特别关注天气预报。他去恰库尔图拉水时，听说近三四天要下雪，他买了些必需品后赶紧往回赶。到了野放点后，张彦豹把马找到，全部赶回围栏，并把围栏门锁好。

那时候，张彦豹胆子真够大的，有时一个人出去跑好几个小时找马。那天他赶马也赶得及时，赶回来第二天就下雪了。那一年，野马什么状况也没发生，安安稳稳地度过了冬天。

对于那个大年三十，张彦豹的印象太深刻了，他说他终生难忘。

24 寻找野马"兰多"家族

2008年8月2日，野放站站长王臣在恰库尔图卡山保护站接到电话说有几匹野马在彩南油田作业区C121。他和艾代、李学峰3人驱车200公里赶到彩南油田，与油田工作人员一起，经过多日辛苦寻找，终于找到了德国引进野马"兰多"家族6匹瘦骨嶙峋的野马。

经查明，因持续干旱、水源干枯，这6匹野马是从福海县三个泉野马谷，翻越库尔班沙漠历经120公里，来到彩南油田作业区找水喝。为了让野马安全返回三个泉，恢复体质，王臣和同事们在沙漠中坚守了45天。白天顶着烈日监测野马，给野马送水，热了就爬到车底，晚上躺在小帐篷里听着狼叫入睡。

王臣说："跟随兰多的几匹母马还可以，兰多不知怎么回事太爱跑，成天带着母马乱跑，经常跑得找不到影踪，可把我们害惨了。兰多的几个妻子不错，是我们从小养大的野马，由于缺吃少喝，长途奔波，一个个瘦得不成样。它们实在不愿跑，也没那么多力气去跑了，但是头马兰多非圈着它们跑，谁要是不听话它就会冲上去又咬又踢，用武力征服。"

为了寻觅兰多家族神出鬼没一般的荒野迷踪，王臣他们曾在沙漠中挖过27个灶台做饭，还在沙漠中陷入绝境时写过遗书。

2007年6月3日，8岁的兰多带着5位新婚妻子被放归至喀木斯特的散巴斯陶野放点，它是第一匹被放归野外的国外引进野马，是2005年9月从德国引进的野马之一。

也许是对人们给它安排的新家不满意，没几天，兰多率领妻子们到了三个泉，靠自己的能力为妻子们找了个水草丰美的地方安下身来。

兰多家族经历了漫长的迁移：从海拔较高处向低处迁移，从生物量较小的区域向西往生物量大的区域移动，先是向北朝第一个老野放点移动，在移动了30公里左右后忽然辗转向西移动，行程100多公里到达了古尔班通古特沙漠边缘的一条狭

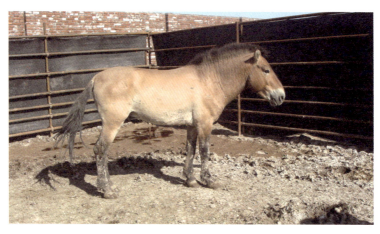

野马"兰多"在野马中心时

长山谷。

兰多家族的新家处于高大沙垄和起伏戈壁的交错区，植物种类丰富，有浓密茂盛的柽柳灌丛和芦苇丛。这里还有三口天然自流泉眼，常年有泉水从地下溢出。它选的新家比起人们给它安顿的条件优越很多，这匹马真是智慧过人呀。其他被放归野外的野马，都是一点点适应、一点点拓宽自己的领域。它可好，一下子就跑了百十公里地，很快就适应了野外的食物和环境。

兰多每天带着妻子们在上百公里的大沟里自由地活动，生活过得十分自在快活。到了冬季，它带着群体跑得没影了，不用人补饲居然度过了漫漫冬季，令大家十分吃惊。2011年春季它还在野外成功繁殖了一个后代。它是第一匹成功恢复野性的野马头领，是野放队伍的奇兵猛将。

张彦豹说，当时兰多那群野马是在他和王镇山的班上走失的。它们为什么会走失？主要是由于有些来探矿的人没有见过野马，看到野马后很好奇，就开车去追，一追就追几十公里，这些野马惊慌逃窜，越跑越远，迷失了方向。

当时张彦豹和王镇山两人顺着探矿人追赶野马的路走，发现了马蹄印和马粪。散巴斯陶野放点距离老野放点约72公里，当时兰多野马群跑得快，与老野放点野马群有三四公里就汇合了。如果不是受到探矿车的追赶，兰多与老野放点的野马就会发生交集。如果兰多再往公路方向走三四公里，它们就会互相看见对方了。多么好的一个会师机会，数支野马群将会碰撞出多少美好的爱情故事？

张彦豹和王镇山循着粪便去找。蹄印有些地方有，有些地方没有，有土的地方可以看清，石子多的地方看不清。问题是戈壁滩大得很，每走一步都有无数个方向，只要10米之内看不到野马的蹄印就得重新判断。

一般野马会边行进边采食，不受惊吓时，一旦发现路它们也会顺着路走。如果野马腹内的粪已排空，就失去了坐标点，不好找了。而且地形那么复杂，经常有可能离一二十米都发现不了它们。比如野马在山沟里隔着一个山梁，你的视线就会被山挡住，看不到野马的踪影。

兰多和5匹母马被放归喀木斯特后，为了便于监测，工作人员给群体内的"皇后"准噶尔213号戴了无线电卫星项圈，设置为早10点开机，晚7点半关机。兰多失踪后，王臣和李学峰根据GPS定位，跑遍了周围，展开地毯式搜索，包括针茅滩。

针茅滩位于喀木斯特以西的沙漠，距乔木西拜有十几公里，植被特别茂盛，一到春天最有特色的是沙葱，跟种植的一样，一丛丛绿油油就地可拔上一箱子。王臣和李学峰在此找了将近一个月。

8月初，接到彩南油田领导电话；在彩南油田彩8井油池里发现一匹戴项圈的死亡野马。王臣和李学峰赶了过去。这匹野马已瘦得皮包骨头，肋骨一根根清晰可见，可能是夜里去找水喝，掉进了油井旁的油池里。他们用绳子套住马脖子，用车把野马的尸体拖出来。这匹野马嘴里、眼里、浑身都是黑乎乎的油。他俩把野马的项圈卸了下来，就地挖坑埋了，在马的坟墓处留了GPS定位，以后如需骨架可以到此来挖。

其他的野马去了哪里？监测项圈接收器根本测不到信号。王臣担心天气这么热，其他野马会不会因找不到水，渴死或者也掉进油池里。

到处都是连绵起伏的高大沙包，车辆从这里爬不上去，从那里也爬不上去。他们干脆把车停下，下车爬到一个个沙包上，用望远镜四处搜寻，用项圈接收器测试有无信号，两人手里还得提一根防狼大木棒。

三天后，爬到一个沙包的最高点去测，终于有了信号。根据判断的大概位置去找，果然发现了野马。高科技的威力终于显现出来。

野马们正在沙丘谷底低头采食一种嫩绿的叫不上名的救命草。他们拿望远镜观察了一下，缺水，水是大问题，这些野马处于极度缺水的应急状态，就跟人一样。

一找见马，王臣和李学峰心里的一块大石头就落了地。他们在野马南边五六公里处安营扎寨。野马中心曹主任叮嘱说，马找见了，一定要盯好，不惜一切代价把马保住。然后，曹主任又把哈萨克族巡护员艾代派了过来，增加护马力量。

发现野马后，如何补饲草料和水？一天至少要给野马饮三次水，并把苜蓿草、西瓜和玉米粉给运过来。领导着急，让他们把野马赶到安全地域。但沙漠里到处都是大沙包，怎么走得出去？王臣专门让人买了米格图，计划从彩南油田走，但有两个大下坡，一个大沙沟，再厉害的车也不行。车从45度坡上往下滑非常危险，马是绝对不会下这个陡坡的。

眼前要做的工作是先接近马，看马是否有问题，每天给草给水，每天都试着去靠近。可车一靠近，野马就跑，根本接近不了，只能保持500至1000米的警戒距离。到了第四天，才能靠近一点，离野马约50米的距离处，他们放下水槽，可野马群还是不敢过来。

最后他们开着车，把装着水的水瓶高高扬起，向野马群边走边晃动着水瓶往下倒水。听到水声，野马们扬起头，朝车望望，慢慢开始朝这边走。王臣和李学峰让水哗啦啦地流，在周边洒着水，最后把车停在距马一两百米处。

见人走远，野马们慢慢走到水盆前，又"哗"的一声跑开。这样走过来走过去折腾了大半天，最后总算把水喝上了，而且喝了个痛快。等水槽中没水时，李学峰再把车开过去，把存水罐里的水加到水槽里。野马能过来喝水，大家都放下心来。

一段时间后，野马群的膘情和精神稍有好转。

野马中心和林业厅的领导们非常高兴，给王臣他们三人记了一大功。晚上他们可以到彩南宾馆去住了，那是私人开的，一张床位十几元钱。可是住了一天后，第二天倒贴100元钱也没人愿意去了。窗户玻璃没有，窗纱也没有，那个地方蚊子吃人呢。晚上一熄灯，黑头大蚊子黑压压地"嗡嗡"叫着往他们的脸上、身上直扑，咬得他们浑身都是大包，眼睛都肿得睁不开。李学峰找了些纸壳，点得满房子都是烟，熏得人实在受不了。

罪真是受够了，但好歹野马找到了。野马都瘦成那个样子，渴成那个样子，看起来实在可怜。起初野马不好靠近，后来车往那儿一停，野马自己就跑过来了。给料也好，给西瓜也好，只要野马能吃上喝上，不挨饿受渴，他们就非常开心。

当时，野外最好的饭是中午可以去吃一顿拌面。当时他们3个人总共就300元钱，靠这点钱过了一个星期。后来单位给了3000元的加油钱，又要回去1000元，补助其他事情去了。一箱油400多元，一天的油钱省着跑都得五六百元。

王臣说："野马比人更讲信义。我们和野马接触的过程中彼此都成了朋友，不知它们从内心是怎么想我们的。时间久了，野马不光认识我们，连我们的车也认识。找到野马后，有时一吹口哨野马就过来了，它们过来后我们就会给它喂水喂西瓜，告诉它们再也不要乱跑了，就老老实实地待在这里，'瞧瞧你们一个个都瘦成啥样了，还跑啥跑？'也许它们听懂了我们的话，明白了我们的心意，确实安定了一段时间。"

王臣和艾代睡一个简易旅行单人帐篷，李学峰睡一个帐篷。当时正是8月最热的时候，中午12点帐篷里热得要死，晚上又冷得不行，盖上被子都冻得要命。到了9月，地上开始泛潮气，每天早晨醒来背上湿湿的，把沙子往下挖二三十厘米，底下是潮湿的。王臣和艾代他们两个地上铺了军用大衣和褥子，李学峰就铺了一个褥子。有时会刮沙尘暴，帐篷摇来晃去的。李学峰干脆把头一蒙，反正睡不着，就躺在那里盼天亮，听狂沙呼啸。

有时，晚上在帐篷里点上蜡烛，三个人隔着帐篷聊天。各种蚊虫都来了，蜘蛛、蜥蜴，还有很多叫不出名的虫子，帐篷里爬得到处都是。狂风、烈日、蚊虫叮咬还可以忍受，就怕下雨。沙漠里的天气说变就变，一下雨就是一天。这时帐篷睡不成，三个人白天晚上只能窝在车里睡觉。一下雨，马也跑得找不到了。那时的心情就是一个苦，难以想象的寂寥。

夜晚睡不着时，他们常看星星，看北斗七星的勺把在转，一直看到天蒙蒙亮，东方最亮的那颗启明星升起。

野马群"兰多"家族

迁徙中的"兰多"家族

25 沙漠遇险

王臣三人在三个泉没有找到野马，彩南油田工作人员告诉他们，野马就在油田附近。于是，他们就赶了过去，并在顺风招待所驻扎下来。

顺风招待所破破烂烂的房子里，有6张床，他们3人加卡山站3人共6人刚好住下。夜里12点钟，因为蚊子多，李学峰和王臣都蒙着头睡。保护站工作人员被蚊子叮得眼睛肿得吓人，司机干脆躲到车里去睡了。招待所后面有个污水坑，滋生了很多黑蚊子。那个蚊子可能有毒，大家身上的红包都有鸡蛋大。

饭馆前面有很多脏水形成的污水坑，野马渴极了会来喝坑里的水。饭馆的人告诉李学峰，野马就在附近，常来喝水。可是他们在饭馆附近找了好多天，也没有找到。

他们买了馕和奶茶粉。把馕风干，不然会发霉、长毛。用奶茶粉烧上一壶奶茶，泡馕吃。车上总是备有三块大石头，用于搭灶台烧水做饭。他们在沙窝子里挖个坑，把石头支上，拔些梭梭当柴火，点着，锅往上一放，就可以烧水做饭了。

在沙窝子里找了几天，终于找到了野马群。他们便天天给野马拉水、饮水，远远地看着它们把水喝完。谁知因为夜里下了一场雨，早晨过去看时，野马又不见了，哪里都找不到，他们便跟着马蹄印去找。沙窝里找马不知有多难，好不容易找到彩8井处，一看野马群正顺着路跑到了一个大沟里。

他们就在大沟的坝顶安营扎寨，住了两个晚上。车里还有半袋大米和几包方便面。艾代挖灶挖得好，他在坡上挖了个灶，把三块石头搁在上边，算是架好了灶台。艾代先把米烧成了稀饭，但没有下饭菜，连一块榨菜皮都没有。艾代干脆把方便面和佐料往锅里一扔，来个水煮方便面，这样吃起来就有了味道。

后来他们跟着野马到了另一个地方。那个地方有一处简陋的平房，是牧民的冬窝子，跟地窝子一样，地平面以下的底部是石头和牛粪砌起来的，地面上露出少部分屋顶。那里面虫子太多，包括蛇、蝎、蜘蛛这些毒虫，草鳖子都算不上可怕。夏天没有人住，牧民冬天才住到这里。屋内布满蜘蛛网，阴森森的。但没办法，他们只能硬着头皮住进去。有一天晚上王臣把灯一打开，发现墙上有手掌大的黑蜘蛛，地上还有两个大黑蝎子，吓得他和艾代赶紧跑车上去住了。

曹主任催着他们把马往乔木西拜赶。那么大的沙包，车上不去，闸箱又出了故障。李学峰和艾代去修车，留下王臣一个人看马。李学峰和艾代修车修了两天才回来。但是车还是上不去，三个人便分开来，把野马往老路上赶。他们举着木杆，挥舞着衣服赶马，赶到一个山坡上，野马又顺着山坡回去了。

就这样，和野马捉迷藏捉了20天，结果又找不到马了。他们用卫星跟踪设备几经测试，确认它们还是往三个泉方向跑了。

在沙漠里，他们都是提着命在找马。不熟悉环境，不知道哪里有路，只知道跟着马跑，总担心马跑丢了。野马就算把三个人领进地狱里，他们也不会知道。

车有时会陷进沙子里，他们就用梭梭草垫在车底，把车开出来。跑着跑着，野马上了一个大坡顶，又下了坡。他们开车去追，艾代下车从另一个方向追，结果车开过两个山梁，把艾代给搞丢了。

几番周折，终于找到艾代。三人劫后重生一般拥抱了一下，又开始找马。他们用项圈设备一测，原来野马又跑进了沙漠的老路上。

到底进不进沙漠？

他们已经一天没吃饭了，车上只剩两包方便面、一公斤大米和半桶水，油也只有半箱了。怎么进沙漠？最后决定还是先出去，找饭馆把肚子填饱。

在饭馆里，三个人吃了一份大盘鸡，每人下了三份面。饭馆老板吃惊地望着他们狼吞虎咽的样子，问怎么饿成这样？他们便把找野马的经历讲给老板听。

肚子填饱后，王臣便给曹主任打电话，说几匹野马朝三个泉跑去了，明天就过去找马，请领导解决一些公粮，没钱吃饭了。曹主任说，明天就来。

第二天，在滴西井区他们见到了曹主任。刚好中秋节快到了，曹主任给大家送来了四个小西瓜，一点葡萄和几个馕饼，每人两块月饼（一大一小）。

大家又出发去找马，找到晚上终于来到了三个泉。他们的车油不多了，便去附近种地的一个农户老刘家住了一晚，在那里买了些油，补了车胎。第二天进沙漠前，他们把曹主任和林业厅领导的电话交给老刘，并告诉老刘如果他们三天没出来或没给老刘打电话，说明他们可能遇到了什么危险，让他立即报警。

告别了老刘，他们开始进入沙漠地带。下午他们来到一个山沟口，看到一只狐狸从前方蹿出来，朝他们瞅了瞅，飞速地跑向远处。艾代和王臣都惊得愣住了。哈萨克族有个说法，狐狸过路一般都是在挡路，说明前面有危险，不让你再往前走了。

过了一会儿，又一只狐狸出现了。

第二只狐狸又来挡路，看来前面会有什么险情。于是三人犹豫不前，到底往前走还是不走？如果当天回，回去的路还是清清楚楚的。但为了尽快找到野马，他们决定豁出去了。无论前方有多大险情，还是要往前走。

一会儿上坡，一会儿下坡，车在艰难地向前行进。道越走越窄，两边都是沙丘，中间只有一辆车能过去的地方，两边要么是几十米深的沙沟，要么是高大的沙梁，假如掉头往回走想都别想。约10公里的路程，他们从下午4点钟出发，4个小时还没走完6公里。

上沙包时车上不去，车胎的气又不敢放。三人把篷布往沙地上一铺，开始拔沙蒿、红柳、梭梭草，铺垫在车下，然后把车开了上去。下坡后，前面又是一个高坡，他们只好又去拔草垫路。就这样，过了四五个大高坡，走了七八十米，就花了3个小时。王臣当时对李学峰和艾代说，没事，爬过前面的高坡，可能就到滴水泉了。后来发现这个想法过于天真，GPS一打直线距离60公里，实际要走的话在120公里以上！

三个人替换着开车。上坡时，一个开车，两人在车后推车，最后把汽车开得冒火星。王臣想，不能再走了，如果车被弄坏了，三个人就会死在这里的。这时天快黑了，他们开始有点害怕和后悔了，但谁也不愿把害怕的表情表露出来。咋办呢？那就把车先停下，车不能再开了。总感觉眼前这个沙包过了可能就好了，结果越进越险，沙包像连绵起伏的海洋，看不到尽头。三人只好就地安营扎寨，其实大家都没有力气了，瘫坐在地上不想动。

油箱里还有半升油，油桶还有一桶油，困在这里不是个办法。三个人都在想，明天一定掉头往回走，先把命保住再说。估计野马已经出去了，它们陷不进去，但存在缺水缺草的问题。当时曹主任也说过，能进的地方进，不能进的地方不要进，人的安全是第一。

三人休息了一会儿，便爬到沙包顶上一看，还有几个大沙包挡在前面。三个人的心里真是拔凉拔凉的，感觉世界末日到了。天已经黑了下来，他们的腿和手上全是拔沙蒿时扎的刺，手上布满了血口子，这时才感到火辣辣的疼。

26 中秋夜与狼共舞

夜里1点多，刚好是八月十五，月亮又圆又大。

来时老刘曾说："你们去的地方，狼很多，晚上不能在那里过夜。实在要过夜的话，也挑高一些的地方，不要住在沟里。"可他们过夜的地方，刚好是个沙沟。为了防狼，他们去拔了一大堆梭梭柴，可是点不着火。他们就往梭梭柴上倒一些汽油，又加了些沙蒿和针茅，才把火点着。但不能一下把所有的柴都烧了，得一点一点地烧。因为晚上火不能断，火一断狼就可能会来，这一点三人心里很清楚。

三个人都背对着火席地而坐，他们必须面对着寂静的旷野。万一遇到狼来，也好及时反应。果然，远处很快传来狼叫声，紧接着又是一声。三个人的头发一下子炸了起来，大家伸长了头颈向四周张望，三颗心脏都快要从各自的胸膛内跳出来。

王臣声音颤抖着对李学峰和艾代说："今晚不扎帐篷了，都上车里去睡。"

可怎么睡呢？驾驶位可以放倒，副驾驶位放不倒，焊死了。三个人爬上车后，李学峰睡到后面的座位上，艾代睡在后面搁脚的夹道上。其实谁也没有闭眼，一直在听着周围的动静。狼叫的声音很大，谁都可以听见，但都没有吭声。

不知过了多久，车门突然"嗞"的一声开了。三个人跟触电似的全都跳了起来。打开车内的灯寻找周围有什么情况，结果什么也没有发现，原来是李学峰和艾代不知谁在做梦，不小心把没关紧的车门给蹬开了，真是虚惊一场。

他们离216国道至少有180公里的距离，没有三天三夜根本走不出去。最近的地方就是老刘那里，直线距离有80公里，步行走沙包的话也得走120公里，两天都到不了。往南走是沙漠，往北走是戈壁滩，一个月都走不出去。三人都感到了害怕，因为狼就在沙包上站着呢。绝境，绝境，不知不觉陷入了这般绝境！

"那一天那一晚，那个八月十五，唉。"王臣后来回忆说，"我把前生和后世都想完了。我想得最多的是啥？我这一辈子吃没吃好，喝没喝好，玩没玩好，大城市一个也没有去过，啥也没有弄好，谈对象也就谈了那么一个，再多的女人也没见过，我的人生真是太平淡了。20多年时间都在养马，陪野马的时间比陪老婆孩子的时间还多，一晚上都在想这个事呢。最后想到哪了，你们知道吗？人生就短短这么多年，还要搭上他们两个人，我这回罪责就大了。领导理解的话可以，不理解的话会说'哈萨克人有讲究呢，狐狸过道就别再往前走，可是过了两只狐狸挡路，你还逛能往前走。'我倒没事。人家两个人要是在戈壁滩上没了命，他们的家人一定会怨我一辈子的。"

那一夜王臣确实整整想了一宿，想老婆怎么办呢，孩子怎么办呢，最后到底怎么个死法呢？如果车明天还出不去，这些油耗干，粮食吃完，他们不吃不喝还能熬多长时间？王臣从书上看过，如果不吃饭，可以活15天左右，没有水的情况下，三天就会发生昏迷、意识不清了。如果狼群来吃他，会从哪个部位下口来把他一点点撕扯着吃掉？

第二天早晨他们没吃东西，中午吃了点饭。王臣拿着GPS一直在测算距离，如果徒步走120公里可以到达乔木西拜和滴水泉。不过那里全是沙漠，去那里只是空想。然后又想到老刘，三天后若没有他们的音信他是否会带人进来找他们？能否找到？王臣想到三天以后，假如老刘报了警，直升机来救他们，他们就得多备些柴和油，到时把火点着，就可以回家了。

第二天漆黑的夜里，狼的嗥叫声此起彼伏，让人毛骨悚然。

透过车窗往外望，见远处有几盏蓝莹莹的小灯，鬼火一样在闪烁，一定是狼发现了他们，正向他们逼近。李学峰赶紧锁住了车门，躲在车里，大气也不敢喘。三人就这样在心惊胆战中等待天亮，每一分每一秒的煎熬，都是那么的漫长，感觉人已进入了坟墓。

三个大男人平日里监测野马，再苦再累再难也从未掉过一滴眼泪。此时，身临绝境时，就连呼救的机会都没有。叫天天不应，叫地地不灵，漫漫黑夜如何度过？想着想着，他们的眼泪忍不住流了下来。

借着微弱的火光和车灯光，三人不约而同地拿出了做野马记录用的本子和笔。一想到也许再也见不到自己的妻子、儿子和亲人了，豆大的泪珠滚滚打落在刚刚写好的遗书上，年龄最小的艾代干脆失声痛哭起来。以前他们也遇到过很多生死险情，一个个都挺了过来，从没有感到如此绝望。

艾代高中毕业后就来到野马中心当饲养员，当时他只有20岁。那是2001年7月，首批27匹野马野放前一个月，初来参加工作的艾代刚好有幸参加了野马中心成立15年以来的首次放归活动，这让从小就爱马的他开心极了。

多年来，艾代的巡护经验越来越丰富，对野放野马的习性及活动规律越来越熟悉，他就像是野马的跟踪器、定位仪一般，对野马的行踪了如指掌。野外共有11名工作人员，以艾代为组长的这一班有6人，每隔22天两班人员交接轮换一次。现在的巡护员，都是一帮"80后"的年轻人，都是艾代带出的徒弟。

艾代的妻子哈布拉是乔木西拜监测站的炊事员，她跟艾代恋爱成家后，为了支持丈夫的工作，也来到乔木西拜。结婚一年后，他们的大女儿出生了，哈布拉休完产假把大女儿也带到站上上班。她们的大女儿在娘胎里就开始与野马打交道了，陪着爸爸妈妈一起守护野马。

我来到监测站那天，哈布拉刚生完第二个女儿两个月，还在休产假。大女儿在野外自由自在跑惯了，在家里待不住，老喜欢往外跑。有一次跑得没人影了，可急坏了哈布拉，她抱着小女儿，左邻右舍打听，找了半天才找到。艾代怕妻子顾不了大女儿，防止大女儿再跑丢，值班时他就把两岁多的大女儿带到了站上。可艾代整天忙于工作，无暇照顾女儿，让自己的女儿和站上叶力江和库丽森的双胞胎兄妹一起玩耍。

工作17年了，艾代和妻子还拿着2000多元的工资，现在他们已有两个孩子了，这让他感觉"压力山大"。虽然内心有过矛盾，但终究未能动摇他永远守护野马、让野马回归自然的梦想。

早晨六七点钟天蒙蒙亮时，狼叫声才渐渐没了。他们都不敢下车，不知外面啥情况。狼已经盯了他们一夜，万一出去受到狼群攻击怎么办？于是他们在车里向外观察了半天，周围死一般寂静。

8点钟时，天彻底亮了。他们从车里走了出来，出去探路，向前跑了200米，翻过一个沙梁一看，眼睛亮了！下坡就有一个牧办。三个人顿时高兴得跳了起来，这下有救了！

到了牧办，那里有两个水源地，一大一小两个水池。一个木头房子，是俄罗斯风格的木屋。走进木屋一看，床上全都是木板。他们撬了几块床板，一人扛了两块到车跟前，用木板铺路。就这二三百米的距离，竟然花了三四个小时，才把车开了出来。

他们扔下木板，到处转着看了一下，顿觉后怕无穷。昨晚他们待的地方，居然正好是狼打伏击的地方。

水源地边上有黄羊、野驴等各种各样动物的尸骨，有黄羊头、野驴头，还有不知道是什么动物的头。坑边全是狼爪印和野驴蹄印。在半坡上，有很多狼爪印，至少有九匹狼，昨夜就在这里叫呢。

夏季，水就是野生动物的命，水源地就成了动物搏命最激烈的战场。停下车后，三个人就开始吃饭。他们先把小西瓜切开来分了吃，又每人吃了一块小月饼，大月饼没舍得吃。

吃完后，王臣写了封感谢信，放在矿泉水瓶里。感谢信的主要内容表明他们的身份，何时来了这里，遇到了什么情况，以及他们的车牌号。对擅自动用牧民的床板做了解释，并表示感谢。如果可以出去就好，出不去的话他们可能是被狼吃掉了。王臣写完后，把矿泉水瓶放在了室内屋顶的一个缝隙内。

三个人最后商量了一下，决定干脆就赌一把，想办法冲出去。

于是他们把轮胎的气压放到最小，把车上的两袋马料、两桶水都扔了，为了减轻车的重量。这时候三个人的胆子似乎也大了起来，底气也足了。他们把床板绑在车上，开始出发。返回的路上，遇到几个沙梁陷了车。他们把车挖出来，车下垫着木板就过去了。不到半个小时，就来到了山沟里。本来想接着找马，但轮胎已经没气了，找马已经是不可能的事了。眼下最要紧的，是滚钢圈也得把60公里路滚完，赶在天黑前回到老刘那里去。

历经千辛万苦，晚上总算到达目的地。

老刘说："你们胆子也忒大了吧！以后可不能再这样干了。"

三人扎好帐篷，老刘的老婆剁了些辣子酱，给他们做了河南面条。吃完，三个死里逃生的人感到困极了，便好好睡了一晚。第二天接着睡，从早晨一直睡到下午4点多才起来。

醒来后，感觉浑身疼得要命。他们找来了针，开始挑手上扎的刺。然后又去一个大排水管处洗了个澡，把所有的衣服都洗了，赤条条地躺在沙子上晒太阳。

总算把命捡回来了，天空真蓝，云彩比哪天都好看，他们从未感到活着如此美好！

第二天，三人把车胎补好，买好汽油，然后又踏上了找马的征程。

从一个沟里进去，又从彩8井进入沙漠。他们搜寻到了野马的蹄印，就循着它们的足迹去找。走到三个泉的深沟大梁上，汽车突然熄火了。检查后发现油泵被烧坏了。这里前不着村、后不着店，这下可把他们郁闷坏了。想想自己怎么这么倒霉，今天又要回不去了。看来牧办那里没有死掉，这回可真要死在这里了。

李学峰和艾代开始拆油箱。艾代怕把衣服弄脏，干脆脱

204

了个光杆子，钻到车底下，用脊背撑起油箱。李学峰把四个螺丝拆掉，把油箱抽了出来。

那天总算运气不错，仿佛有神灵相助。过了一会儿，只见一辆车开了过来，到他们跟前停了下来。那是福海林业局牧办的车，从车上下来几个哈萨克族男士。他们了解情况后，从自己车上取下修车工具，把油泵卸开，发现油箱的一个火线断了。有修车经验的哈萨克族驾驶员把电瓶线一对，发现油泵是好的，他帮着把火线接上，花了一个多小时把油箱修好。汽车又可以发动了，他们便高兴地离开了。

翻过一个大坡梁，好不容易看到前面有一片井场，这是滴12最后一个井区。过去一看，有几匹野马在井场上来回转悠呢。仔细一看，正是他们寻找多日为此差点丢命的兰多野马群。可算找到这几个祖宗了！他们高兴得眼泪都掉了下来。

屈指算来，他们寻找野马整整找了45天。

冬天大雪，野马野放站的工作人员给野马投草补饲

第七章

野马的『转场』

生存就是变迁，要完善就要常常变迁。

——（英）约翰·亨利·纽曼

27 命殒车轮被迫搬家

　　冰雪、干旱这些自然灾害固然能置野马于死地，但野马的真正敌手还是像普热瓦尔斯基这样"两条腿的动物"。

　　进入2007年8月，一个又一个噩耗传来。两个月里，先后有4匹野马命殒车轮，这是继首次野马放归遭遇雪灾后又一次惨痛损失。苍天落泪，草木悲鸣，令日夜守护野马的人们难以置信，悲痛欲绝！

　　第一匹被撞的野马是准噶尔51号，我给它取名叫"丑小鸭"的母马。

　　在马群里，它总是受到歧视，不受欢迎，是群里最没地位的一匹野马。5岁时，我们把它嫁给了野马"黑风"。黑风嫌它长得丑，最初坚决不接受，老是把它打出群。而其他5个漂亮媳妇，特别是皇后野马公主，黑风则刮目相看，宠爱有加。还好，这个可怜的丑姑娘总算怀上了孩子，到了第二年生下一匹又瘦又小又弱的小公驹。遗憾的是当丑小鸭受到别的野马欺负时，刚出生的孩子也被踢伤，经抢救无效，第二天就夭折了。此后，黑风对它更加冷落，以至于后来连续两年丑小鸭再没生过孩子。

　　2004年春天，我们把它从黑风家庭里隔离了出来，与其他9匹母马放在了1号场地，准备将这10匹野马放归野外。没想到它竟然受到相邻8号场地光棍汉们的青睐，这让丑小鸭有些受宠若惊。

这种眩晕甜蜜的时光持续了两个月，丑小鸭就被放归野外了。冲向了大自然的怀抱，丑小鸭变成了美天鹅。

丑小鸭很快有了新的爱情，嫁给了大帅的儿子准噶尔99号。一年后，它生下一个健康可爱的儿子，野外的新生代，真正的大自然的孩子。

当听到丑小鸭被撞的消息时，我一下蒙了，泪珠禁不住滑落下来，它可是和我有着9年交情的老朋友了。

2007年8月15日早上，野放站工作人员接到卡拉麦里保护区阿勒泰站站长的电话，说在216国道330公里处有一匹野马被撞。当大家匆匆赶到现场时，看见丑小鸭躺在公路东侧大坑里，头朝野放点，屁股朝公路，眼里充满泪水，无尽的哀伤和留恋从它的眼睛里流露出来。经检查，丑小鸭被撞在腰部，腰椎已完全断裂，后肢一点都动弹不了。它不时地用两条前腿无力地挣扎两下，轻轻地扭动一下头和脖子，可能在寻找它的丈夫、孩子和同伴们，让在场的人无不落泪。

经过对现场撞击留下的痕迹分析，它是被从北向南行驶的车辆撞击后，从公路中心线滑向路边坑里的。滑行距离约30米，被撞路面上有清晰的擦痕和野马被毛。工作人员立即用绳子将丑小鸭四肢捆起，七八个人小心翼翼将它抬上卡车，运到保护站进行救护。经过近10个小时的紧张抢救，兽医们无力回天，可怜的丑小鸭在当天晚上11点35分停止了呼吸。

就在丑小鸭被撞事故发生不到两天时间内，8月17日凌晨，又一匹三个月大的幼驹被撞，横尸荒野。仅仅半个月，血淋淋的惨剧再次上演。

野马"丑小鸭"被撞现场

野放站工作人员接到喀木斯特交警队电话，说216国道328米处有一匹野马被撞。野放站工作人员和卡拉麦里保护区阿勒泰站派出所人员立即赶到恰库尔图收费站查录像资料，初步锁定了事故车辆，然后赶往事故现场，发现被撞幼驹已死亡。这个刚来到人世不久的鲜活小生命被撞得更惨，五脏俱裂，体无完肤，血染大地。

2007年9月8日早上，一位驾驶员到卡山站向野放站工作人员报案，说在216国道328公里处有一匹野马被撞，横躺于公路上，可能已死亡。该站工作人员在9：35赶到事故现场，准噶尔117号头马横躺于公路东侧路，肩处、口腔、鼻腔有大量流血，已经死亡。在事故现场，工作人员捡到两块蓝色塑钢和车辆因撞击掉下的两块侧护板，经过和现场肇事车辆撞击留下的碎片比对，颜色、材料吻合。10点森林公安赶到现场，进行取样，初步判定是大型车辆所为。

准噶尔117号出生于2000年5月24日，它的父亲是首批野放的头领大帅，母亲是西德母马"罗妮"。野放那年，它还是只有1岁的小马驹。继承父母的优良基因，转眼长成了一个出色而英武的王者。2005年，它打败群雄，通过自由竞争当上了头领，而且争得了最多的媳妇，成为6个野放群中的最大群体，拥有老婆孩子十几个。当时它已有了10个孩子，是当时野外繁殖数量最多的一匹。特别是2007年，一年就有了6个，创造了野外繁殖的新高纪录。

准噶尔117号被撞死亡后，种群失去了头领，没有了主心骨，如同航船失去了舵手。一个失去头领的部队，战斗力会大大减弱，一旦遭遇天敌狼群的袭击，定会乱了阵脚，溃不成军。没有头马的带领，野马过马路的危险性会大大增加。

野马被撞事故接连发生后，野放站工作人员每天开车驻守在公路边，吃住在车上，盯着过往车辆，防止被撞事故再次发生。路上设了减速带，恰库尔图的交警和林业警察也都与野马中心工作人员一起值班。

可是，10月19日，悲剧再次上演，准噶尔117号四个月大的儿子又被撞。小马驹的腰椎被撞折，后半身瘫痪。工作人员立即把马驹拉到恰库尔图镇找兽医抢救，值班人员张彦豹想了一个让马驹延长生命的办法。在地上钉了四个桩，用床单做了一个袋子，四个角绑在桩上把马驹腹部吊了起来。马驹骑在上面，支撑起它的身体，这样使马驹负重面积加大，负重减轻，两个前腿就不会太吃力。马驹吃草喝水都不受影响，就是活动不了。在张彦豹和同事的精心照料下，这匹可爱的小马驹又活了20多天。

不到两个月的时间，已有4匹野马在车轮下命丧黄泉。

野马被撞惨剧也引起了媒体关注。各大媒体争相报道，还公开悬赏缉拿肇事司机，在社会上引起极大反响。

野马野放站监测人员介绍，普氏野马放归地点位于216国道311公里处的西侧，距国道只有500米左右，310—330公里之间的国道两侧也成了野马的主要活动区。水源紧邻公路，食物丰富区却在公路另一侧。野马群当时有6匹，它们按规律每天下午和第二天凌晨5—6点钟到公路两旁的水源地饮水。因为没有野生动物通道，野马为了饮水和采食必须穿越公路，在这段时间过往车辆车速快，司机疲劳驾驶，直接造成了事故的发生。

进入夏末秋初时节，野马习惯于采食路基两侧较优良的饲草，有时在一个小时内要横穿马路5次之多。这对于那些应激性强的母马和当年新生的活泼好动并缺乏应对危险经验的幼驹很容易因为惊慌而被高速行驶的汽车撞伤。

216国道是乌鲁木齐通往阿勒泰的一条重要干线，车流量很大，特别是旅游季节，车流剧增。游客把野放点当作一个景点，每次路过野放点，都下车给野马投食瓜皮水果，野马每天都在路边等吃的，见了车不知惧怕。工作人员不让游客看马，马一到路边他们就驱赶。但是群体过大，分了好几个群，工作人员赶不过来，顾此失彼。

虽然216国道限速为每小时80公里，但过往小型汽车的时速都在每小时120公里以上，就连重型卡车的时速也不低于100公里。

2007年可谓是野马损失最惨重的一年，听闻自己亲手养大的野马一个个惨死在车轮下，我无法抑制自己的悲痛，胸口被气愤淤堵得快要窒息。

为避免野马被撞事故的发生，2008年领导和专家进行了多次勘察选址，最后选定位于216国道380公里以西约30公里、卡拉麦里山主峰以西约80公里处的乔木西拜为野马的新家。

　　2009年3月16日，20多名工作人员冒着呼啸的风雪，将野马装进运输箱，在崎岖的路上颠簸了约120公里，用4辆大卡车把野马搬到了新家。

野马过马路

28 出国娶亲

为了野马小王子们出国娶亲，我们已努力了近5年时间，做好了野马出国前的各项准备工作。经过5年的祈盼，如今终于达成了心愿。

2007年9月，国际野马组织协调人克里斯·沃尔泽（Chris Walzer）教授参观了新疆野马繁殖研究中心，对中心取得的成绩给予了高度赞扬。2008年3月起，国际野马组织主席托马斯·普菲斯特雷尔（Thomas Pfisterer）和秘书克里斯汀·斯塔夫（Christian Stauffer）多次来信讨论要开展合作。主要内容为种源互换和野放的问题。

我们首先向林业厅做了关于与蒙古国戈壁国家公园进行种源合作的请示，林业厅批复后，报国家林业局并获批准。

2011年3月9日，国际野马组织协调人克里斯·沃尔泽教授一行来到野马中心，就野马中心向蒙古国戈壁国家公园出口4匹种公马进行了洽谈，双方于5月正式签署了合作协议。野马中心需要种源时，国际野马组织将帮助从欧洲动物园调配。

中蒙两国是实现野马拯救目标的两大责任国，在野马野放方面都走在了国际前列，也是目前世界上拥有野马数量最多的两个国家。从某种意义上，野马拯救工程是一项没有国界的事业，是共建人与自然生命共同体的生动案例。

这次野马出口手续，已于2011年10月底前办理完毕。由于当时已入冬，不适宜野马隔离检疫及运输，经与国际野马组织相关负责人协商，将野马出口日期推至2012年4月至5月。

2012年4月11日，新疆出入境检验检疫局对4匹出口野马进行了隔离检疫。同时，我们还按照蒙方设计的野马运输箱图纸要求，制作了4个野马运输箱，请专业熏蒸公司对运马箱进行了熏蒸。

一切准备工作都已就绪，4匹经过精挑细选的年轻俊美的王子就要离开了。准噶尔262号，5岁，父亲是美国马万顿，母亲是西德2号，是光棍营的大当家；准噶尔263号，父亲是黑风，母亲是野马公主，也就是我取名叫小天马的很有灵性、很会照顾伤病妈妈的那匹，是光棍营里的二当家；准噶尔274号，5岁，父亲是德国白马王子艾蒙，母亲是准噶尔85号秀秀，在光棍群里它是小天马的部下；准噶尔278号，4岁，父亲是黑风，母亲是准噶尔47号，是小天马的弟弟及部下。

以前都是从国外把野马浪子接回家，这次是把野马宝贝们送出去。我们多么舍不得让这些王子离开。可是故土虽好，王子们有可能打一辈子光棍，一辈子孤苦伶仃，与它们相同的血缘太多，会造成近亲繁殖退化危机。

野马第一次走出国门，这可是件激动人心的大事，一下吸引了央视、新华社、新疆电视台等众多媒体的关注。

2012年5月21日，野马装运这天，天公作美，风和日丽，万里碧空浮着一层薄纱样的白云。记者们早早穿好了检疫服，准备好了相机设备，央视《新闻直播间》进行了现场直播。在临时检疫隔离场内，4个特制的运马箱首尾相接，入口方向和出口方向分别安放了两只野马熟悉的旧木箱。

装箱前几天已对野马进行了适应性训练，让其适应、熟悉运马箱，消除对运马箱的恐惧感。5名工作人员都已站在马箱顶上，蹲藏在手持的活动门后，防止野马发现他们。

同在隔离场内还有两名"替补队员"，一旦4匹公马在装运过程中因冲撞过激而发生意外，这两匹野马将作为替补队员。

野马们好像感知到了这次出行绝不一般。两位工作人员把它们朝箱子方向驱赶，马儿刚走几步又扭过头来，向相反方向跑去。这样来来回回折腾十几圈，有时还会碰到栏杆上。特别是准噶尔263号小天马最狡猾，奔逃冲撞得最厉害，它的手下们都跟着它跑，包括光棍群的老大准噶尔262号，这时也听起了小天马的指挥，拧成一股绳，表现得出奇团结。

当4匹野马同时被赶到箱子前，最小的小兄弟准噶尔274号看到箱内饲草，有些禁不起诱惑。小天马见状，赶紧一个转身，不顾工作人员的阻拦，一下子跑出老远。其他三匹正准备进箱的野马见状，也扭头朝小天马奔去。把工作人员气得真想揍小天马一顿。

就这样，它们与工作人员久久地僵持着，对抗着。半个小时后，不知是马儿跑累了，还是跑晕了，或是跑得有些受惊了，最后还是在工作人员的驱赶下鱼贯而入。埋伏在马箱顶上的工作人员早就等得不耐烦了，眼下见野马进箱，便迅速将活动门放下去。只听"咔嚓"一声，野马全被封装在了箱子里。

傍晚时分，人们用吊车将马箱装上卡车，准备运往塔克什肯口岸。苍茫暮色中，离别的钟声响起，野马们也许感觉到了离别时刻，发出悲戚的嘶鸣，像是孩子离家时的哭声，听得人们心里一阵阵酸楚。

赶了十几个小时夜路，当我们到达塔克什肯口岸时，已是半夜了。

第二天一大早，5名来接野马的蒙古国友人便来看野马。见到他们渴望已久的宝贝们，十分高兴，给我们送了塑胶野马模型当礼物。

办完了出关手续，我们将马箱前方底侧的小方门打开，野马中心主任亲自给一匹匹马儿喂了最后一次草。大家心里都不好受。看到马儿黑漆漆的眼里满是泪，脸上、眼眶有多处皮毛破损，伤痕累累的，我心里有说不出的难受，眼泪禁不住涌了出来。

随后，吊车又一次用它长长的吊臂将运马箱举向蓝天，再轻轻地转放到蒙方开来的卡车上。中蒙双方代表签了移交书，王子们算是正式出国了。

5月22日下午5点，装着运马箱的车到达边防检查站。检查站的工作人员专门开通了"绿色通道"，快速为野马和蒙古国友人办理了出境手续。我们与蒙古国朋友们合影留念后，挥手依依道别。我的目光一动不动地追随着启动的装马车，看着车渐行渐远，直到完全消失。但我依然向着远方眺望、眺望着，仿佛我的心已被带走，再也无法回来。

抬头看看天，雪白雪白的云朵朝着马儿离去的方向奔涌着，我多想变成一朵云儿，去追赶野马。马儿们走了，真的走了，不知何时还能再见到小天马俊美的身影。我愣在那里，像周围的群山一样静立不动，任泪水滑落成诗行：

群山无语

泪光中闪烁着你远去的踪影

白云涌来

欲追随你至海角天涯

既然你已去了远方

我的心儿怎么可能待在自己身上

你可知道

无论异国还是他乡

我的爱将随你一起

落地生根

遍地开花……

29 甘肃联姻

"落地生根，遍地开花……"，有时回看我的诗行好像预言。野马出国后不到5年，为了提高种群遗传多样性，野马再次离开野马中心。但这次相比于国际野马交流，国内的野马"转场"让我的心情稍微好受一些。

经过了3天的紧张准备，2017年6月4日，野马中心调送国家林业局甘肃濒危动物中心的7匹普氏野马（2雄5雌）进行了装箱，双方进行了移交仪式后，北京时间11时开始启运，开启了新疆野马的跨省联姻。

野马中心主任马新平说："为了改善国家林业局甘肃濒危动物中心近亲繁殖状况，促进基因交流，一年前该中心领导曾来我中心考察交流，经过双方友好协商洽谈，达成了合作共识，签订了野马种源互换协议。但因该中心的野马谱系不清，后来协议又进行了更改，改成了我中心向国家林业局甘肃濒危动物中心单方面输送种源协议。"

调运甘肃野马启运前一天，"准噶尔326号公马见到张赫凡就疯了"的消息，一下成了野马中心的大新闻。

"不知道咋回事，准噶尔326号一见到张赫凡就疯了，从2米高的铁栏杆上跨了过去，冲进了分马通道内，太厉害了！"6月3日一大早，饲养员吐尔逊对马新平主任说。

"它为啥见到张赫凡会疯？"马主任好奇地问。

"可能是这匹野马喜欢美女吧。"吐尔逊毫不犹豫地回答。

闻讯赶来的女记者刘勇来看准噶尔326号公马时，吐尔逊又对她说："你千万别过去，准噶尔326号刚刚安定下来，一见到你这个美女更疯了。"

马新平主任在装运前的会议上对我特别强调："张赫凡，明天野马装箱时你千万别过去，不要一见到你野马又疯了，我们就没法装箱啦。"

"那我等装完准噶尔326号再过去。"

"那也不行，万一其他野马见你也疯了呢？"

"那怎么可能呢？其他野马对我都很亲近。就是准噶尔326号公马，昨天见到我就满场地跑，疯子一样，围绕着我跑了一圈又一圈，跑得满身是汗也不知停下来。"

业务科科长王臣笑着说："没这么简单吧，你是不是不舍得这匹野马走，抱着它亲了一口，它才疯的？"

副科长张彦豹说："也许是准噶尔326号想到离开野马中心就见不到张赫凡了，见不到美女真是生不如死，所以才冲向栏杆的。"

当一切准备工作就绪，开始装箱启运时，经过讨论，大家决定先啃硬骨头，从今年5岁的准噶尔326号这匹"疯马"下手。根据以往的经验，大家都知道，装运野马时，群马好对付，独马最难对付。因为群马中如有一匹马先进入装箱通道，其他的马就会跟着鱼贯而入。

其实准噶尔326号所谓的疯，是指它的野性强，人很难靠近，当人靠近时它的应激反应较强。野马是群居动物，刚从群体隔离成为单个个体时更增强了它的应激反应。

知道准噶尔326号不好对付，王臣和张彦豹两个最有经验的养马人起早贪黑地蹲守马舍，极其耐心地对它进行了3天装箱训练，成功驯服了"疯马"。

6月4日早晨，天空灰蒙蒙的，满天的云朵压向地面，四周一片沉寂。工作人员6点钟开始野马装运工作。由于驯马有方，只用了不到10分钟，就顺利地将准噶尔326号装入了运马箱。

紧接着准噶尔294号繁殖群的6匹野马装箱了。工作人员将6匹运马箱首尾相接在喇叭口通道的另一头摆成一条"长龙"。每个箱子上站着一个人，手持活动门，躲在门后。

准噶尔294号公马今年7岁，正值青壮年，父亲是野马研究中心最威武帅气的德国引进野马3877号"罗森"。继承了父亲的优良基因，准噶尔294号也长得魁梧英俊。作为一匹头马，它平时对妻子们管得很严。当妻子们到相邻场地的栏杆边时，它总会把它们赶走，生怕这些年轻貌美的妻子被对面的公马勾走。特别是近两三天到了保定圈（专门用于捕捉野马的圈舍）后，比起原来与公马有两栏之隔的场地，现只有一栏之隔，让它更不放心了，担心妻子们会"红杏出墙"。

准噶尔294号公马率领着五位妻子与大家周旋对峙了约20分钟，其中3匹母马准噶尔293号、准噶尔325号、准噶尔345号首先冲进了运马箱。狡猾的准噶尔294号和另外两个妻子准噶尔318号、准噶尔349号没有进去。大家赶紧将进入箱内的3匹野马吊起来装车。然后继续与3个顽固分子进行最后的攻坚战，直到将它们装入箱内，大功告成。

就像自己的孩子要远行，大家都有点割舍不下。

野马们也舍不得离开，不时发出悲悲切切的嘶鸣，还会踢打冲撞几下运马箱，想从箱子里冲出去。当我从运马车的车厢侧缝中看到准噶尔294号时，发现它眼眶已经碰伤，嘴角和鼻梁上也有伤痕，黑漆漆的眼睛很湿润，眼角竟然还挂着一大滴泪珠。

此时，大家全然没有了昨天议论准噶尔326号时开玩笑的劲头，一个个都变得沉默无语。大家都舍不得野马离开，虽然只是少数几匹野马，但手心手背都是肉，谁的心情都不好受。

饲养员吐尔逊的眼里充满了泪水，一动不动地目送着运马车离开，他真想跟着车随马儿一起走。

望着远去的野马孩子们，马新平主任说，此刻他的心情十分复杂，既为顺利完成装运任务而欣喜，又为野马宝贝们的离开而依依不舍和牵肠挂肚，它们离开后的每一分钟都让他揪心，让他无法安睡，直到接到它们平安到达的电话，他才能放下心来。

　　大家都希望野马能顺利抵达甘肃，在那边生活得健康快乐，并且生出很多健壮优良的后代，为野马种群的壮大和最终回归大自然发挥作用。

30 放归内蒙古大青山

野马的野外种群变迁到更多的地方，这自然是野马中心的宏伟目标。但是疫情却捷足先登，席卷了整个世界。

为了纪念野马回归故乡35周年暨野放20周年，野马中心在科学调研基础上，计划加大野放力度，又有32匹野马将被放归大自然。其中，向卡拉麦里自然保护区和三个泉野马野放区放归20匹野马，向内蒙古大青山国家级自然保护区放归12匹野马。这是野马"转场"上海、甘肃、出国蒙古国之后，又一次大规模的"转场"和野放工作。

因为野马事业，让我有了许多内蒙古的朋友。野马进入内蒙古大青山的山地草原，将我的野马宝贝，准确说是我国的野马宝贝，送给热爱草原的人们，我是特别高兴的。

专家称，普氏野马曾广泛分布在我国北方的大部分地区，包括东北平原、华北平原、蒙古高原和准噶尔盆地，内蒙古自治区也属于野马的历史分布区。

蓝色的蒙古高原是我国马文明的发祥地之一，在这片土地上重建野马种群有着极高的价值。中国野生动物保护协会联合内蒙古大青山国家级自然保护区管理局等六家单位跨省协作，在内蒙古已开展了多次项目考察和调研工作，才确定了麋鹿和野马的放归地。

2020年11月，野马中心邀请了自治区畜牧科学院、动物疫病疾控中心的4名专家，为2017年至2019年出生的30匹野马进行了标识打印和疫病检疫，其中包括放归内蒙古大青山保护区的野马。

随专家一起来的有恩特马克的爱人参都哈西，为了做好野马的检疫工作，他们夫妻同上阵，这次把3岁的小儿子也带来了。由于父母年迈多病，他们夫妻俩上班时，时常轮换着把小儿子带到自己的工作单位。

一切准备工作就绪，马克戴好口罩、护目镜和橡皮手套，在注射器内注好麻药。同时在另一注射器内备好解药交给我，万一他的皮肤接触到麻药危及生命时，我要以最快的速度给他注射解药来抢救。但愿我的解药不被使用，我的同事平安无事。

环保事业虽然神圣，却也充满了各种各样的危险。这份同事间的信任，这份人命关天的责任，我接过马克递给我的解药，顿时觉得沉甸甸的。

他把针管放入麻醉枪的枪管内，独自走向准备麻醉的野马。他在野马所在的场地外，把胳膊肘架在铁栏上，瞄准了来回跑动的野马的屁股。

当马克娴熟地将野马打中后，野马一边奔跑一边回头看看尾部带着红缨的针管，炝着蹶子甩动身体，企图要把针管甩掉。约5分钟时间，野马开始出现醉酒样动作，步态不稳，摇摇欲坠，它意识到自己要倒下去时，就靠向栏杆，四肢叉开，前胸倚在栏杆上支撑着不让自己倒下去。

这时马克如勇猛的摔跤健将一样，两手抓住野马的耳朵和脖子上直立的鬃毛，用自己的右腿抵住野马两前腿，使劲一绊，野马就侧身倒在地上，马克也跟着倒了下去，趴在野马身上。

没有完全进入昏迷状态时，野马还会试图挣扎着站起来，这时几个人七手八脚用绳子捆住它的四肢。野马喘着粗气，惊魂未定，眼神惊恐，工作人员用块帆布蒙住它的眼睛。由于个体差异，同样的剂量，有些野马迷迷瞪瞪一会儿又清醒过来，在场地奔跑，跑出一身汗，马克会给它追加剂量，再补一枪才能起作用。

接下来，马克开始在野马脖子上的静脉扎针、采血，畜牧科学院的专家站在他身旁，给他递着写好野马编号的试管，并把采了血的试管从马克手中取走。然后开始给野马打号。按照"男左女右"的规则，公马在左腿打号，母马在右腿打号，孙立程在野马的臀下腿部被毛处用湿毛巾打湿，开始用剃须刀剃毛，剃出约15厘米长8厘米宽的皮肤。这也是一个功夫活，剃不好会把野马的皮肤刮破。

多年来，孙立程给野马剃毛的水平已经练得十分高超了。

然后李鑫科戴着厚厚的棉手套，将泡在泡沫盒液氮中制冷的打号数字铁模具取出，一手持一个0—9的数字或其中一个是代表准噶尔的"Z"字，蹲在野马屁股旁，弓起身子撅着屁股，对着剃好毛的地方使劲按下去，野马的皮肤顿时升起一阵白色烟雾。冷烫约两分半钟，取掉模具，野马的皮肤上出现一个深深的数字凹槽，这会使皮下毛囊完全损伤，不再生长被毛，这样野马的号就打好了。

新来的年轻书记艾尼瓦尔·安山也在帮着给野马打号。他跟李鑫科一起，蹲在地上，手持模具，紧压在剃去被毛的野马身上。刚刚入冬，寒风阵阵，扬起的尘土直往人的眼里和嘴里钻。一直在给大家拍工作照和视频的我，不时搓搓冻红了的手。

这让我想起了第一次给野马打号时的场景。

2005年12月，在德国科隆动物园的技术支持下，野马中心用液氮冷烙印方法首次给野马做了标记。那时，我们在零下二三十度的冰天雪地里，用了5天时间完成了105匹野马的标记任务。从早上一直干到天黑时才收工，午饭也不回去吃，就在工作现场泡桶装方便面。当时在新修的保定圈旁用篷布搭了个简易帐篷，里面生了个小炉子，可以烧水泡面，冻得受不了时可以进去烤烤火。

我的主要任务是认马，做好记录。当时正好赶上在乌鲁木齐的小弟弟的婚礼，我也没能回去参加，只能在茫茫雪野里为他送去祝福。

号打完后，专家给野马点眼，将手伸进野马的肛门中，采集粪样。

等所有的工作完成后，大家都撤离，马克开始用注射器给野马打解药。一般解药打上一两分钟，野马就苏醒了，挣扎着站起来，惊慌失措地跑动着，工作人员把门打开，把它们赶入打好号的群体内。

马克爱人的技术越发娴熟老练，她将采好的血样带回野马中心简陋的实验室，用从自己单位带来的离心机进行离心。还将采集的粪样放在显微镜下，检查寄生虫卵。

这一对夫妻志同道合，工作和生活都配合得十分默契，每次想起他俩年轻时的爱情故事，总让人感慨万千。

这次检疫内容多，覆盖面广，是野马中心成立34年来最全面的一次体检。检疫结果显示，这些野马体检全都合格。

野马没有受到瘟疫的影响，但2020年暴发的新冠肺炎疫情却大大延迟了野马踏上内蒙古高原的步伐。

直到2021年9月28日，联合国《生物多样性公约》缔约方大会第十五次会议召开前夕，国家林业和草原局会同中国野生动物保护协会、内蒙古自治区人民政府、内蒙古自治区林业和草原局、江苏省林业局，呼和浩特市人民政府、内蒙古大青山国家级自然保护区管理局、北京麋鹿生态实验中心、新疆野马繁殖研究中心、江苏大丰麋鹿国家级自然保护区和内蒙古自治区野生植物与湿地保护协会等单位为科学有序地恢复和重建珍稀濒危物种普氏野马的野生种群，在内蒙古大青山国家级自然保护区实施了普氏野马放归自然活动，举行了隆重的放归仪式，欢送6匹野马回归自然。9月29日又将27匹麋鹿放归自然。

作为新疆野马繁殖研究中心的一员，我也有幸和同事一起参加了首批6匹野马放归自然活动。回想起来，当时激动人心的场景还历历在目。

"敕勒川，阴山下。天似穹庐，笼盖四野，天苍苍，野茫茫，风吹草低见牛羊。"当我们从呼和浩特驱车沿着蜿蜒的山路走进大青山国家级自然保护区时，这首穿越古今的民歌又在耳畔响起，把我带向了向往已久的辽阔大草原。秋高气爽，野草枯黄，层林尽染，落叶纷飞如蝶，深秋的大青山已换上了华丽的秋装。一幅五彩斑斓的壮美画卷中，又多了几匹荒野精灵——普氏野马自由奔驰的矫健身影。

野马的新家大青山国家级自然保护区位于蒙古高原的山地草原带，阴山山脉中段，是以保护珍稀濒危物种、山地森林、灌丛、草原生态系统和水源涵养地为主的山地森林大型自然保护区，集中了阴山山脉森林、灌丛、草原景观最为完好的部分，也是阴山山地生物多样性最集中的区域。总面积39万多公顷，平均海拔1850米，最高峰海拔2338米。

大青山也是野生动物的乐园，有梅花鹿、黑鹳等国家一级保护动物9种，有赤狐、中华斑羚等国家二级保护动物

24种，常可以看到狍子在山中出没嬉戏，各种鸟儿在林间飞舞鸣唱。野马来到这里，将会有很多可爱的新伙伴。

已至秋天，绚丽多彩的峰峦林立，苍松翠柏，淡淡的雾霭氤氲其间，饱满的向日葵颔首微笑，已经收割过的莜麦田敞开胸怀，随处可见的喜鹊叫喳喳地迎接着远方的朋友。特别是在放归野马的什字沟，这种吉祥鸟最为多见，看来是一块风水宝地。水肥草美的山地草原如同童话世界，天蓝蓝，千姿百态的云朵缭绕在苍茫的群山之间，如梦如幻，让人流连忘返。

野马放归这天，媒体早已提前抵达，在半山坡选好最佳机位，架好设备，翘首等待野马从山谷底的小围栏奔出的激动人心的时刻。

11点15分，当宣布放归开始时，所有人的目光都投向了围栏。明媚的阳光下，6匹野马正在围栏场地内来回奔跑，而围栏外，一个秋季中的如春美景正在向它们招手。随着栅栏门的打开，圈养野马族群关闭了百年的自由闸门也被开启，这奔腾的浪涛，汹涌而出，转瞬汇入了西南方向的山涛间。

望着这些马儿远去的身影，我为它们感到开心的同时，又怅然若失。我多么想留下来，多陪陪它们，多跟踪观察它们几天。可是我们只待了半个小时，便无奈离去。

同来的杨建明主任和恩特马克，也都依依不舍地送别了这些野马。

"就像送自己的孩子远行，舍不得的同时又为它们高兴，因为大青山的水草这么好，我们的野马是来这里享福来了。就是不知这里的高海拔野马能否适应，能否安全越冬。"杨建明主任喜忧参半地说。

恩特马克在放归的两天前就给其中的两匹母马佩戴了北斗卫星项圈，这样便于今后野马活动轨迹的监测。从9月18日启程，他与5位同事和两位大卡车司机一起，穿越2000多公里把野马护送到大青山以来，他一直待在这里守护着这些野马。当6匹马儿牵着恩特马克的魂从他的视野消失后，他忍不住掉下了眼泪。

在往内蒙古大青山运送野马的过程中，大家付出了很多的心血。新疆野马繁殖研究中心自1986年成立以来，2480公里的长途运输野马还是首次。为了顺利完成运输任务，新疆野马中心提前做好了安全运输的应急预案和各项准备工作，共派了6名运送人员并雇了两名卡车司机，带上干粮和矿泉水，日夜兼程。一路上没有休息，每到一个检查站都细心查看野马的健康状况，给野马喂草喂水。连续行驶33小时，终于把野马平安运送到了放归地。

"这次运输非常顺利，这些野马真给咱们长面子。首次用卡车进行这么远距离的长途运输，我们起初有各种担忧，这下心中的大石头总算落地了。"当听到野马安全到达的消息时，已经两日未合眼的杨建明主任难以抑制心中的喜悦。

"以前在进行200公里左右的短途运输时，个别野马在路途中会出现在马箱中卧倒的现象。而2000多公里的路途，这些野马一路上都安稳地站在箱中，我们也没有给它们打镇静剂。"恩特马克高兴地说。

离别的一幕，又在我眼前闪现，回放。那天装好了运马箱的卡车启动之时，几十匹野马纷纷隔着栏杆追随着，向即将走向内蒙古大草原的伙伴们送别，阵阵悲戚的嘶鸣声，随着车后的烟尘，漫向戈壁深处，漫向博格达峰。

我也曾一再要求跟着大卡车一起护送野马到大青山，杨建明主任却没同意，而是在放归的前一天，我跟他一起坐飞机来到背倚大青山的呼和浩特市。

9月29日上午，在大青山白石头沟管理站召歌沟，27头麋鹿被放归到了一片苍翠的绿林间。

唳唳马嘶，呦呦鹿鸣，就像欢快灵动的乐曲从远古的高山草原悠然传来，给神奇的大青山平添了几分新的魅力和生机。

下午，我跟三天前就来到大青山拍摄野马放归的央视《野性的守望》摄制组一起来看刚放归的6匹野马。行走了一个多小时蜿蜒山路，终于抵达什字沟。我站在高坡上，远远地就看见了一匹野马的身影，一定是被准噶尔357号打败的准噶尔370号。这两匹野马在新疆野马中心装箱时一见面就隔着栏杆打了起来，到了大青山后又面对面地进行了正面交锋，结果今年4岁的准噶尔370号不敌比自己长1岁的准噶尔357号，尾根部被咬伤。

过了一会儿，其他几匹野马的小小身影出现在了我的视野，我赶紧从坡上跑了下去，真想一下子飞到它们面前。非常感谢管理站的巡护员，骑摩托车带着我去看那些野马。我一个箭步跨上了摩托车的后座，可是没走多远，摩托车居然熄火了，怎么也发动不了。于是，我跳下车，独自向马儿们走过去。它们离我大约有1公里远，我慢慢向它们走近。

我先是走到了准噶尔370号公马跟前，想过去抚摸一下它，可靠近到两三米时它就躲开了。然后我又去靠近另外5匹野马：准噶尔357号和它带领的4匹母马，准噶尔315号、准噶尔346号、准噶尔358号和准噶尔360号。约十几米远，它们也跑动起来。这里的草很茂盛，已经开始发黄，长得较高的草都可以把野马的身子完全淹没。成群的喜鹊在马群间飞来飞去，有时还会停在马背上，看来它们非常喜欢跟这些新来的野马朋友玩耍。

野马会不时隐没在草间不好拍摄，我就走到山腰上，站在高处拍摄。由于同来的央视《野性的守望》摄制组还要赶飞机，去新疆野马中心和卡拉麦里自然保护区拍野马。我待在这里的时间最多只有半小时，跟昨天野马放归活动时一样，来去太匆匆。我快速地按着相机快门，直到摄制组导演等急了来催我，我才恋恋不舍地离开。

首批6匹野马（2雄4雌）在大青山的适应情况很好。10

月12日，在联合国《生物多样性公约》缔约方大会第十五次会议召开之际，早晨9点，新疆野马中心又开始进行第二批6匹野马（2雄4雌）的运输。可是在装箱时，准噶尔247号和准噶尔378号两匹母马却怎么也不愿进箱，被强行驱赶进入后，一到箱内就卧倒不起，连续装了四次都如此。可能是不愿意走吧，两匹野马应激反应都很强，跑得浑身是汗。野马的记性很好，根据以往的经验，出现这种情况的野马一年半载内装运还会卧倒。为了安全起见，大家只好放弃了这两匹野马的装运，将装箱成功的4匹野马准噶尔299号、准噶尔354号、准噶尔372号、准噶尔373号运往了大青山。

被我称为"女儿国"（40多匹待成家的母马群）国王的准噶尔247号，平时非常温顺，见了我总是跟前跟后，而且要放归大青山的野马去年春天就开始进行装箱训练，这些训练有素的马儿，平时不用赶就自己在箱内来回走动穿梭，真没想到关键时刻会出现这种意外。

送走4匹野马后，我们立即又选了4匹母马：准噶尔341号、准噶尔359号、准噶尔382号、准噶尔385号进行装箱训练，为了防止野马装箱不成功的事情发生，这回多选了两匹备用，到时能装上哪两匹就送哪两匹。

10月19日早晨9点开始装箱，虽然只训练了一周，这次装箱却进展得非常顺利，只见4匹野马齐刷刷地列队进入了箱内。年龄最小的准噶尔385号第一个进的箱，随后依次是准噶尔382号、准噶尔359号，年纪最长的准噶尔341号在最后面，进箱后没有一个卧倒的。站在马箱上的工作人员迅速放下持在手中的箱门，将它们封在了箱内。准噶尔385号和准噶尔359号在箱中比较安定，于是把它俩吊上了卡车，而准噶尔341号和准噶尔382号踢打箱子比较厉害，大家只好又把它们从箱中放了出来。

最后两匹野马装箱后就启程了，10月20日傍晚顺利抵达了大青山。

经过三次艰辛的长途运输，12匹野马的装运任务全部完成。

而三次往大青山送马，我都没能跟着卡车一起过去，非常遗憾，可是我的心儿却随着这12匹野马一起运往了大青山，在青山绿水间，在辽阔的大草原，跟着它们一起自由驰骋。

大青山国家级自然保护区野马放归现场

放归的野马向着山间走去

第八章

守望家园

在野马这个大家庭里，我们都是兄弟姐妹，大家要相互照顾，相互帮助。天地有多宽，我们的心胸就有多大。

——陈志峰

31 中西医结合救治野马

自从哈萨克族兽医师恩特马克和妻子和好后，他们的爱情生活浓烈持久，结婚不久就有了孩子。如同命运之神给他俩爱情的那次严峻考验一般，恩特马克医治野马的技术也受到了多次挑战。

2019年6月17日晚，一轮淡黄色明月在戈壁深处升起，浑圆而硕大。宁静而皎洁的月色下，恩特马克正在给"命根子"（生殖器）被咬伤生蛆的雄性野马准噶尔331号做治疗，他身边围着几个工作人员，协助他救治野马。

工作人员七手八脚地按住野马，北京林业大学来实习的女研究生贾慧平在一旁做助手，随着恩特马克的吩咐给他递送各种药品和器械。尽管打了麻药，准噶尔331号还没有完全进入麻醉状态，四肢不停划水样地蹬踢着。为防止野马伤人，治疗开始没几分钟，大家又用绳子把准噶尔331号的四肢捆了起来，还用布盖住了它的头部，看不见它那瞪得溜圆的凶恶眼睛，这让人感觉安全许多。

恩特马克紧挨着野马的尾巴根处蹲了下来，他把头凑近伤口，用镊子将伤口里的几十个大白蛆取出来，放入站在一旁的贾慧平撑开的小塑料袋中。这么肮脏尴尬的活儿，没有看到这个姑娘皱眉嫌弃的表情。

大家对野马的热爱超越了一切俗念。一名饲养员高举着手电，照在伤口处，只见伤口血淋淋的，有蛆虫在里面蠕动着。恩特马克的头都快要挨上伤口了，在手电筒的照耀下，他仔细探寻着，争取不留一个活蛆，以免手术失败，前功尽弃。

近期雨水较多，天晴后蚊虫多了起来。治疗点紧挨3000亩大围栏，围栏内野草长势茂盛，而蚊子更是猖獗，嗡嗡狂叫着直往人脸上扑。没几分钟，站在跟前拍照的我手上就被叮了几个大包。王臣在马克的头顶上方，不停地挥舞着一块长布条子，帮他驱赶蚊子。

恩特马克蹲得腿麻了，腰酸了，站起来捶几下腰，接着蹲下去治疗。蹲久了，他干脆跪在地上，俯下身子，为野马清洗伤口，上药，缝合，打针。他的橡皮手套沾满了血，不时会在腿上或头上拍打一下，把正在吸血的蚊子拍死，他的头上、脸上立刻留下一个个血手印。

太厉害了，戈壁滩上的蚊子比野马更凶野，喝血的蚊子能把恩特马克的长裤刺透，在他腿上留下一个个大包。长期在戈壁荒漠工作，当年的帅小伙已进入了中年，40多岁的马克过早地秃顶了。从远处看，手电光下他的秃顶越发显得黝黑锃亮，额头冒着豆大的汗珠，他患有支气管哮喘，呼呼喘着粗气。

马新平主任也来到现场，站在一边指挥野马救治工作。

治疗完毕后，夜色已很晚了。恩特马克给准噶尔331号打了解药，松了绑。约一两分钟准噶尔331号开始摇晃着站立，等站稳后忽地奔向远处，转眼消失在茫茫夜色中。

两天前，饲养员发现准噶尔331号野马阴茎肿胀，6月17日下午发现患部开始出血，立即向恩特马克报告。恩特马克了解情况后有些气恼："又是哪匹野马，这么损，咬的真不是地方！"

一个月前，恩特马克已治疗了一例因争夺"美女"约会权，睾丸被咬成重伤的准噶尔334号。前些年也治疗过两例类似病例。

"咬的还真是个地方！"我这大实话一出口，在场的工作人员哈哈大笑。

对公马来说，把对方传宗接代的命根子咬伤，也许是打败竞争对手最好的方式，比直接打残或打死还解恨呢。

在野马中心工作20多年的恩特马克，至今治疗过5例野马睾丸或阴茎被咬伤病例，都是争雄、争妻打斗所致，其中2020年就占3例。

最重的一例是准噶尔3311号公马，也就是2005年野马中心从德国引进的"白马王子"——"艾蒙"。这匹优秀的种马于2013年5月和两个妻子被放归到三个泉野放点，与野外公马准噶尔132号打架造成两侧睾丸被咬成重伤，几乎从皮囊里脱出来，当时鲜血顺着两后肢直往下流。艾蒙的俩后腿叉开站立，疼得连路都走不成了。经过恩特马克的精心治疗，10天左右，这匹马的伤口很快痊愈了。如果治疗不及时，这些受伤的公马可能就跟被骗了的家马一样，失去了繁育后代的能力。

野马的嗅觉很灵敏，一旦受伤后，给它们往水里放抗生素或饲料里拌点儿药，它们都会因有气味而不喝水、不吃料。就是把胶囊塞在野马爱吃的西瓜、胡萝卜或苹果里，狡猾的野马们也会只吃瓜果，把胶囊原封不动地吐出来。

年复一年、日积月累，野马中心科研团队探索出一套实用的野马疾病诊断和治疗方法，中西医结合使新疆野马的繁殖成活率达到世界先进水平，得到了国际有关组织和专家的肯定。

犹如中西医结合治疗野马，野马保护的国际交流，在人类文明的历史长河中一定会留下浓墨重彩的一笔。

2006年10月24日，工作人员发现，从德国引进的一匹野马（东德2号，19岁），左侧乳房区肿胀，神情忧郁，采食缓慢并厌食，小马驹吃奶时疼痛，不让吃奶。大家将野马捆绑后，马克、孙立程先挤净乳汁分泌物，用碘酊和酒精擦拭乳头管口及乳头，经乳头管口向乳池内插入灭菌乳导管，另一端接注射器，将药液徐徐注入乳池内。注射完毕后抽出导管，用手指轻轻捻动乳房片刻，然后注射青霉素、盐酸普鲁卡因灭菌注射水，每天注射一次，连续7天。这还远远不够，由于中医学重在辨证施治随症加减，重在疏肝解郁，补肾调冲，尤其重在治气，野马的脾胃土气重，治病需要治根。他们7天内用金银花、蒲公英、紫花地丁、连翘、陈皮、青皮、甘草等药适量，加水适量灌服，治疗效果非常好。

两人治疗野马乳房炎的经验，在恩特马克妻子参都哈西的帮助下，还发表了论文。

治疗完野马后，恩特马克的大儿子给他打来电话问他何时才能回家。当得知爸爸工作忙回不去时，13岁的大儿子有些埋怨："你天天就知道野马、野马，我、妈妈和弟弟三个人加起来还不如一匹野马吗？！"哈萨克人如此重感情，恩特马克怎能不想家里的妻儿，妻子和两个儿子也更想他啊。远在野马中心的马克，有时抓耳挠腮地发急。

恩特马克已经快一个月没回家了，六一儿童节没回，端午节没回，连少数民族的重要节日肉孜节他也没能回去。业务科长王臣说："我们陪野马的时间，比陪老婆孩子的时间要多！"身患糖尿病及风湿病的孙立程，父母重病双双住院，他不能照顾；张彦豹患脑梗走路不稳、口齿还不清就来一线上班了；王振彪膝关节疼痛刚出院，也来到了野外……长年野外工作，风沙、寒湿、暑热及强紫外线侵袭，大多数职工都患上了奇怪的疑难杂症。

我也不例外，2013年夏天，我因日晒引起的皮炎发展成了疑难症皮肌炎。面部浮肿，两臂、头部、颈部皮肤多处溃烂，双腿肌肉疼痛无比，吞咽困难。经过一个月的住院治疗，症状有所好转，而后一直需要服用激素控制。

恩特马克的双小腿浮肿快一周了，一按下去就一个深窝，他也顾不上治疗。3岁的小儿子发高烧住院，他也回不了家。前几天小儿子鼻子里不知怎么回事塞进去一个小扣子，夜里哭得厉害，他爱人带孩子去诊所取不出来，赶紧去乌鲁木齐儿童医院挂了急诊。如果去晚了，进入气管会造成窒息。恩特马克说起此事，眼泪就在眼眶里打转。

一想起我离开的这些天，儿子又是发烧又是拉肚子，十几天都没去上幼儿园，眼泪顿时也跟着唰地流了出来。

恩特马克的大儿子近几天正在参加小学毕业考试，最需要爸爸在身边陪伴鼓励，他却回不去。他没日没夜地和大伙一道，忙着给野马打疫苗，驱虫，场地消毒，检疫，分群调群，管护新生马驹，给生病的小野马治疗，给野马贮备饲草……

人在持续不断地做着各种拯救野马的努力，但野马能理解吗？

红花的女儿准噶尔97号母马是放归三个泉的母马之一，它生第一个孩子时，恩特马克一直在母马前日夜守候。小马驹出生后，他发现马驹的眼睑闭合，胎粪排不下来。当时是傍晚时分，只有他一人守在马驹身边。趁马驹卧在栏杆附近时，他迅速把小马驹朝栏杆边拖，想通过栏杆底部的缝隙拖到相邻的空场地内进行治疗。也许误以为恩特马克要"抢走"孩子，准噶尔97号向他冲了过来，张开大嘴，朝他左胸狠狠咬了一口。

恩特马克不顾疼痛,先把马驹放入空场地,然后飞速翻过栏杆,准噶尔97号焦急地沿着栏杆跑动、嘶鸣,不时把头伸过栏杆三四十厘米宽的缝隙,做出扑咬姿势威胁马克。

恩特马克左胸被咬出一个深深的伤口,鲜血直流。他忍着疼痛,把小马驹的眼睛拨开,掏出胎粪,又把马驹放回了场地。母马见了孩子激动地上去不停地嗅闻,给它喂奶。恩特马克这时才觉得伤口疼得钻心,他捂住伤口,含着眼泪,向宿舍走去。

直到现在,恩特马克左胸上的伤疤永远留下了这个"爱"的印记。

野马的野性太大,恩特马克在捕捉野马的过程中,腿被野马踢伤过、咬伤过,手被野马挣脱的套马索拉伤过。有一回在抓马时,野马的蹄子差一点击中他的头部。还有一回隔离野马时,差点被迎面冲来的野马撞翻。即使这样,野马生病时恩特马克还得赶过去救治。

那年春季,有一匹母马难产。巡护人员早晨发现时,胎儿的头露在外面,头耷拉着,脖子已断。工作人员将马赶回到监测站的小围栏内,同时叫恩特马克来救治。恩特马克赶到现场时,已是晚上。第二天一大早开始了救治工作。当时狂风呼啸,还下着雨。恩特马克做了8个小时的手术才将胎儿通过一点点截肢的方式取出来。

这匹妊娠母马检查后发现胎位不正,按正常是前蹄和头先出来，而这匹马驹的后蹄和头先出来了。羊水已干，无法将胎儿拉出来。恩特马克挖了一个大坑作为他的手术台，母马的前半身放入坑中，后半部在坑外，呈前低后高体势，便于他手术。恩特马克早晨来不及吃饭饿着肚子，冻得瑟瑟发抖，用力将马驹向外拽，拽出一点，截掉一点，直到完全将胎儿取出。母马也疼得晕了过去。死胎完全取出来后，恩特马克又给母马输液、治疗。母马苏醒了过来，恩特马克却累得瘫倒了，还得了重感冒。这是他所经历的耗时最长、最艰辛的一次"分娩"手术。

恩特马克和同事们，把自己最美好的年华都献给了生态环保事业！

至于荣誉和回报，大家平时常对着领导开玩笑地说，等野马野放事业完全成功、野马真正回归大自然的时候，给我们放个长假吧！

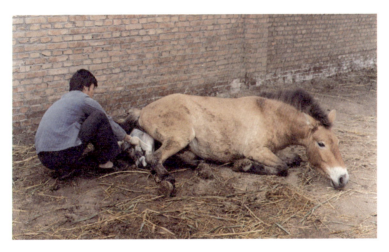

野马中心的工作人员为野马接生

32 救治野马的"野战医院"

2019年12月28日，连续下了几场雪，野马中心气温降至零下二十几度。

将近元旦正要休假，野马中心却有两匹雄性野马先后发病。其中一匹是准噶尔381号。27日傍晚，饲养员给野马投喂饲草时发现该马不吃草，离开群体，时起时卧，有时卧地打滚。经仔细观察，发现该马肛门明显向外凸出，不时做出排粪姿势，用力排却排不出粪球。饲养员立即给兽医及领导汇报情况。马克根据症状初步诊断准噶尔381号得了直肠性便秘，这是野马的一种常见病。

马克在电话里告诉饲养员赶着患病野马在场地里跑跑，并加强对病马的观察。因为天色已晚不好抓马，准备明天早晨天一亮就进行治疗。谁知在驱赶病马时，同群的其他野马也跟着奔跑，由于夜间看不清路，准噶尔375号在跑动时不慎摔了一跤，造成左前腿骨折。真是祸不单行！

两匹野马同时生病，周末回乌鲁木齐休假、刚进家门的马克，立即联系了司机于强在，两人马不停蹄，连夜赶回野马基地。回家休假的王振彪和张彦豹当夜也赶回了单位。最恼人的事，就是野马冬季发病。因为冬季治疗很麻烦，不仅人冻得受不了，药液也容易冻住。

夜里8点多，我去查看了准噶尔381号的情况。漆黑的夜色中，饲养员打着手电照着，7号场地的几匹亚成体小公马奔跑起来，却见一匹野马卧在地上，我以为是便秘的准噶尔381号。当我向它靠近时，这匹马挣扎着站起来，走起路来一瘸一拐，左前腿不能着地。走近仔细一看，原来是准噶尔375号。

第二天一早，准噶尔381号依然没有排下粪来，病情未见好转，所以需要抓马治疗。为便于抓马，王振彪带领饲养员将两匹病马隔离到了保定圈（专门用于捕捉野马的圈舍）。马克开始做治疗准备工作。他用刀削了些竹片夹板，准备好麻醉枪药品、套马和捆马的绳索。进口麻醉药M99仅剩一匹野马使用的量，购买手续烦琐，一时半会儿买不到。眼前只能对骨折野马用麻醉方式捕捉，用套马索方式怕会造成二次伤害加重伤势。另一匹野马准噶尔381号，不得不用套马索了。

野马一旦发生骨折，就很难医治好，因为它不像人那样老老实实地躺着不动。它的野性很强，就算是伤势较重跑不动而躺在地上，它的四肢也会左踢右蹬，见了人就想翻身起来跑。考虑到竹片夹板固定不够牢固，还是用石膏固定可能会好些。但野马中心兽医室只备有一些常用药品，没有石膏，于是马克又去吉木萨尔县买了药品。

午饭后，所有准备工作就绪。马克将药品箱放在野马中心越野车上，司机于强在将车开到保定圈前，这样便于给药品保暖，防止药液冻住。约下午2点半钟，马克开始给野马治疗。

经商议，大家决定先治病情较重的准噶尔375号，再治病情较轻的准噶尔381号。马克戴上口罩、防护镜、医用橡皮手套，准备好麻醉药，同时将给自己备的解药和注射器交给助手于强在。每次给野马麻醉前，幽默风趣的马克总爱开个小玩笑，来缓解一下紧张情绪："如果我倒下去了，我把老婆、孩子、银行卡都交给你，你帮着照顾好。"

仅有一匹马的麻药，意味着马克只有一次机会。如果打不中，麻不倒野马，大家就得冒险去套马。2点40分，马克拿着麻醉枪，独自走进保定圈。两匹野马见到他后，开始不安地沿着栏杆小跑。由于怕药液冻住，马克行动迅速。他进去后走到离野马五六米的距离时，瞄准目标，扣动扳机。只见带有红色尾缨的针管飞向准噶尔375号，扎在了它的左大腿上。"真棒，一击命中！"大家欢呼起来。

准噶尔375号拖拉着左腿，走了几步停下来，向周围人观望一下，又艰难地向前走了几步。可两三分钟过去了，它还没有什么反应，大家怀疑是不是因为天冷药液冻住不起作用了。又过了一分钟左右，准噶尔375号才开始有反应，有点站不稳，在栏杆边一个趔趄跪在了雪地上，但很快又站了起来，继续向前走，走了约十几米远，站不稳便靠在了栏杆上。

可能由于天冷药液没有完全进入野马体内，野马没有完全进入昏迷状态。马克检查完后，三四个人用力拉着断肢那端的绳子，帮助马克将断骨复位、接上，然后开始打石膏绷带固定。打完绷带又给野马打了消炎针，最后打了解药，将野马放开。

可是野马刚一站起来活动，绷带套就滑脱了下来。野马的断肢没能固定住，左前腿又开始甩动起来。天气实在太冷了，湿着的石膏无法凝固，被冻住了，没能发挥作用。

这匹伤马被折腾了半天，在麻药作用不明显几乎完全清醒的状态下被拉、被拽、被捆绑，真够它受的。它疼痛得喘着粗气，在地上呻吟着，疼得直打哆嗦。就先让它休息会儿，吃点草、喝点水，等把便秘的准噶尔381号治完再想办法继续治疗吧。

为了减少野马的碰撞，工作人员并没有拿套马索满场地追着野马跑。在场地栏杆边摆着三个首尾相接的运马箱，通向一个狭窄的通道。大家把野马赶进通道，在与通道相接的运马箱另一端出口拉一个打好套环的绳索，当野马从箱内出来时，就会进入圈套。

准噶尔381号配合得很好，一出箱就被套中。大家一拥而上，拉紧套住马脖子的绳子。准噶尔381号企图跳起来挣脱绳索，结果越跳被拉得越紧。两名工作人员趁势迅速拿绳子绕着野马的四肢打起围绳，围好后拉紧，朝一侧用力，将野马绊倒在地。马克跪在地上，开始给野马检查治疗。

测了野马体温，检查完口腔，他开始脱衣服。将大衣、衬衣脱了，只穿一件秋衣，打着寒战撸起两个袖子，特别是将右臂衣袖一直撸到肩膀处，助手往他手上倒些石蜡油，他将石蜡油搓到右胳膊上，抹匀。跪在马屁股后的雪地上，将手伸进马的肛门里，往里摸索着寻找堵在直肠里的粪块。看来野马直肠堵得太死，他很吃力地往里伸着手，将粪块一点点往外掏，掏出的粪上还带有血丝，很坚硬。越是往里掏，越费力。

掏累了，他就趴在马的臀部，缓一下，再往胳膊和手上抹些石蜡油，接着掏。不一会儿，他面前就堆了很多马粪。他将马粪掏干净后，在王振彪等人的帮助下，又将一根长皮管通入野马直肠内，给野马灌石蜡油，软坚散结，润滑肠道。当石蜡油从管子另一端小口倒进去后，一人还对着管口用力吹气，通过此种方式将石蜡油注入野马体内。

之后，大家将野马的头立起，掰开嘴，又往嘴里灌了些石蜡油。有人还将野马的腹部揉一揉，促进野马肠道疏通。突然，听到了野马的放屁声，大家也顾不了直冲鼻子带有草味的臭气，继续完成后续工作。

准噶尔381号阻塞的肠道通畅了，大家给野马松绑，野马很快便打着响鼻轻盈地跑了起来。

治疗完准噶尔381号，马克累得有些直不起腰。他披上棉衣，喘几口大气，又弯下身子，在雪地里抓起几把雪在冻麻了的胳膊和手上搓擦了几下。然后穿好衣服站起来，跺了一会儿失去知觉的双脚。

下午5点多，太阳早就躲进了阴云里，天气越来越冷。在雪地里连续工作了两个多小时，又冷又累。为了抓紧时间，大家都没有休息，紧接着去治疗准噶尔375号。

经过商量，大家认为在室外打石膏凝固不了，干脆把病马抓到值班室去治。于是，说干就干，这个团结的集体谁也没说二话。

大家如法炮制，很顺利地将准噶尔375号放倒，捆了起来。

在值班室里，马克给准噶尔375号重新打石膏绷带。打完后，为了让石膏绷带尽快凝固，王振彪用吹风机对着野马患肢耐心地吹着，直到完全把绷带吹干。而后，大家把准噶尔375号抬了出去。

此时已是夜里8点多，马克手上粘的全是石膏和棉絮，怎么洗也洗不掉，两手掌上的碘酊颜色也没有洗掉。在雪地连续治疗野马近六个小时，马克的两个胳膊冻伤了，回到宿舍后感觉疼得很厉害。

作为野马的医生，长年在野外开展野马救治工作。夏季顶着烈日，冬季迎着风雪，二十年如一日，风里来雨里去，练就了马克和伙伴们钢铁般的意志。

33 探访两个哈萨克家庭的野外沧桑

也许是德国引进的野马兰多善于思考，或是由于汽车追逐野马导致，兰多家族离开卡拉麦里，进入了古尔班通古特沙漠。

这就更坚定了我们此行的目的：一定要给野马戴上卫星项圈！

2019年11月20日下午3点多，马新平主任带队，曹青博士、马克、王臣、于强在、我及自治区林业和草原局两名森林公安，我们一行8人驾着两辆越野车，横穿古尔班通古特沙漠公路来到了三个泉野马管理站。一路上可以看到路两旁土黄色的沙丘起伏连绵。乌鲁木齐和野马中心已是冰天雪地，这里却看不到一丝雪的影子。路上最兴奋的应该是我，渴望了那么久，总算可以来到野外，探寻野化最成功的野马群。

进入沙漠区后，路两边几乎看不到野生动物的踪迹。只见到一只黄羊，我们停车去拍时，它便机警地跳跃着奔向远方。

路过彩南油田彩8井，王臣说当年兰多家族迁徙到三个泉时，曾路过这里。他指着路边一个平房说，住在那里的一位石油工人在黄昏时发现了几匹野马，来到他的住所附近找水喝。

当时这些野马才放归，见了人就跟见到饲养员一样，还没有警戒心理。

新疆油田准东采油厂几年前已与野马中心缔结为"和谐共建友好单位"。兰多率领的野马群最初进入三个泉在准东采油厂彩南油田作业区逗留期间，井场员工参与了这些野马的救护工作，修建了水池供其饮水；并且在野马中心找野马的车陷入沙坑中出不来时，进行了多次救援。

近两年准东采油厂还认养了6匹野马，为野马中心捐建了多套先进的恒温饮水槽，作为野马的饮水救助点，使野马在冬季喝上了不冻水。为保护野马等野生动物的生存，2017年到2018年，新疆油田准东采油厂封了284口井，舍弃近7万吨产量、3亿多元年产值，全面退出保护区，还野生动物一片净土。并将石油员工的值班站点、房间及相关电力设施、通讯塔无偿赠送给卡拉麦里山有蹄类野生动物自然保护区。同时创造性地将抽油机底座改造成饮水槽，便于旱季时野生动物饮水；将部分油田生产设施改造成草饲料存放点、保护区巡检人员休息使用点等。2019年，新疆油田公司准东采油厂与卡拉麦里山有蹄类野生动物自然保护区签订了《新疆维吾尔自治区卡拉麦里山有蹄类野生动物自然保护区共建共管协议》，10名采油厂员工及其子女成为首批野放野马管护志愿者，志愿者将参与到野马日常管护中，并承担起向民众普及推广野马知识的工作。另外，采油厂设计的以野马为原型的卡通形象"油魅野马——东东"，在 2019 年 6 月 3 日"六·五世界环境日、新疆油田重塑形象周感知责任卡山行"活动中发布亮相，同时发布了"油魅野马"原创微信表情包、环保袋等系列文创产品，体现了"野马精神"和"石油精神"的融合，在文创大赛中斩获了多项大奖。

傍晚时分，我们抵达了三个泉野马管理站。这是由几栋平房围成的哈萨克风情四合院，绿色和土黄色的房屋墙面粉刷一新，院内还有两个大蒙古包。院子附近有很大的草料库和牛羊圈，周围全都是梭梭林。这个整洁的院子的墙上挂有福海县三个泉野马管理站、福海县喀拉玛盖乡公益林管护站、福海县三个泉牧业办公室、福海县救灾物资储备库四块牌子。

这个寂静小站位于荒漠腹地，人烟稀少，离最近的喀拉玛盖乡有 200 多公里。我们见了站上的几名工作人员，全是哈萨克族。站长朱马别克，巡护员吉恩斯夫妇，木拉力夫妇和他们 6 个月的小女儿，还有乡林管站站长加尔肯和护林员吉克拜，他们用哈萨克族的美食奶茶、馕和手抓肉盛情接待我们。

大家坐在一起，商量明天的找马计划。

朱马别克说，除特大雪灾外，三个泉的野马冬季不需要对其进行人工补饲。经过十余年的自然繁育和野化放归，目前该区域生存有两个家族群共 19 匹野马，其中 3 匹为 2019 年的新生马驹。

近三年，野马连连产驹，其中 2017 年产驹 1 匹，2018 年产驹 3 匹，2019 年产驹 4 匹。除了今年 2 匹新生幼驹被狼吃掉外，其余的全部成活。夏季，19匹野马自然分成两个繁殖群，其中大群17匹，小群2匹。

我们昨天来时，天地还是一片土黄色。今晨醒来，只见世界白茫茫一片，洁白的雪花纷纷扬扬地飘舞着。

早饭后，队伍出发了。走了没多远，风便大了起来，地上的雪沙如水一样在风的作用下流动着。一路上，我们不时向四周张望，有时会下车，用望远镜四处搜寻。风夹着雪扑面而来，让人睁不开眼睛。天地被风雪弥漫，能见度降低，这无疑增加了找马的难度。如果是晴天，雪地里还可以看到马蹄印，而今偶尔见有散落荒野的马粪，可以判断出野马曾在此活动过。根据马粪的新鲜程度，可大概判断出一些情况。

前面道路上出现大大小小的沟，这里没有见到野驴、黄羊这些在卡拉麦里保护区常见的野生动物，也没有放羊或转场的牧民。兰多自己选择的这个新家比较僻静，不仅鲜有人类活动，而且少了与它争食争水争地盘的对手。

走了约十几公里，不知不觉就到了三个泉。下车四处寻找，却未见野马踪迹。

这是一个绵延上百公里的大沟，红柳、梭梭草、芦苇十分繁茂。此时，白雪覆盖了这条长沟，雪花依然在飘，一个美丽的童话世界展现在眼前。枯黄的植物，在洁白的雪野里团团簇簇连成一片，向谷底延展，在热情地拥抱着小山头。面对银装素裹的纯净世界，远离尘世的喧嚣，人的内心也变得宁静安详。

到了十多年前与野马群相伴的熟悉地方，王臣激动得第一个冲向谷底。在红柳丛中，拿起相机拍个不停。他追寻着青春的记忆，多少艰辛的汗水和泪水曾经抛洒在这里。正是从这里，他们捡回了三条命！

这条沟叫作吉拉沟，哈萨克语"蛇沟"的意思，如今大家都称之为野马沟。以前王臣、李学峰和艾代三人来监测野马时，这个沟里他们根本不敢待，沟里的水源地前有特别大的狼爪印，每次来这里他们总会想，可能是最后一次了。

在春夏天，如果把一个人撂到三个泉大沟里去看野马，到了那里肯定会哭鼻子。不是因为狼多、蛇多，而是独自一人，孤单单的啥也没有，自然会产生一种恐惧感。偶尔可以看见几只鸟，忽地从草丛里飞出来。红柳和苇子丛有一人多高，谁也不敢进去，怕里面藏有狼，万一惊出来带狼崽的狼更难办。他们只是站在沟坝上望一望，手里随时提根打狼棒。

吉拉沟的有些沟渠，几乎和地面垂直，看起来十分险峻。

风把沙包吹得奇形怪状，还有五彩斑斓的各种石头，峡谷的山红白相间，层层叠叠，有些像五花肉。土的颜色有红、黄、白、青各种颜色。这里过去曾是一片海底世界，一个大海沟，可以见到各种各样的贝壳，还有恐龙化石。王臣三人曾捡到不少盘子一样大的贝壳。

第一次来到这向往已久的地方，我被这仙境般的世界深深吸引，端着相机让这美丽的童话在镜头里定格。一时间，大家的欢声笑语打破了这沉寂的世界。

既然在这里找不到野马，我们又上车，准备返回管理站吃完午饭再接着找。返回途中，我们兵分三路，接着寻马。

有了雪，野马对水源地没有了依赖，整个冬季都靠吃雪来满足它们的饮水需求。在失望的返回途中，突然听到司机小于喊："看，找到野马了！"他一手扶着方向盘，一手指着窗外。

我们伸直脖子朝他指的方向望去，在一片白茫茫天地间，终于看到两个黑影。这大海捞针似的搜寻，总算有了结果。找到了两匹，不由得让人激动万分。我们这一组算是幸运的，终于见到了小群野马，其他两辆车无功而返。

这两匹马距离我们很近，我赶紧下车。哇，好一对野性十足的神仙眷侣！像人一样，一夫一妻，在野马世界是很少见了。

它俩看上去神采奕奕、膘肥体壮，仿佛是天外来客，在茫茫戈壁神出鬼没，来无影去无踪，真是大漠的精灵。它们的出现，使了无生机的荒野突然变得灵动起来。

这些野马，野得如此难以接近，如何给它们戴上项圈呢？

午饭后雪停了，我们又兵分三路，接着去找马。这回我坐在几个哈萨克族巡护员的车上，一辆军绿色的边境巡逻车。

一路上，他们用哈萨克语聊天，我一句也听不懂。这一带没有野驴，黄羊也很少，却是野兔的乐园。不时看见一只兔子从红柳丛里探出头，连蹦带跳地、机警地蹿向另一个草丛。

暮色降临，车灯亮起，我们在夜色中一路颠簸着返回了管护站。

巡护员木拉力30岁，长得人高马大、虎背熊腰，黝黑而粗糙的面庞，有着一双黑亮的大眼睛。他看上去像一位摔跤运动员，听说学过柔道，一手可以提起一头小牛。我想，野外的狼见了他这体魄，也会闻风丧胆落荒而逃。据说他还真的吓跑过狼。

有一回他在巡护野马的过程中，遇见一只独狼，与他只有二三十米的距离，对峙了几秒，木拉力高声呵斥，抓起地上的土向狼撒去，同时又挥舞起手中的打狼棍。狼见了扭头便跑。

他和妻子加依娜古丽婚后生了三个孩子，两个儿子一个女儿。大儿子出生于2013年，就是三个泉野马刚好繁殖成功诞生一个小王子那年，木拉力就给大儿子取名胡兰，是哈萨克语"野马"的意思。二儿子合然今年4岁，小女儿沙娅只有6个月。马克常对人提起这事说，木拉力生了三个孩子：一个叫野马，一个叫野驴，一个叫黄羊。

2012年三个泉野马管理站建立以来，木拉力从一名公益林管护员兼起了野马巡护员的职责。2012年妻子与他结婚后，也成了站上的工作人员。还有一名巡护员吉恩斯，今年50多岁，也是与妻子一起守着一片公益林和野马。加上今年36岁的年轻站长朱马别克，这里共有5个人。

平时承担巡护任务的主要是木拉力和吉恩斯两人，两人都骑着摩托车，背着望远镜，带些水和干馕，结伴而行。因为荒郊野外，寥无人烟，万一遇见狼群出现什么意外，两人好有个照应。

他们不像在老野放点或乔木西拜，有两批工作人员上一个月班休一个月，进行轮流倒班。他俩和妻子长年住在站上，平时很少回200多公里外位于喀拉玛盖乡的家。吉恩斯四个孩子都长大成家了，木拉力夫妻却无暇照顾两个上幼儿园的儿子，只能靠父母亲带养。孩子寒暑假时来站上，这样全家才能团聚一次。

木拉力的三个孩子从出生以来，都是伴着野马一起成长。木拉力和吉恩斯承担着两份职责，每个人却仅有2000元的收入，一年四季几乎没有休假，只是家里有事时可以回去几天。一年四季都在摩托车上，风里来雪里去，迎着大漠的狂风暴雪或烈日酷暑，戈壁的风霜刀子一样，在他们脸上刻满了沧桑。

戈壁道路有些地方一马平川，有些地方起伏崎岖沟壑遍布。木拉力有时不小心从摩托车上摔下来，身上青一块紫一块。他挽起袖子时，左胳膊上一大块淤青清晰可见。冬季雪深处，他大多是推着摩托车，深一脚浅一脚地艰难行进，身上的汗常常把衣服湿透。

常年野外工作导致饮食不平衡。去年吉恩斯突发脑梗，木拉力赶紧把他送回站上，后又送往乌鲁木齐抢救。幸亏救治及时，他恢复情况较好，目前只是有些反应迟钝，说话不太清楚，但他依然坚守在岗位上。木拉力和妻子适应了这荒野的艰苦生活和恶劣的自然环境，对两个儿子的思念和牵挂常常让他们寝食难安。

平时他们主要以馕和奶茶为主，偶尔可以宰只羊吃。新鲜蔬菜较少，主要吃土豆、萝卜、白菜等耐放的菜，因为距离最近的乡镇有200多公里。

看着身边这些兢兢业业的同事，他们确实让人心生敬意。

34 给野马戴上卫星项圈

这两天，我在这里最不适应的就是手机没信号，为了找到信号，常常将手机高举着室内室外跑个不停，在冰天雪地里迎着寒风四处寻找信号好的地方。

天终于放晴了，昨天野马们跟我们捉了一天迷藏，今天总该现身了吧？在这美丽无比的原野上，见到这些自由的精灵，该是多么令人开怀。

一路上，梭梭柴枯死的根枝随处可见。有的像兔子，有的像鸟，有的像狗，有的像舞蹈者，还有的像一个若有所思的老人。而不时出现的红红的琵琶柴，犹如冬天里的一团团火焰，欢迎着远方的客人。

我全然忘记自己处于零下十几度的冰天雪地中，我用手机播放起了哈琳的歌曲《保佑》，这是近期我最沉迷的一首蒙古天韵。我的心随着这天籁之音翩翩而舞，而我期待的舞伴，则是成群奔驰在旷野中的野马。

上天保佑我们，神奇的一刻果然在此时出现了。马克打来电话，说在五彩山脉附近发现了野马群。木拉力用望远镜向马克所说的位置望去，激动地喊起来："找到野马群了！"也许野马们也喜欢陶醉于起伏的五彩山峦中，就在我们下车边看美景边四处搜寻时，它们刚好也到了那里，真是无巧不成书。

马克和曹青两人开始紧张地做起给它们戴项圈的准备工作，王臣和小于在一旁协助。此时，野马群正在彩色的山峦前沐浴着暖融融的阳光，见到车后，它们抬起头，齐刷刷地向我们行注目礼。

看到渐渐向它们走近的苜蓿草，这久违的美味，不知多久没有吃过了。嗅觉灵敏的野马们，闻到了大餐的香味。这难以抗拒的诱惑，让它们无法抵挡。它们看起来没有逃避的意思，而是显得有些蠢蠢欲动，向前走几步，又小心翼翼地驻足观望。

我们把草撒完后，便纷纷离开，野马们才开始向苜蓿草冲过来。野马头领准噶尔295号冲在最前面，它先品尝了几大口，发现没有什么问题，其他的野马才开始蜂拥而上，大快朵颐起来。野马群吃几口，见有人靠近，便三三两两警觉地向后退几步，瞅几眼又上前吃几口，反复试几次，发现人对它们没什么威胁，才放松了警惕。

野马们看上去个个精神焕发，膘情很好，毛色光亮。冬季它们毛长了，如穿上了厚厚的御寒皮袄，特别是那些今年出生的小马驹，萌萌的样子，让人看了心都化了。

记得2006年9月，美国斯密森纳国家公园的三位女专家曾专程来到卡拉麦里保护区，给放归野外的两匹野马首次佩戴无线电卫星项圈。佩戴项圈时，首先要对野马进行麻醉，这在野外相对较困难。项圈在安装前需要进行开机调试，确定开机正确后方可安装。安装时应注意项圈不可过松或过紧。过松会导致项圈被野马咬掉或摩擦脱落，过紧会影响野马的呼吸和进食。

近几年，这项工作主要由野马中心的恩特马克完成。在野马们放松警惕的时候，马克准备好麻醉枪，离目标野马准噶尔213号仅有10米左右的距离，将枪管内装有麻醉药的针管射出去，带着红色尾缨的针管如飞镖一样，正中准噶尔213号的臀部。准噶尔213号打了一个激灵蹿跳起来，它边回头边龇着

美国斯密森纳国家公园的三位女专家给野马佩戴卫星项圈

蹶子，企图把针管甩掉。野马群顿时炸开了锅，停止了采食，往远处跑了十多米远，又折了回来。大约一分钟时间，准噶尔213号出现醉酒样步伐，很快趔趔趄趄地倒下去，其他野马在它身边好奇地围观着，有的瞅着瞅着还凑过去闻一闻。

准噶尔213号是成龙认养的准噶尔61号和准噶尔57号的后代，今年14岁了。2007年放归时它只有4岁。这是一匹非常漂亮的母马，毛色金黄，体态健美，连续3年都产了驹，是在三个泉繁殖最优秀的一匹母马。2011年，它与兰多生了第一匹幼驹，但未成活。从兰多3310号、艾蒙3311号、准噶尔132号到现任的丈夫295号，12年更迭了四位"国王"，而它的"皇后"地位却稳如泰山。

马克和曹青迅速聚集到准噶尔213号身边，跪在马头边，用一块布将野马的眼睛蒙住。用钳子先将放归时戴的不能自动脱落的项圈卸掉。这个旧项圈因电池寿命仅有一年，早已失效。

马克和曹青迅速将新项圈安装好。又给野马打了解药，大约一分钟时间，野马清醒过来，站起来抖擞一下身上的雪，向着走远的家族群奔去。

我们打算再给群体内另一匹母马也戴上项圈，但野马们自从挨了这一枪后，再难以靠近，任凭怎么用美味饲草引诱都不再上当。野马很长记性，不会绊倒在同一种圈套里。

曹青正在美国普林斯顿大学读博士后，他在北京林业大学读大学本科时就一直做野马课题研究，这次他是代表美国国家动物园来给野马戴项圈的。他告诉我，这次佩戴的项圈比较先进，到期可自动脱落，同时还有拍摄功能，能设置每天拍摄30秒的视频，他专门让我看了项圈上的摄像头。

经过下午一个多小时的寻找，4点钟在三个泉大沟附近找到了我曾见到的那两匹野马，距离我们约一公里。为了不惊扰它们，马克一个人提着麻醉枪慢慢向野马靠近。走到三四十米的距离时，他怕再近野马会跑开，便赶紧举枪射击。由于射程远，针管未能击中，两匹马受到惊扰，向三个泉大沟跑去。

给野马佩戴卫星项圈

271

我们准备返回时，太阳已落山了。由于下午给野马戴项圈未能成功，马克显得有些垂头丧气。暮色中，他依然向车窗外张望，寻觅着那两匹野马的踪迹，假如能碰上，还想再尝试一回。

由于天冷，曹青博士还要赶明晨的飞机，我们就打算连夜赶回了。在站上匆匆吃了晚饭，连续三天起早贪黑工作，马克实在太困了，一上车就呼呼大睡起来。

说起野马中心的人，真的很牛，马克还曾给野驴和狼戴过无线电卫星项圈。

2013年夏天，马克和曹青在距离水源地约15米的红柳丛里挖了深坑埋伏起来。坑约有1.5米深，在坑的顶部放上遮阴网，他俩躲在坑中，透过遮阴网的缝隙观察水源地附近的野驴、野马、狼等野生动物。

谁知这一等居然等了半个月。因为自他俩挖坑那天起，野驴就已经发现了，半个月都不来水源地喝水。有时会有野驴远远地在山头张望，像侦察兵一样，看附近敌情是否有变化。

马克和曹青两人每天早晨5点多趁天不亮就来到坑里，晚上12点多才回到监测站休息。每天带上些干馕充饥，困了，两个人轮流躺坑底睡一会儿。半个月来，野马、鹅喉羚、狼、狐狸等野生动物都会来水源地喝水，唯独野驴不来。

野驴侦察兵日夜侦察了半个月之久，没有发现什么异常，这才来喝水。侦察兵给头驴汇报未发现敌情，水源地很安全，那两个半月前出现的"危险分子"一直没有再出现。暮色降临时，头驴站在一个高坡上，高叫几声，向群体发出号令。瞬间，几百头驴一下子出现在了山坡上，而后如滚滚的浪涛向水源地奔涌而来。它们纷纷冲向水边，有的直接跳进水里，哗哗的水声打破了寂静的夜色。

马克煎熬半月，总算等来了野驴，他激动极了。在野驴冲向水源地时，他赶紧做好准备，瞄准一匹野驴，一枪命中，中枪的野驴跳着跑开，驴群一下炸了锅，向四处散去。观察片刻，发现没有什么敌情，又向水源地聚拢而来。

马克又射出一个装有麻醉药的针管，又一只野驴被击中。

而后，马克和曹青迅速从坑里爬出来，第一只被击中的野驴已被麻倒，他俩先给这只驴戴上了项圈。很快，另一只驴也倒下了，他们又给它戴上了项圈。这半个月来，马克和曹青一天十几个小时躲在坑里不出来，小便解在矿泉水瓶里，夜里把尿液在离水源地较远处处理掉，生怕野驴闻到异味。他俩也不带方便面吃，因为方便面的香味大，也会引起野驴警觉。半个月来，他俩每天只吃少量的馕，人瘦了一大圈。

说到马克给狼戴项圈，卡拉麦里保护区工作人员为了研究保护区内狼的行为规律，连续两年寻找狼，想给狼戴项圈都未能成功。有一回把一只狼追得肺都跑炸了，当场毙命。后来，保护站请来马克帮忙，通过麻醉方式给狼戴项圈。

初冬，马克和保护站工作人员一行七八个人，开着两辆越野车，在茫茫戈壁找了近半个月。有一天晚上，下了一场小雪，喀木斯特以东的几公里处，两辆车陷进了沼泽地大泥坑里，车上也没有铁锹等工具。事发地点没有信号，无法与外界联络。马克跑了半天，终于在一个山坡上找到一点信号。保护站工作人员连夜赶赴现场，努力挖了半天，只挖出一辆车。他们先把这辆车开回去，另一辆车准备天亮后再想办法。

在第二天清晨去开挖第二辆车的路上，大约在喀木斯特以西几公里的一个坡下，马克发现了三只狼的踪影。

当时车爬上一个高坡，往下走时，在他们正前方五六十米处，出现了三只狼。狼见到车后，惊骇地望了望，分别向三个方向逃窜而去。这狼也真够聪明，如果是野马或野驴肯定是群体行动，朝一个方向冲。而狼却分头行动，因为这样会减少牺牲。马克跟大家商量后，决定追击往正前方跑的这只狼。追了约十分钟，离狼越来越近。马克准备好了麻醉枪，三四十米的距离，马克果断地从车窗内打出了针头，结果一枪命中！

大家纷纷下车，给狼戴上了项圈，然后打了解药，又把它放归了大自然。

虽然戴上了一个怪怪的"有形缰绳"，这只狼跑了几十米后，回头望望马克，竟然向他叩头作揖，也许是在感谢他的不杀之恩。而后扭过头，箭一般蹿向山坡，一下坡就没了踪影。

第二年春季，马克和曹青又用开车追击的方式，给卡拉麦里的4只野驴戴上了项圈。

第九章

回归之路

爱护野马，就是爱护自然，
爱护我们人类自己。

——赵小玲

35 追忆戴江南

　　为了提高野马的知名度和人类对野生动物的保护意识，2005年，野马研究中心和新疆野生动物保护协会向社会推出认养野马活动。认养者可以是单位、集体、企业或个人，只需交纳2000元即可认养一匹野马一年，认养费用将用于野马的饲养和繁育。认养人可以自由选择野马认养，在认养期间可享有认养马匹的冠名权，可免费探望，认养人将获得认养证书及纪念品。一次性认养10年以上的，可享受野马的终身认养权。

　　联合国亲善大使、国际影星成龙首先认养了两匹野马，分别命名为"黑风""飞龙"。中央电视台主持人陈铎来野马中心也认养了两匹野马，命名为"长江""运河"。

　　认养活动发起以来，共有114匹野马被认养。这大大缓解了野马中心买草买料资金紧张的局面。自治区林业局副局长穆汉是第一个带头认养野马的人，他拿出了1万元认养了一匹野马。新疆青少年出版社及社长韩全学分别认养了一匹野马，湖南卫视《背后的故事》栏目组花1万元认养了一匹野马并命名为"故事"。

　　时任中国野生动物保护协会副秘书长赵胜利说："这次开展的认养野马活动，充分体现了社会各界热爱野生动物、保护生态环境的良好愿望，这个活动对于推动全社会热爱野生动物、保护生态环境具有非常重要的积极作用。"朱德福秘书长更是信心百倍："只要社会各界都像这样关爱野马，不久的将来，卡拉麦里万马奔腾的局面一定会实现。"

回想这些年来的经历，从养马人到牧马人，多少人从我的身边走过，这多像一场又一场关于自然梦想的接力。寻找野马好像只是其中一个理由，进入大自然本身才是人的真正需求。这个意识一天比一天强烈。

经过努力，2016年11月由媒体人组成的"梦之队"，终于踏上了去乔木西拜野马监测站的路程。我与之同行。早晨降下的寒霜，被灿烂的阳光瞬间融化。越野车在横贯丘陵的柏油路上欢快穿行，傍晚时分我们抵达了目的地。

一下车立刻想见到野马，望了望大围栏，里面空空荡荡。一个月前在围栏内戴了监测项圈的野马已经放了出去，里面只有一头救护来的野驴，在向四周张望。

先见到了厨娘库丽森，她正在烧晚饭。听她说，去年她的两个龙凤胎儿女上小学一年级以来，为了能轮换照顾孩子，她和多年来一直在一个班组上班的老公叶力江分开了，夫妻二人每月只能在交接班时见上一面。

傍晚，乌云开始散去，蓝天露出清秀的面庞。许多山丘如乳峰一样挺立，凸凹有致的优美曲线勾勒出一个个沉在梦乡的睡美人模样。太阳快下山时，天上的"五彩城"与地上的五彩城交相辉映，卡拉麦里大地显得更加壮丽，如果不是一阵扑面而来的冷风提醒，很难让我回过神来。

野马去了哪里，难道是在跟我们捉迷藏？

雾渐渐散去，心头的迷雾却越来越重。在野外，要经常做好不速之客突然造访的准备。一只鹰栖息在路边的草丛里，当我走近，它飞起来在空中盘旋。一个意念闪出来：天空中，也许有灵魂在游飞……

在这荒凉的旷野之夜，我想起了逝去的记者戴江南。

那还是野马野放初期，戴江南为野马群的未来牵肠挂肚。她先后十余次深入卡拉麦里戈壁，顶着炎炎烈日，坚守在准噶尔盆地。她和野马监测人员一道风餐露宿，跟踪观察野马的生活习性，记录它们百年之后重回故乡的状态。她采写的《普氏野马，你在故乡还好吗？》《八月，普氏野马野放》《野马驰骋在寒冬》《普氏野马生存现状调查》等十多篇系列报道，全面介绍普氏野马的前世、今生和未来。在社会上产生了强烈反响。

后来，江南还采访了我。

那是2001年12月天气最冷的时候，单位搞年终考核，江南刚好和我们领导从野放点回来。回来后她要采访我，想写一篇关于我的个人专题报道。当时单位所有的人都在忙，上面过来的人多，也没地方住，领导让她晚两天再过来。当时她却想，既然来了，就把采访做完再回吧。

当时，江南已经是一个环保领域的大记者了。她人很好，直率耿直，性格爽朗，非常坚强，从来不意志消沉。不像我这样，受点打击就萎靡不振。我们女生宿舍里有两张单人床，有一位来考核工作的女同事占一张，江南直接就挤在我窄小的单人床上。当夜，我俩就无话不谈。

听起来她的个人经历挺曲折的。她比我大不了多少，但已经有个12岁的孩子了。常年在外面采访环保新闻，她觉得愧对自己的丈夫和孩子。

我和江南在一起的时间不多，她给我的印象就是在工作上特别拼，特别能吃苦。唯一抱怨诉苦的地方，就是丈夫不理解她那种拼命三郎的工作劲。

后来我听说江南还有一个"鸟记者"的雅号。

说的是江南有一次去鸟市场了解情况，发现鸟贩子的百灵鸟交易十分猖獗。正面采访受阻，她决定化装成鸟贩子与当地鸟市上的"老大"前往鸟儿的故乡。在鸟贩子们准备将捕捉到的200多只百灵鸟幼鸟带出林区时，江南冒险亮明身份："我是记者，这鸟谁也不能动！"林子里骤然寂静。与江南对视的鸟贩子们由怀疑到慌乱，再到凶狠。最终，江南说服了其中一个鸟贩子，然后花千元买下了这些鸟，带回乌鲁木齐，交给相关部门喂养，直到成功放生。后来，那位鸟贩子成了江南的朋友，除了"金盆洗手"，还常常向她"通风报信"。

戴江南常常跟随养马人寻找野外的野马，也经常跟随专家学者奔波在山川野岭进行科学考察。在这些行程中，她曾睡在牧民的帐篷里，睡在沙漠雪原中，有时也睡在墓地。她白天奔波，晚上笔耕，已完成和尚未完成的著作有《野马的低语》《荒野笔记》《动物素描》等十多部，获得了这一领域的许多奖项，并荣获中国环保最高奖——"地球奖"。

文如其人，她的诗意散文言语精练："选择了思想，选择了行动，就得把爱和叮咛藏在心窝里，把梦的希望装在行囊里，把泪和汗水扔在旅途里。因为，我在追寻野生动（植）物朋友的路上，只有前方，没有终点！"

那年元旦，江南在野外的日记里写道："我听见自己的声音在2002年最后几分钟里哭泣，又在2003年第一分钟里欣慰。我以这种方式给自己的新年开门，却惊讶地发现，门里进来的并不是自己牵挂的幼子，也不是都市里举杯品茗的朋友，而是千里荒原上的野马，一群不会和你说话的牲畜而已。我惊诧于自己走过的经历。在哭过了、笑过了、爱过了的时候，仍然打点行囊，以一个记者的名义，从下一个野生动物的驿站里，捎给人类一句成言……"

在江南的笔下，野生动物是无言的朋友，被赋予了鲜活的生命，它们和人类的孩子一样惹人怜爱。江南和她的作品，感动了无数人。

2012年9月29日，是一个不幸的日子。青年作家、地域文化专家、著名记者戴江南，在前往帕米尔高原采写环保新闻的途中，发生车祸，不幸去世。

得知这个噩耗后，我为她深感惋惜。大自然的孩子走了，她的生命止步于40岁。她被安葬在和硕县的一片草地上，那里背靠天山，面向博斯腾湖。

戴江南的逝去，令我无限感慨。生命短暂，意义何在？我开始思考：生命真的不在乎长短，就像文章一样。我渐渐走出自己心中的围栏，挣脱过去失望、无奈、消极、悲伤等情绪之缰，开始像戴江南那样以平凡之心从事她未竟的事业。

我度过了一个不眠之夜。第二天清晨，我们寻找野马的"梦之队"又出发了。

我们一心想着尽快见到这些野马，尽快抵达三个泉野马管护站。木拉力为了带我们一起去找马，连午饭也没有吃。到达站上时，赛尔江站在院门口热情地迎接我们，还有他家的两只狗，围着我们使劲摇着尾巴。

大家都饿坏了。木拉力的妻子加依娜古丽准备好了奶茶、馕、包尔萨克①、干果等各种美食，让我们先吃一点儿，然后她去给我们煮肉、做饭。赛尔江的妻子给5个月大的女儿喂完奶后，把她放在手推车上，也一起帮着在烤箱里烤馕、做晚饭。

放寒假了，木拉力的三个孩子也都过来了。大儿子"野马"上小学一年级，二儿子"野驴"上幼儿园，小女儿"黄羊"也有两岁了。自从孩子们上学后，他与家人只能在寒暑假

---

① 包尔萨克是哈萨克族的一种油炸小吃，常与奶茶相配。——编者注

在三个泉上班的地方团圆，这是他一年中最幸福的时光。不像其他站点的野马守护者还可以轮班休假，木拉力和他的同事一年365天几乎都在野外守着野马，没有几天能回家，旷野成了他们真正的家。

从2012年三个泉野马管护站建立至今，木拉力已经在荒无人烟的大漠陪着野马走过了近10个年头。

每一次与放归野马相见的机会，都来之不易。每一次相逢和离别又都这么匆忙。来时简直比回家还要激动，走时却忍不住想要哭。此时此刻，多想再多待些时日，或是留下来，跟这些马儿一起在大漠中奔驰。

回去的车启动瞬间，泪水是那么不听话，我赶紧把头扭向窗外。看着野马在野外自由自在的样子，一想到还有那么多野马被困在狭小的空间，心里就替它们感到憋屈。多么希望它们也能早日回归自然，家族队伍越来越壮大。

汽车惊飞了路两边草丛里的鸟。卡拉麦里起伏的山涛间，我蓦然又想起戴江南的话："我希望成长为一名环境使者，一名大自然的捍卫者，因为这是一项纯洁的事业。我能在环境保护事业的道路上走到今天，得益于良师益友的指导和帮助。是他们给予了我勇气和厚望，使我不敢把前进的脚步放慢。"

36 野马文化使者赵小玲

认识赵小玲女士是在一个特殊的场合。

记得那是 2009 年春天的早晨，阳光还隐藏在雪峰后面，而乌鲁木齐整座城市已经开始了一天的喧嚣。

"儿子，怎么还不起床？妈妈今天要接待北京来的客人，去卡拉麦里！"我的语气确实急了些。洗漱装包刚准备甩门就走，身后传来儿子拍床反击的声音。

走进办事处办公室，主任和大家显然比我先到了。听说今天来的又是将军，又是董事长，还有报社社长。心想这次他们组团来骚扰这些高贵的生灵，走后也不过是在手机或相机里留下些照片而已。

没想到，到了卡拉麦里，很快就发生了惊魂一刻。

由女社长带队的将军团，一行 8 人显然是第一次来野马中心。他们兴奋得有些过了头。刚下车屋也不进，饭也不吃，拎起手中的"长枪短炮"就要拍摄野马。还没有进入围栏里，相机、手机对准大围栏里的野马猛拍起来。咔嚓咔嚓的相机快门声，在听觉极为灵敏的野马耳朵里是惊心动魄的。

野马王十分警觉，抬头看着围栏门口的这群陌生人，立刻对它的家庭成员发出一声响鼻，然后甩动着矫健的身躯边跑边观察。它一动，马群整体跟着动，不差一分一秒，仿佛是一个扇面形的鱼群那么游刃有余。

正在此时，将军和老总们在王镇山和张彦豹的带领下，走进了大围栏。

野马群一见人们跨过围栏，进入了自己的领地，旋风一样迅速跑到远处。它们左冲右突，在场地内划出一条优美的运动曲线。马蹄声震动了脚下的大地，那整齐划一、铿锵有力的声音如同千军万马进入了古战场。客人们愈发地兴奋起来。

为了看一下野马到底有多野，工作人员一边跑动一边晃动了几下套马索，这可真激怒了野马。

野马王见自己无路可退，突然一个急转身，率领着野马群反向冲了过来。这怒涛一样的气势，泰山压顶一般凌空压下来。这是一个战斗队形，旷野上的豺狼虎豹都惧怕三分。

"啊！我的妈呀！"大家惊叫着连连后退。

然而，被激怒的野马不顾一切，向着嘉宾们迎面冲来，把工作人员给吓坏了，大声叫道："蹲下，快蹲下！"

马蹄下是一群即将被践踏的目标，两条腿的动物突然不再"高级"，都贴着地皮蹲下了。

狂奔而来的头马看到蹲在地上的人们，才知道他们无意伤害自己，便收住了脚步，在大家面前停了下来。心有余悸的女社长试探着大胆走到头马身边，轻轻地抚摸它的面颊。没想到，头马居然也亲热地回蹭了一下。女社长情不自禁，一下子抱住了头马。看上去乐观坚强的她，瞬间泪流满面。

紧跟在头马身后的七八匹野马也如同见到了老朋友，纷纷围了上来，争相亲昵地啃她的衣襟。女社长摸摸这个，又摸摸那个，她深深地爱上了这些毛茸茸的草原精灵。当时，她就有了拍摄一部野马电影的想法。"就像一个流浪的孩子需要母亲的温爱，同时也感到一个野生物种，在人类的驯养下野性逐渐削弱的那份辛酸。我想让全世界都知道，野马的悲惨身世和颠沛流离的命运！"她事后多次向人们回忆那个瞬间的感动。

这位报社社长正是赵小玲女士。年过半百，留着一条长长的麻花辫，圆圆的脸盘如向日葵一般，总是那么阳光明媚，笑容可掬。她来自内蒙古，有着百灵鸟一样的歌喉，喜欢唱草原的歌。她曾是资深制片人，拍摄的电影获得过国家"五个一工程奖"。2004年进入影视行业十几年，共参与制作了多部艺术题材的影视作品。

自从接触到野马以后，赵小玲便决心做一名传播野马精神的文化使者，并倾尽全力打造野马文化的精品力作。她认为，中华民族自古注重人与自然的和谐发展，爱护野马，就是爱护自然，爱护我们人类自己。

十多年来，赵大姐推掉了无数盈利的项目，专注于自己的野马文化事业。她花掉了所有积蓄，最后又卖了车，风风火火地筹拍野马电影。她的儿子考上了北大研究生，但看到母亲为了野马事业如此拼命，便决定助母亲一臂之力。他把录取通知书偷偷拍照存于手机，留作纪念。坚持了数年，赵小玲又把唯一的房产贷掉。许多亲朋好友非常同情她，纷纷前来安慰她。她却笑着说："只要能把野马精神传播出去，只要能实现自己的环保理念，吃再大的苦、受再大的经济损失，也心甘情愿。"

赵小玲为了野马电影，舍弃了多少与亲人团聚、照顾亲人的机会。她四处奔波，几乎走遍全国，四处化缘。亲人们看在眼里，疼在心里。为了野马，耽搁了儿子的学业不说，连患有尿毒症已做着透析的母亲住院她都不能去陪伴，逢年过节及母亲生日她也顾不上去探望。面对亲人，她内心满是愧疚，常常独自在黑夜里掩面哭泣，思念着亲人，思念着家乡，她何尝不想陪伴侍奉年迈的母亲，尽自己的一份孝心呢？但为了野马项目，她不得不在一次次难得的短暂相聚后，又匆匆含泪离别。起初母亲对赵小玲也不理解，想不明白女儿为什么宁愿舍下家、舍下亲人，却舍不下野马？但她了解女儿的执拗脾气，在女儿最困难的时候，她不考虑自己重病所需昂贵的治疗费，给了女儿10万元的经费支持。这些年来，赵小玲见了无数的投资商，历经一轮又一轮的谈判，有时一天要接待四五拨人，她的腿都快跑断了。有时腿会浮肿，胃病犯了，脑动脉血管硬化会引起头痛，她都一次次咬牙坚持。有一回她去新疆见一位投资商，因追寻野马把脚给扭伤了，肿痛得无法走路。但她仍坚持把谈判的事办完，才去医院治疗。

赵小玲为了坚守一份文化人的自信，使传统文化回归理性，使青少年从小受到正确的文化教育和引领，她觉得自己应该担当起文化人应有的责任。野马回归是生态从不文明的开发、掠夺、破坏到文明的保护、拯救、恢复的一个典型代表，也是体现人与自然和谐的"和"境界的生动案例。

　　我一直为她的执着、为她百折不挠的精神而感动，并力所能及地配合她做好野马文化项目的推进工作，渴盼野马影视剧能早日成功上演。我想，不论野马电影及舞台剧最终能否成功，她执着坚持的过程、为野马不停呐喊的过程本身就是一种成功。赵小玲曾经在她的手机日记中写道："热爱生活，忠诚艺术，内心享有一份责任，就会多一份努力。在与大家相互支撑努力完成野马项目的日子里，我感到自己的生命就好像春天里努力生长的树木，有着无限蓬勃的生命力。我从不曾对命运有过一丝一毫的抱怨，无论是在顺境还是在逆境中，我对生活降临到我身上的一切，都泰然自若地接受。因为我相信，只有心不疲惫，灵魂才会坚韧。一个现实中的理想主义者，一个屡战屡败的乐观主义者，也许这个世界上有卑微的生命，但决不应该有卑微的心灵。因为我们每个人的心中，都应该有一盏造就心灵的明灯，它就是由你的尊严、你的信仰、你的善良、你的责任——你生命中最真诚的大爱凝聚而成……"

　　为了拍好野马电影，赵小玲将野马归纳为三个"回归"：

　　一是回归故土。野马过去在中国起源，如今它又回到繁衍了千万年的故乡。掳掠永远得不到尊重。青山遮不住，毕竟东流去。"你可知Macau不是我真姓，我离开你太久了，母亲。但是他们掳去的是我的肉体，你依然保管我内心的灵魂……"澳门回归祖国的《七子之歌》，唱出的也正是野马的心声。普氏野马不是新疆野马的真名。野马的回归，体现了人类文化交流方面的进步。

二是回归自然。野马在大自然的进化中，从狐狸般大小进化到今天和家马一般大。它们的体能力量、奔跑速度，以及连咬带踢的凶猛个性，为它们赢得了荒原霸主的地位。不被驯服的野马，甚至成为个性强烈之人的代名词。动物如此，文化亦然。中华民族人文精神的回归，是对过度商业化世界的一个矫正。同样，过度"人化"的大自然也是没有意义的。大自然是我们的保育员，人类不是大自然的弃儿。

三是回归理性。野马在西方动物园和马戏团里被委屈圈养了100多年，但野性难驯。今天它们一回到故乡，马上恢复了桀骜不驯的野性。野马毕竟是野马，它们的基因决定了在旷野生活、自由地成长，才是野马存在的理由。相反，百年前野马被劫掠，人类为了彰显自己而试图驯服它，把它杀了做成标本，这种人为的异化对野马非常残忍。因为野马比家马多两个染色体，这就让它拥有了相当于五六岁孩子的智商水平。而中国的养马人尊重自然、尊重规律，肩负责任坚守到底、永不放弃，这是一种民族精神的理性回归。

赵小玲大姐站得高看得远，说出话来富有很深刻的哲理。她总结的三个回归，正是人类走向"人性和善、家庭和睦、社会和谐、世界和平、未来和美"的大同世界观。

　　赵小玲不仅想通过野马影视打造新疆文化名片，还雄心勃勃，着眼长远，为野马文化走向国际，着手策划野马生态文化旅游项目，为野马事业未来的发展绘制了宏伟蓝图。她说在不远的将来，会建立一个以野马文化为主题的野马部落文化小镇，打造国际野马文化基地，成为以野马为核心，荒漠治理、民俗文化、生态文明、马文化、国际交流多元化等融合世界文化的一个聚合地。她说："让画家、摄影家、作家在这里找到灵感，让孩子们在这里感受体味到人与自然的和谐、古老传统文化的魅力。"目前，此项目已经同国家相关部门和联合国相关机构达成合作意向，将野马生态小镇打造成国际生态会议中心、亲子活动基地和马文化体验基地。赵小玲与合作机构已完成了项目方案建议书及可行性报告，目前正通过多方努力，争取项目的早日实施。

　　许多人可能不理解，她为什么如此执着地去坚守？她哪来这么大的毅力去坚守？我想，她的所作所为就是最好的答案。她就像一匹野马，一匹敢冲敢闯的野马，她向着辽阔的大地发出了最嘹亮的嘶鸣，呼唤着人间大爱，呼唤着人与自然的和谐，呼唤着民族精神的回归。

37 野马归来

有信念的人一旦抓住一个重大主题，其执着和毅力，真的好像疯了一般。

"野马虽然比不了汗血宝马那般体形优美，但从不祈求任何人为的圈养。在挑战面前，它们有顽强的意志、铁的纪律、群体协作精神和奔放自由的秉性，大自然所赋予的这些天赋品质为它们赢得了人类的尊敬。" 赵小玲认为，拯救野马的意义不仅是让它们自由驰骋在准噶尔旷野，展示它们的野性之美，更有对天山、昆仑山及准噶尔盆地的整体保护，进一步提升民族的环保素质，这种境界的追寻更重要。

起初我不以为然，养马人的这些小事何足挂齿。后来与赵小玲女士在新疆和北京的多次交流中，渐渐接受了她的理念。

野马回归三十年，赵小玲做了野马系列文化项目策划：野马影视剧将立足世界文化视角，锻造国际文化交流精品，打造新疆文化名片。这一举动吸引了好莱坞导演的关注，赵小玲与著名导演奥斯卡评委巴瑞·莫若签订了野马电影创作协议，由巴瑞·莫若担任该片的总顾问。76岁高龄的著名好莱坞导演田芬女士，她在国外看到有关新疆野马的报道后，主动和赵小玲联系，通过国际长途电话交流，她被赵小玲的事迹感动得泣不成声，当即决定要回国支持她拍野马电影，并带病担纲野马剧本的创作。前国家副主席荣毅仁侄女、美国龙族集团创始人荣海兰女士，无意中听到了赵小玲钟情于野马的故事，她被这位野马保护女神的精神感动，愿意加盟到野马的创作团队中，尽一份绵薄之力，为中华民族文化和生态文明保护做出贡献。英国的一位议员也被赵小玲的精神所打动，给她引荐了一位国际著名的作曲家、编剧家约翰·安德森先生。

2015 年 12 月，70 多岁的安德森老人冒着严寒来到北京，第二天便在翻译女士的陪同下来到了新疆。那一天正是大雪纷飞，车轮在雪路上打滑，他们迎着风雪好不容易抵达荒无人烟的野马中心基地。无边无际的旷野在安德森眼里像是在火星上一样。他惊讶于这里只有一栋很小的、简陋的楼房和几间平房，没有任何装饰的水泥地面，食堂里只有几张普通的桌子，外间的马圈除了雪和上百匹小野马外一片荒芜。

在安德森勋爵眼里，这里的工作环境这么简陋，环境如此恶劣。茫茫戈壁，工作人员开着一辆车出去监察野放的野马，要带着干粮和水，一个多月才能回来。这些难以想象的事情让他的心情久久不能平静。在东方环保主义者身上，他发现了久违的拓荒精神。

安德森听了张彦豹这个虎虎生威的名字，见他结实的身板，黝黑的皮肤，粗犷的脸，好像见到了中国的"西部牛仔"。

而他们平日里爬雪山、斗野狼、迷路大旷野，随时面临生命危险的吃苦耐劳精神和牺牲精神，着实让安德森敬佩不已。

"吃点苦没什么，主要是太寂寞，一般人受不了。我倒是习惯了，反而离不开这里了！"张彦豹憨憨地微笑着，回答得那么平静坦然。

大自然陶冶出来的性情，就像旷野上经历风吹雨打的磐石一般稳固。

30多年来，他们刚到野马中心住的是地窝子，7个小伙子同睡一个炕，吃的是窝窝头，喝的是井水。野马归野后，他们又奔赴在各个野外监测站。说是"站"，其实就是一间没有地基的砖混房。站里的设备除了一辆老式吉普车外，就是一把铁铲，一盏防风灯，一支手电筒，一副望远镜，一个柴火炉，一台收音机。周围几十公里荒无人烟，吃的是挂面、咸菜，喝的是沙碜水，一点点荤菜也是交接班时带来的，用来打打牙祭。

张彦豹的搭档王镇山、艾代、李学峰等人，虽然来得有早有晚，但说话、走路、办事都像经历过无数风浪的水手。在安德森眼里个个都是英雄好汉！

不得不提的还有另一位重要的野马文化的倡导者，野马保护的推动者——新疆野生动植物保护协会的前秘书长朱德福。朱秘书长戎马24年，1992年5月从世界屋脊阿里高原军营转业新疆林业局任政治处副处长，1995年任林业局组织人事处处长。2001年机构改革，为加强新疆野生动植物保护力度，新设置了野生保护管理处，朱德福担任首任处长。次年新疆野生动植物保护协会改选，被选为秘书长。他任职当年，恰巧是野马野放具有历史纪念的日子，2001年8月28日，野马回归大自然。新疆野生动物保护协会组织青年志愿者记者团，组建全国保护野马记者联盟，重视科学保护野生动物，策划全国范围内的野马认养活动等，这些工作均与朱秘书长的不懈努力息息相关。

数十年来，朱秘书长一直心系野马、心系动植物保护，即使在退休之后，也经常要到野马中心来看看。他挂念着野马中心的每一个人、每一匹马，未曾有一刻放下。

安德森一边听一边记录，看在眼里，记在心里，荒凉的戈壁上见到这些顽强的身影，他的眼里渐渐噙满热泪。

在简陋的饭桌前，安德森戴着棉帽子、穿着棉大衣、吃着食堂里做出来的拉条子。拉条子还得抓紧吃，不然一会儿就凉了，因为食堂里很冷，暖气根本感受不到。安德森对这些养马人发自肺腑地敬佩，表示要用他的影响力去号召更多的国际组织关注这块亚洲腹地。

在采访中，安德森不经意间问起赵小玲在野马中心任什么职位？当他听到"没有任何职位"的回答时，他被震惊了，嘟囔道："我的上帝，她原来是这样的人，不为任何利益却用自己的力量去完成一项看似根本不能完成的使命。"

此后，安德森对赵小玲的态度有了很大的转变。每当与她谈话时，安德森都会用欧洲人对待贵族的礼节，把身体转过来、踮起脚尖直面对方，细心地倾听她说话。他想用这种方式表达对眼前这位中国女人的尊重。

返回北京后，在中英双方合作舞台剧的最后谈判中，安德森没有任何的讨价还价。他意识到这是一项慈善事业，一种教育事业，他欣然在各种合同上签下名字，并为此觉得无上自豪。

安德森在他的朋友面前回忆道：他偶然从英籍华人薛凌凤女士（中英合作牵线人）那里收到一张照片，是一本书里关于新疆的野马事业的照片。起初他也有些怀疑，他飞越万里只为看一眼野马，这是否值得？但当他站在冰天雪地里，在一个荒无人烟的地方，看到一群精致漂亮的野马和照料野马的人们，他被震撼了，这也成了他的一场灵魂洗礼。

元旦过后，安德森又从英国给赵小玲女士来函阐述自己的观点："读完张小姐的野马日记，我一下子被吸引了。野马的基因那么古老，诚如这个民族一样悠久。怎么找到更多资源去帮助野马？作为一个作家，直觉告诉我，这个故事有一个伟大的戏剧潜力，如果通过某种艺术形式，可能会对野马的保护和宣传有更直接的影响。野马中心的人和赵小玲女士执着地关心这样一个没有利益的项目，说明中华民族是非常值得敬佩的。一个民族正因为有这样一些人，他们有理想、有使命感，主动担当，这个民族才会是伟大的民族。我在戏剧作品里要尽可能体现这种慈善和教育工作。以科普和高雅艺术的形式走进校园，在中英两国学校进行巡演，有助于向当地的学校和孩子们普及野生动物保护及人与自然和谐相处的理念。好故事是能与全人类共享的。"

新年的喜庆氛围还没过去，赵小玲回复完安德森的来信后，又踏上了为野马舞台剧筹资的艰辛之路。她坚定地认为，野马不仅是动物界的活化石，还是生物多样性的一个资源，它如今更成为一种文化符号，一种传承于大自然的包容精神：承载万有，静默不言，爱而不息。

我越来越深刻地认识到，这些观念正是解释我天马梦的最好注解。

2020年，野马事业已经成为一条连接东西方的桥梁。但新冠疫情突然打断了这一进程，安德森先生多次通过电子邮件叮嘱赵小玲（我总是第一时间能分享到这些信息）：

亲爱的赵女士：

非常感谢你的问候和可爱的图片和视频。他们带回了我在中国会面的许多美好回忆。我经常想起你和野马——我知道我们会在某个时候完成这个项目。这将是一场精彩的表演，我有很多其他想法可以让它更好。希望我们很快就能再见面，在全国各地观看我们的野马表演。病毒结束后，希望我们的鼠年成为"野马年"。

但现在，要保重！

约翰

作为英国人，安德森当然很自豪莎士比亚，他谦虚地引用了大师的一句话："对于大自然这本充满着无尽难解之谜的大书，我只能读懂其中一小部分。"安德森认为，要接受深刻的环保理念，人就得具有一定程度上的谦逊态度。他历时一年多完成的《野马》舞台剧剧本，就深刻地反映了这一理念。

同样是8月，回想野放初期的2004年，德国科隆动物园馆长孜莫曼女士到野马中心考察后，认为"中国新疆繁育普氏野马技术世界领先，创下了一个奇迹！"随后这家动物园无偿为野马中心提供种公马，用于改良存栏野马基因，复壮野马种群。2005年9月7日，经过9个多小时长途飞行，6匹普氏野马种公马抵达新疆。

2006年4月，科隆动物园专家代表诺伯特到达乌鲁木齐，第二天便到了野马中心并来到野放点，他是第一个在野马中心待了半年之久的外国人。诺伯特喜欢野马，得知野马中心因资金紧张向社会举行认养活动，便鼓动他在乌鲁木齐的两个酒吧老板认养了一匹。但他从来不到野马身边去，连拍照都是离得远远的，看到有人与马合影就很不满，他非常认真地贯彻这样一句话：爱她，就远离她。

2007年，来自荷兰和美国的野生动物专家，来到卡拉麦里山，为居住在保护区里的哈萨克牧民进行野马保护的培训。世界范围内，真是环保者无疆！

为了推进野马重引入项目，解决野马中心的野马引种问题，2015年10月13日到15日，国际野马组织现任主席莱因哈德·施尼德里奇（Reinhard Schnidrich）、国际野马组织理事会理事彼得·基斯特勒（Peter Kistler）、国际野马组织驻蒙古国办公室主任恩赫赛汗（N. Enkhsaikhan）等一行四人，不远万里，专程来到新疆。对卡拉麦里自然保护区、野马野放区和新疆野马繁殖研究中心进行了实地考察，就野马中心加入国际野马组织及野马种源交流等问题进行了洽谈交流，并达成了合作共识。

在10月14日召开的洽谈会议上，国际野马组织主席施尼德里奇先生说野马中心在繁育、扩群、野放方面取得了举世瞩目的成果，为实现全球野马管理行动计划提出的野马野化和遗传多样性保存做出了贡献。国际合作是普氏野马等珍稀物种保护项目的关键，加强新疆野马繁殖研究中心与国际野马组织之间的合作具有高度的战略重要性。国际野马组织将会帮助新疆野马中心尽快解决种公马引进问题，还将为中心技术人员提供兽医、系谱管理等方面的培训。

施尼德里奇先生回国后，就开始为新疆野马的引进付诸行动，与国际野马组织各个成员国联系，在欧洲为中心寻找合适的种源。当他联系到捷克布拉格动物园园长、国际野马组织董事会成员米罗斯拉夫·博贝克（Miroslav Bobek）时，博贝克先生积极响应。2016年4月28日到5月1日，博贝克先生及布拉格动物园副园长、国际野马组织董事会成员雅罗斯拉夫·西梅克（Jaroslav Simek）先生来到新疆。4月29日在对卡拉麦里保护区、野马野放区及新疆野马繁殖研究中心实地考察的基础上，经过4月30日全天的友好洽谈交流，新疆野马繁殖研究中心与布拉格动物园达成合作共识，并签订了合作协议。根据该协议，2017年野马中心将引进从布拉格动物园和比利时、德国、瑞士等国挑选的6匹种公马。

2017年4月，新华社布鲁塞尔专电："位于比利时南部阿登高原的汉溶洞野生动物自然保护区4日举行隆重仪式，欢送即将踏上返回祖先栖息地之路的普氏野马。"中国驻比利时大使曲星在仪式上说："中国新疆是普氏野马的故乡，此次比利时野马重返原生地，将再次见证中比友谊。"比利时科林大臣表示，相信普氏野马能像中国大熊猫一样，成为传递比中友好的"使者"。

大熊猫往外走，普氏野马往回走。这两种同样穿越冰川期劫难的珍稀动物，成为国际文化交流的友好使者。

这让我认识到，在多年陪伴野马的生涯中，大学毕业前那个天马梦的那道金色光环，越来越清晰地显现，那是人与动物共享一个美好的生态，共享一个和平与友好的时代，因为人类只有一个地球。通过野马的洋名字我知道了西方，通过安德森我又了解了英国文化，他们的情感和情怀竟然与我们一样。

在地球村里，"生态之子"们真的不孤独，我们都具有共同的价值观念。

正如赵小玲所说："野马具有自由、奔放、勇猛的野性，但同时我认为野马身上还有一种包容精神。自古以来，马都是被人们骑在背上，以至产生马背上的民族和国家。这么多年来，马一直在无怨无悔地陪伴着我们人类，与自然和社会和谐共处。从数万年前野马起源到今天，人与马如此和谐，实质上就是人与自然的和谐。"

精诚所至，金石为开。赵小玲的野马公益宣传保护行动，得到了越来越多的社会各界的支持，中国野生动物保护协会、中国马业协会、中国社会艺术协会、中国宋庆龄基金会、联合国文明联盟等都纷纷成了野马舞台剧的联合主办单位及支持单位。当联合国文明联盟生态文明委员会常务副主席、中国和文化研究院院长王戈先生得知赵小玲为野马所做的一切后，对她的精神大为感动和赞赏，当即表示愿竭尽所能积极推动这个项目的进一步发展。

野马不仅是动物界的活化石，还是生物多样性的资源，如今又成为一种"和文化"的符号。对于野马事业的了解愈加深入，也就愈加懂得构建人类与自然命运共同体的崇高境界。

尾　声

你可曾想过，如果你不行动，你的孩子未来将会在一个饮水、食物与石油耗竭的环境下，受尽折磨地成长，城市会被海水吞没，在本世纪结束前，全人类可能会一步步消失。

——（法）席里尔·迪翁

光阴似箭，日月如梭，来野马中心已经27个年头了。

近几年来，我一边关注着野马野放的消息，一边续写《新疆野马中心志》。

《新疆野马中心志》里那些沉甸甸的数字让我感慨万千：野马中心1986年筹建至今，职工人数从开始只有十几个人到2020年底达到28人，其中正式职工17人，聘用临时工11人，另有退休人员9人。

如此少的人数，数十年如一日，创造了一个又一个拯救野马的人间奇迹。这些朴实无华的一线工作人员，让我的内心充满了无限敬意。他们把最美的青春奉献给了这片荒原，献给了祖国的生态环保事业。在他们中间，有父子两代人都在野马中心的，或者世代都是牧马人的。他们的功绩无法磨灭。

多年来，我一直有一个心愿：带着儿子到卡拉麦里保护区去看看真正的野马。没承想到儿子7岁时才如愿以偿。

立秋这天，爱人终于抽出空来，带着儿子来到野马中心，把我接上后，我们全家趁着暮色向着卡拉麦里进军。

我们到达乔木西拜野马监测站已经很晚了。保护站的值班人员叶力江、库丽森夫妇及他们的一对龙凤胎都在，他们卸下我们带去的西瓜、蔬菜，儿子洋洋就跟同岁的双胞胎兄妹玩起来。他好奇地围着装在桶中的一只刺猬，不时小心地试着去摸一下，又触电般地把手拿开，一会儿又去围坐在地上下棋，孩子们开心的笑声弥漫在卡拉麦里的夜空，满天的星星眨着眼睛，仿佛也想加入他们的行列。

第二天一大早，太阳还没升起，我跑向大围栏，去看看那匹孤独的光棍汉是否安好。远处，淡淡的昆仑山的影子若隐若现。草还是那么绿，花还是那么艳，这是秋季吗？不，眼前分明就是一个绿意盎然、姹紫嫣红的春天！

此刻，万里晴空下，只见准噶尔223号野马正在奔腾撒欢。这是2018年9月27日放归后当头领的野马，2019年春季又被别的野外纯野生的公马打败，被单独留在大围栏内。

我朝准噶尔223号走过去，谁知我刚走两步，它就开始跑动起来，向着更远处跑去。数月不见，还未完全投入大自然的怀抱，就变得如此警觉，野性恢复得好快呀。记得2018年我还可以亲密地与它接触，可以去摸它的脖子摸它的头，它不但不躲避，反而很享受人的抚摸。

我朝它慢慢走去，它又躲避我，跑几步回头望望。有时为了放松它的警惕，我干脆就坐在地上或者蹲一会儿。约半小时后，它不那么躲我了，也许是因为天大亮，认出了我这个老朋友了吧？

我一会儿看看花花草草，一会儿望望准噶尔223号，在卡拉麦里无比宁静而美好的早晨，我完全成了卡拉麦里天空的一只快乐的鸟儿。

早饭后，叶力江、库丽森等监测站的几名哈萨克族工作人员都回去过古尔邦节了，只留下北京林业大学两位做野马研究论文的博士生张科和周冉，他俩将带我们一起去找野马。

爱人开动越野车，我们怀着无比激动的心情出发了。

没几分钟，就发现了野马群，张科用望远镜一望，说这是去年放归的野马群。

第一次这么顺利就找到野马，带着宝贝儿子赶紧下车，向正在低头采食的野马群慢慢走去。儿子走在最前面，这是他初次见到野放的野马，跟他3岁时在野马中心初见野马时一样，像是见到自己熟悉的好朋友一样，一点也不害怕，径直向它们奔去，如一匹小马驹奔向妈妈一般。他瘦小的身影，出现在卡拉麦里广阔无边的大地，出现在戈壁精灵野马身边。一直关注野马的新华社记者熊聪茹说："跟野马一起长大的男孩，得多勇敢、心胸多开阔呀！你已把勇敢、豁达和爱种在孩子心里了，这是给孩子最好的礼物。"

我赶紧叫住儿子，怕他走得太近使野马跑开了。于是我让他爸爸把他领走，我独自端着相机靠近野马。

一匹毛色较深、样子威武雄壮的野马伫立在远处的山头，警觉地向这边张望，这一定就是打败准噶尔223号的那位公马了。这位新头领，身材的确比准噶尔223号魁梧许多。

母马们三三两两在一起，低头继续采食。我的到来，对它们影响不是很大，因为我蹲在离它们约十几米处观察着。它们不像其他那些在野外出生的野马，远远地见到人就飞奔而去。但它们也不像以往在圈里那么温顺，可以让你走到跟前去摸它，去搂它的脖子。它们的野性正在逐步恢复。

先认出了准噶尔214号，这位昔日"女光棍营"的老大如今又有了新的丈夫。也许是大自然多样性的草木医治好了它的烂嘴，基本已看不出残缺了。只是身上的肋骨凸显出来，看上去瘦多了。也许对野外的食物还不太适应吧。之后认出了最年长的准噶尔33号，今年已26岁高龄了（野马的寿命约30岁），不过看上去依然那么健硕。与我最亲近的是准噶尔56号，这匹1995年也就是我刚来野马中心工作那年冬季出生的野马（它的年龄正好等于我的工龄），曾和我是那么亲密无间，现在却对我陌生了许多，只顾吃草不理会我的到来。

这些老马，经过了大半生的圈养，在衰老之年，终于走

305

向了大自然的怀抱，像个孩子，走向了母亲的怀抱，走向了生命的春天，回到了真正的家园，实现了被圈养百年的野马的梦想。

看到它们在大自然中自由自在生存的样子，我真为它们高兴。希望它们今后会走得更远，完全摆脱对人类的依赖，在广阔的卡拉麦里恣意驰骋。

突然也想到了自己，不论在凛冽的寒冬，还是在炎炎夏日，每次走向诗意的卡拉麦里，总是兴奋得像个孩子，像匹野马一样，丈夫和儿子也被我这份情绪深深地感染了。

看完2018年放归的野马群，不到一个小时又见了三个野马群。这次不同于上次，进展得出奇顺利，看完几个野马群，了却了一桩心愿，我们就打道回府了。

在下午返回的途中，我们又与七八十匹野马不期而遇，大约七八个群，这真是前所未有的幸运！

这些野马仿佛从天而降。仿佛听到一种自然的召唤，仿佛冥冥之中有一种神奇的力量，让这些野马排着浩浩荡荡的队伍，齐刷刷地向两眼水源地聚集。如此盛大的欢迎仪式，真让我们受宠若惊。

水源地在一个狭长的低谷，那里的植被茂盛而青翠，这里更是一点也找不到秋日的影子，低谷四周及尽头青山连绵，形成优美的弧线，有些地方的山呈红色与黑色。站在高坡上，一幅五彩斑斓的壮丽画卷呈现在面前，一直铺到天边。

马匹较少时，野马们会安静地站在水边喝水，水中映出它们的倒影。有些渴极了的野马见了水就如嗷嗷待哺的孩子，迫不及待地奔过去，扑通扑通走进水坑，痛痛快快地喝个够。有的马还会在水里打个滚，出来全身都是污泥，全然成了一匹黑天马。当它喝完水走到野马群中，爱人惊奇地说："那个野马群里怎么来了一匹家马？"

这群马喝完去休息，那群马又奔了过来。夕阳西下，几十匹野马在水源地附近或饮水或站立在山头休息，其间不时会有一场战争发生，激烈时两匹野马会立起来用两前蹄对搏。一匹今年新生的小马驹，紧跟在妈妈身后，那萌萌的样子煞是可爱。我惊异于这难得一遇（我甚至夸张地称之为百年不遇，千载难逢）的盛大场景，紧紧追在野马群身后，一会儿用手机，一会儿用相机，对着这和谐宁静的画面，不停地按快门，直到把相机卡拍满，删掉一部分再接着拍，最后把手机、相机的电都拍完了，还在为没捕捉上一些精彩画面而深感惋惜。

爱人不停地催促我，天快黑了，赶紧回吧。我们依依不舍地向野马们告别，相见时难别亦难，这一别也不知何日才能相见！

回到野马中心后，对卡拉麦里短暂而收获颇丰的一天非常怀念。真想再次走向卡拉麦里，真想常去看看那里的野马。但是，也许远远地望着它们，不去打扰它们的生活，才是爱它们的最好方式。

这让我打定了主意，往后的日子，无论见与不见，我都会写下一些文字，来记录和野马在一起的时光。写下一些诗行，来表达对野马的深深依恋。我想通过这些稚嫩的文字，向世界讲述野马的故事，抒写野马死而复生的传奇，和野马一起走向生命的春天！

后　记

　　阳春三月，气温回升，冰雪开始消融。我又回到野马中心，走向戈壁荒野的野马群。

　　春天一到，野马开始换毛，脱掉厚厚的冬皮袄，换上轻薄的春装，让自己变得俊俏起来。远处的天山从灰云中露出淡淡的影子，荒野还荒芜着，像没有爱情的青春。不时会有野马因争食发生一阵打斗，你咬我一口，我踢你一脚。约一个月没见，有些野马还会跟以往一样，向我围拢过来，啃我的衣服和相机。

　　到了夏季，野马们皮毛亮而光滑，看上去最漂亮。一匹匹野马从蓝天白云中向我走来，我喜欢拍这样的画面，避开围栏，避开地面，如天马行空一般。常常一人迎着红彤彤的日出走向野马，在夕阳隐没于芦苇丛或晚霞绚烂时，把一天幸福快乐的时光拴在马尾上。

　　秋天，荒漠中红彤彤的琵琶柴会成片地出现在你的视野，成为枯黄世界里一道亮丽的风景线。在追踪野马的路上，每当看到团团簇簇的琵琶柴，我的眼睛总会为之一亮，特别是当它们与金色的霞光交相辉映时，那迷人的光彩让人以为彩云飘落，铺满了大地。

8月的几场雨让卡拉麦里焕发新颜。金秋9月，又有18匹野马奔向自由。野马放归20年，卡拉麦里的野花从没开得如此烂漫，漫山遍野的沙葱花把一个秋天里最绚丽的"春天"摆在了你的面前，成群的白云在碧蓝的天空中盛开，都在以火一样的盛情欢迎这些野马"孩子"回家。乱花渐欲迷人眼，团团簇簇的沙葱花在丘陵间的谷地及半坡上随处可见，娇小玲珑的六瓣花吐出黄色的嫩蕊，聚集成伞状或球状，被细细的茎托举向天空，如斟满了甘露的杯盏，在邀请日月星辰来同饮，邀请远方的客人及这些刚刚回家的野马宝贝一起共醉。还有一些含苞待放的花蕾，如无数个小灯笼挂在花球间，仿佛正张灯结彩迎接一个盛大的节日，为野马回归准噶尔大地20周年热烈庆祝。深浅不一的粉色、紫色还有白色，看上去姹紫嫣红的一片，如婀娜多姿的彼岸花在风中摇曳，让人心醉神迷，流连忘返。

明媚的阳光照耀着这五彩斑斓的辽阔原野，野马群踏花归去，自由自在地徜徉在花海中，低头嗅着花香，采食着各种嫩绿的鲜草，比起那些在狭小的圈舍里天天吃干草的日子，简直是进入了天堂。奔腾撒欢吧，马儿们，这才是你们应有的生活。

冬天，野马中心的雾多，雾后一片片玉树琼枝，野马们都变成了"白雪公主"，它们围着簇簇花团嗅呀嗅，偶然吃上一口这些挂在枝条上的天然"雪糕"。它们采食芦苇、红柳及围栏内各种各样叫不上名的野草，尽管都是些枯枝败叶，比起四季投喂的苜蓿草，它们似乎更爱吃这些天然的食物，伸长脖子连干巴巴的红柳枝都啃得津津有味。有几匹爱亲近人的野马会向我围过来，对我的相机和衣服啃个没完，有一回居然把我的羽绒服啃掉一块。

27个春夏秋冬，我像牛虻一样跟随着野马。卡拉麦里是个大熔炉，将我脱胎换骨炼成了一个"新造的人"！让我与绝地复生的野马群一起复活。在老师和同事们的帮助下，我终于战胜了自我，与自己和好、与环境和好了。

近两年，野马中心对原来老旧的野马圈舍进行了全面翻新和改造。2021年底，一栋新建的职工宿舍竣工。从地窝子到平房到楼房，从最初的泥泞小路到简易沙石路到如今宽敞的柏油路，从风沙弥漫的戈壁荒滩到绿树成荫、繁花似锦的花园式单位，野马中心的环境面貌发生了翻天覆地的变化。同时职工的生活和工作条件也今非昔比，野马中心改良出了千余亩土地，建立了野马饲草料基地和蔬菜基地，还养了牛、羊、鸡、鸭、鱼、兔等，发展了副业，职工吃上了绿色无公害的各种蔬菜和肉蛋奶。

每回来野马中心，站在一个高高的土坡上，面对料峭的寒风，看野马们静静采食苜蓿草，听那交响乐般沙沙的咀嚼声。我就想，该结束"女儿国"和"光棍营"中野马们多年的单身生涯了，让它们拥有渴望已久的爱情和自由吧！

顺便透露一下家底，2021年野马中心成立35年来，成功繁育了6代810余匹野马。2001年8月首次放归后，先后有140匹野马放归野外。截止到2020年底，现有野马种群512匹，其中圈养70匹，野放326匹，半散放116匹。虽然野马放归试验取得了探索性成功，提升了我国在野生动物保护、生态环境治理、生态文明传播方面的国际影响。但经济发展和环境保护的冲突如何平衡，这在环保教育普及和全民素质的提高上，是一场需要时间和耐心的持久战。

2021年秋天，中国昆明迎来了一场国际盛会。在我看来，这次大会比在日本刚闭幕的奥运会更加重要，因为这是联合国《生物多样性公约》第十五次缔约方大会。

这样的全球性合作大会，将拯救多少濒危动物，我们不得而知，但至少我们看到了一抹阳光。因为我们只有一个地球，拯救了环境，就是拯救了我们人类自己。

至于这本书，叙述了我在新疆野马繁殖研究中心成长的部分经历。一个举世公认的濒危物种，在国家和少数养马人的努力下，野马繁殖取得成功并重建了野外种群，种群呈恢复性增长，而我则有幸参与了这场拯救行动。

我应该感谢我的老师和同学，特别是走上工作岗位后几位主任和可亲可爱的同事们。正是他们，像亲人一样帮助我一步步走到了今天，让我懂得什么是真正的爱，让我明白了克制、忍耐、专注、付出、团队协作和野马精神的最高境界。

希望这本书能成为他们永久的记忆，并能够给广大读者普及一些野马知识，并从中得到快乐和启迪，那我写书的初衷也就实现了。

谢谢大家。

爱你们的赫凡

2021年12月22日

野马中心喜迎第一批野马进驻

野马中心最初的职工食堂

野马中心如今的职工食堂

野马中心曾经的地窝子已经变为鱼塘